我吃西红柿 著

典藏版 17

黄河出版传媒集团
阳光出版社

图书在版编目（CIP）数据

盘龙：典藏版. 17 / 我吃西红柿著. -- 银川：阳
光出版社, 2024.5
　　ISBN 978-7-5525-7285-8

　　Ⅰ.①盘… Ⅱ.①我… Ⅲ.①长篇小说 – 中国 – 当代
Ⅳ.①I247.5

中国国家版本馆CIP数据核字(2024)第108843号

PAN LONG DIANCANG BAN　17
盘龙 典藏版 17　　　　　　　　　　　　我吃西红柿　著

责任编辑　谢　瑞　杨　皎
装帧设计　曹希予　佘彦潼　周艳芳
责任印制　岳建宁

黄河出版传媒集团
阳　光　出　版　社　出版发行

出 版 人　薛文斌
地　　址　宁夏银川市北京东路139号出版大厦（750001）
网　　址　http://www.ygchbs.com
网上书店　http://shop129132959.taobao.com
电子信箱　yangguangchubanshe@163.com
邮购电话　0951-5014139
经　　销　全国新华书店
印刷装订　北京盛通印刷股份有限公司
印刷委托书号　（宁）0029533

开　　本　710 mm×1000 mm　1/16
印　　张　18
字　　数　262千字
版　　次　2024年5月第1版
印　　次　2024年5月第1次印刷
书　　号　ISBN 978-7-5525-7285-8
定　　价　36.80元

目 录

C O N T E N T S

第720章

奥利维亚出现

林雷沿着龙形通道飞行，很快便来到了天祭山脉外围，看到了凌空而立的奥利维亚。

和过去一样，奥利维亚依旧披散着黑白相间的头发，但他此时脸色灰暗，整个人显得有些颓废，身旁跟着一名黑发少年。

"奥利维亚怎么了？"林雷不禁眉头一皱。

在林雷心中，奥利维亚是一个不甘寂寞，想要登上修炼巅峰的强者，即便身处绝境也不会放弃，可眼前这一幕让林雷疑惑。

"林雷长老，那位就是自称是你朋友奥利维亚的人。"一名家族战士恭敬地禀报。

"他的确是我朋友。"林雷微笑着点头，朝奥利维亚飞去。

此刻，奥利维亚也发现了林雷，他朝林雷挤出了一丝笑容。

"林雷。"奥利维亚勉强笑着道。

"哈哈，奥利维亚，上次一别，你我已经一千多年没有见面了。"林雷笑道，随即看向奥利维亚旁边的少年。

"奥利维亚，这个少年是？"

这个少年眉宇间与奥利维亚有些像，不过也是一副冷冰冰的模样。

奥利维亚牵着少年的手，转头说道："这是我的儿子代亚。"

"儿子？"林雷微微一怔，奥利维亚竟然结婚了。

"林雷叔叔。"代亚略微躬身说道。

"好。"林雷笑着点头，而后看着奥利维亚说道，"奥利维亚，走，到我的住处去，我们慢慢谈。这么多年没看到你，你连儿子都有了，还达到了上位神境界，很不错……"

林雷一边说着，一边带领奥利维亚和代亚朝他的府邸飞去。片刻后，他们就到达了府邸。

"长老！"府邸门前的守卫恭敬地行礼，眼中有着崇拜。

在四神兽家族中，许多战士希望自己能够成为林雷府邸的守卫。对他们而言，给达到了大圆满境界的上位神当守卫是一件值得自豪的事情。

"代亚，进来。"林雷笑着说道。

看到代业，林雷不禁在心中暗道：当年的奥利维亚就很冷漠，没想到他的儿子比他还冷漠。

进入府邸后。

"咦？奥利维亚！"府邸空旷的草地上有一大群人，正在高谈阔论的贝贝一眼就看到了奥利维亚，惊讶地喊道。

"奥利维亚，好久不见。"雷诺也笑着迎了上来。

"奥利维亚。"沃顿等和奥利维亚有交情的人都走了过来。当年奥利维亚在龙血城堡里住过很长一段时间，所以龙血城堡中的很多人认识他。

"你们都来了？"奥利维亚也很惊讶，看着围过来的众人，他的脸上挤出了一丝笑容。

林雷则在心底疑惑：奥利维亚似乎情绪不太对……

"父亲……"代亚拉了拉奥利维亚的手，显然不习惯被一大群人围着。

"好了，大家都散了吧。奥利维亚刚来，先让他休息休息。"林雷笑道。

于是，一大群人三三两两地散开了。

林雷走到奥利维亚的面前，低声问道："奥利维亚，你有心事？"

奥利维亚看了林雷一眼，摇头说道："没什么事。"

显然，奥利维亚不想说。

见奥利维亚不愿说，林雷没有再追问，笑着说道："那你就在我这里待着，我这里人多，大家在一起也热闹。"

"嗯。"奥利维亚笑着点头。

府邸空旷的院子内，代亚坐在一张石桌旁。石桌上摆放着一些水果，代亚默默地吃着水果，根本不和其他人交谈。

沃顿、雷诺、奥利维亚三人则坐在不远处的一张桌子旁。

"代亚就是这样，不喜欢热闹。"奥利维亚解释道。

"这是你的教育有问题。"沃顿呵呵笑道。

奥利维亚勉强一笑，没说什么。他看了看四周，疑惑地问道："沃顿、雷诺，当初我和林雷他们来四神兽家族这里的时候，还是住在那条偏僻的大峡谷里。现在，林雷的府邸竟然是周围最奢华、占地面积最大的一个，相当醒目。这是怎么回事？"

"你和老三有一千多年没见了，在这一千多年里，老三的进步速度很快。"雷诺哈哈笑道。

"哦？"奥利维亚很惊讶。

"我给你说说。"雷诺笑着说道，"就从四神兽家族的危机解除时说起吧。那次，八大家族已经到了四神兽家族山脉之外……"

雷诺一口气说了下去，将冥界的事情、九幽域的事情，乃至林雷在位面战场的事情全部说了一遍。

一听到"大圆满境界"几个字，奥利维亚瞬间就瞪大了眼睛。

沃顿在旁边附和道："其实，我哥还没有达到大圆满境界，但实力堪比达到了大圆满境界的强者。在位面战场上，我哥和达到了大圆满境界的马格努斯对战，当着众人的面一脚将马格努斯踹进了空间乱流中……嘿，奥利维亚，你怎么走了啊？"

奥利维亚听到一半竟然站了起来，朝远处走去。

"怎么回事？"雷诺不解。

奥利维亚走到贝贝旁边，焦急地问道："贝贝，你老大在哪里？"

贝贝笑着指向远处："在那栋小楼里。"

"谢了。"奥利维亚身影一闪便到了那栋小楼前。

贝贝疑惑地皱起眉头，自言自语道："也就数百米距离，走一会儿就到了，他怎么这么急？"

奥利维亚推开门走进去，一眼就看到了正在读书的林雷。

林雷抬头笑道："哦，奥利维亚。"

奥利维亚上前三步走到书房中央，突然跪下了，膝盖撞击在地面的石板上发出砰的一声。他神情严肃，眼中满是乞求："林雷，你一定要帮我！"

林雷被奥利维亚这一连串的行为弄得蒙了，反应过来后连忙说道："起来，快起来！"

他一挥手，一股蕴含天地法则威势的地属性神力就将奥利维亚托了起来。

奥利维亚却还想跪下去，林雷连忙说道："别这样，发生什么事情了？你说出来，我一定会帮你。"

林雷走到奥利维亚身旁，将奥利维亚拉到旁边的椅子上坐着，他自己也在一旁坐了下来，说道："到底怎么了？你跟我说说。"

林雷之前去接奥利维亚的时候就察觉到奥利维亚不对劲，可奥利维亚当时不愿意说，林雷也没有办法。

"这件事情说来……"奥利维亚笑容苦涩，说道，"当年我离开帝林等人出去闯荡，在生死间行走，实力的确有所提升。就在一百年前，我的光明系神分身也达到了上位神境界。我在执行使徒任务的时候碰到了黛娜，我们一起完成了数次使徒任务，也经历了很多危险，后来，我们结为了夫妻。"

林雷微微点头。

"大概在二十年前，我和黛娜有了孩子，是一对双胞胎，代亚和雷亚两兄弟。"奥利维亚叹息道，"原本，我们一家四口过着宁静的日子，我和黛娜都是上位神，可以让代亚他们兄弟俩安全成长。可是，在代亚他们五岁那年，一个叫博宁的男子带着一群手下找到了我们。你知道他说什么吗？"

奥利维亚眼中满含怒意："他说黛娜是他的妻子！"

林雷一怔。

"那个博宁要带走黛娜，我当然不同意。可他的手下都是上位神，我们夫妻两人根本没能力反抗。黛娜宁死也不愿意跟博宁走，可博宁威胁黛娜，说如果黛娜跟他走，那他就会饶我和两个孩子一命；如果黛娜拒绝，他就杀死我和两个孩子。"奥利维亚紧握双拳，愤愤地说道，"博宁还说，只要我能赢过他，他就放我们走。可是我输了，我远不是他的对手。"

林雷不禁在心中叹息了一声，他完全能体会当时奥利维亚内心那种悲伤、无力的感觉。

"为了我和两个孩子，黛娜只好跟他走了。"奥利维亚说到这里，不禁流下了眼泪。

如果奥利维亚是一个绝世强者，就能轻易战胜对方，可他不是，或者说当时还不是，因此，他只能眼睁睁地看着自己的女人跟别人走。

"可是黛娜被骗了！"奥利维亚愤恨地说道，"那个博宁是一个浑蛋！他根本没打算放过我和我的孩子们。他带走黛娜后不久就派人来追杀我们。"

林雷脸色一变。博宁答应放过奥利维亚他们，可骗走黛娜后又派人追杀奥利维亚他们，这样做的确阴险。

奥利维亚继续说道："他带走黛娜后，我立即带着孩子们离开了，并且立马炼化了一枚黑暗属性的上位神神格。"

当时奥利维亚的光明系神分身已经达到了上位神境界，黑暗系神分身还处于中位神境界。他已经领悟了黑暗系元素法则中的五种奥义，只差一种就练至大成了。如果正常修炼下去，再过数百年，他就能领悟最后一种奥义。可是，他等不及了。他知道，凭借变异的灵魂，即使他的黑暗系神分身是靠炼化神格达到上位神境界的，他以后还是能融合光明属性神力和黑暗属性神力。

"当那些人发现我们的踪迹来追杀我们时，我已经炼化神格成功。凭借融合的神力和早就融合的奥义，我解决了一部分对手。"奥利维亚低沉地说道。

在成为神级强者之前，奥利维亚就有意识地融合光明系元素法则和黑暗系元素法则中的奥义，数百年前他便成功了。炼化神格成功后，以融合神力配合融合奥义，奥利维亚实力猛增，堪比七星使徒。

第721章

前往何地

　　"可是，"奥利维亚苦涩地说道，"他们人太多，我还要保护代亚和雷亚，根本挡不住他们。显然，那个博宁下了命令，必须解决我和我的两个孩子。在对战过程中，我勉强护住了代亚，雷亚却死了……"

　　即使实力突飞猛进又如何？奥利维亚只有一个人，还要照顾两个孩子，而对方是一群上位神，奥利维亚能护住一个儿子就很不错了。

　　"奥利维亚，当时你来不及将孩子送到城内吗？"林雷问道。他认为奥利维亚将孩子送到城内就安全了，毕竟城内禁止打斗。

　　"来不及。"奥利维亚苦涩地说道，"如果只是我一个人，绝对能赶到城内，可我要带着他们两兄弟。他们才圣域境界，飞行速度太慢。那时候，我和黛娜居住在一条山谷内，从那里到最近的城池要飞行一年半载。"

　　"好不容易解决那些人后，我立马带着代亚赶到了城内。我将代亚安置在酒店内，而后独自冲向天山府禹石山脉。"奥利维亚低沉地说道。

　　"天山府？"林雷眉头一皱。

　　地狱的血峰大陆十分宽阔，天山府位于血峰大陆中部，距离幽蓝府足有数十亿里。

"对，那个博宁就是天山府的。"奥利维亚点头说道，"他很狂傲，带走黛娜时对我说有本事就去天山府禹石山脉找他，他随时等着我。"

林雷听了微微点头，他能想象出博宁当时的猖狂模样。

"我当时所在的城池距离天山府禹石山脉不算远，仅仅用一年时间我就赶到了禹石山脉。通过暗中了解，我才知道博宁竟然是天山府主的儿子。"奥利维亚说道，"当时我没有在乎那么多，只想着怎么对付博宁，然后救回我的妻子黛娜。"

林雷听明白了，当时奥利维亚近乎疯狂了。

"博宁桀骜不驯，和他父亲关系不好，没有和他父亲住在一起，而是在禹石山脉内建造了一座城堡。"奥利维亚说道，"我当时悄然潜伏进去，想找到博宁将其解决。原本我有机会解决他的，可他竟然有一滴主神之力！"

林雷暗暗猜测，那滴主神之力恐怕是天山府主给儿子的保命之物。

"在使用了主神之力后，博宁的实力远超我，我只能选择四处躲避。那时黛娜出来阻拦博宁，并以死相逼，博宁受到影响，我便趁机溜走了。"奥利维亚苦涩地说道，"经此一战，我明白单靠我自己，一时半会儿对付不了他，所以我带着代亚来到了幽蓝府。我想在你这里歇息一阵，同时安静修炼。"

从天山府飞到幽蓝府，完全可以想象奥利维亚和代亚这一路遇到了多少困难，也难怪代亚会沉默寡言，毕竟他跟着父亲不是在东躲西藏，就是在赶路。

"那博宁若还有主神之力，或许会留在禹石山脉；若没有主神之力，他也担心我再杀回去，所以肯定带着黛娜离开了。他父亲是府主，我即使再修炼千万年也不可能为我儿子报仇，更不可能找回黛娜。我本来已经没抱希望了，可刚才听说你堪比达到了大圆满境界的强者……"奥利维亚看向林雷，说道。

之前，奥利维亚没有将这些事情告知林雷，以为林雷对付不了博宁背后的天山府主，可现在得知了林雷的实力，他心里生出了一丝希望。

"天山府……"林雷道，"奥利维亚，你放心，我陪你走一趟。"

"谢谢。"奥利维亚由衷地感谢林雷，随即又问道，"林雷，那我们什么时候出发？"

"这……"林雷迟疑了。

"要不我们明天出发？"奥利维亚急不可耐。妻子被夺，儿子被杀，他心里的仇恨仿佛虫子一样在咬噬他的心，他不想再拖延下去了。

"明天？"林雷皱起了眉头。

他原本计划明天前往光明系神位面，而且，对即将到来的光明系神位面之旅，他心里没底，唯恐那位高高在上的光明主宰不顾身份对付他。不过，即使是这样，他也还是会去光明系神位面，因为这是唯一可以救母亲的办法。

他原本打算让自己的地系神分身前往光明系神位面，可现在奥利维亚的请求让他感到为难。诚然，他可以让自己的地系神分身去光明系神位面，让本尊随奥利维亚去天山府，但若是两边都发生了战斗，那他灵魂变异的事情就有可能会暴露。不管怎么说，他现在是无数位面中唯一一个有四个神分身且灵魂变异成功的人，这件事情暂时不能暴露。

"林雷，你有其他事情？"奥利维亚问道。

"我……"林雷迟疑了。

"如果你有其他重要的事情，那我的事情不急，可以推迟的。"奥利维亚说道。

"老大！老大，族长来了！"贝贝的声音突然响起。

林雷转头看去，只见盖斯雷森大步走来，显得有些焦急。

"族长。"林雷连忙站起来迎接，旁边的奥利维亚也立即站了起来。

盖斯雷森走到林雷面前，说道："林雷，我派人将消息传递给贝鲁特大人，贝鲁特大人立即就回复了，他让我告诉你，千万别去光明系神位面。"

林雷一怔。

"光明系神位面……"奥利维亚明白林雷刚才为什么犹豫了。

林雷疑惑不解："贝鲁特大人为什么这么说？"

"贝鲁特大人说，当初在玉兰大陆时，你的火系神分身和他谈起过你母亲的事情，于是他去了一趟光明系神位面，想找光明主宰帮你的忙。"

闻言，林雷心中一阵感动，他没想到贝鲁特会主动出面帮他找光明主宰。

"可是光明主宰不答应。"盖斯雷森叹息道，"贝鲁特大人问过血峰主神，血峰主神说让光明主宰释放一个天使是不可能的事情，即使是主神去也没有多大希望，更何况是你。"

林雷不禁想到了父亲，心中生出无力感，喃喃道："父亲……"

"林雷，当时贝鲁特大人和光明主宰说尽了好话，也说起了你当主神使者的事情，可不管贝鲁特大人怎么说，光明主宰就是不答应。"盖斯雷森说道。

连主神使者说情都没有用，那林雷真的没有其他办法了。

"贝鲁特大人告诉我，你若是见到了光明主宰，光明主宰很有可能会对付你。但这不是因为你解决了奥古斯塔家族那个子弟的最强神分身，而是因为其他事情。"盖斯雷森继续说道。

"其他事情？"林雷想不明白自己哪里得罪了那位光明主宰。难不成是因为把马格努斯踢入了空间乱流中？可马格努斯并非光明主宰的使者，只是与奥古斯塔族族长有私交，与光明主宰毫无关系。

林雷还是想不明白，只好问道："什么原因？"

"贝鲁特大人说这个原因不能传出去，因此没有告诉传话人员。"盖斯雷森说道。

林雷点了点头。这么多年了，他还是很信任贝鲁特的。

"那我暂时不去光明系神位面了。"林雷道，随即，他转头看向奥利维亚，"奥利维亚，明天我就随你出发前往天山府。"

闻言，奥利维亚的脸上满是惊喜。

第二天，林雷府邸门口。

"老大，就让我和你一起去嘛。"贝贝得知林雷要出远门，想跟着去。

林雷拗不过贝贝，只好答应了。这回一同出发的是林雷、贝贝、奥利维亚，以及代亚。

奥利维亚原本不想让代亚去，可代亚硬要去。在征求了林雷的意见，知道林雷有十足的把握确保代亚的安全后，奥利维亚也就松口了。

"我们走吧，一年内即可到达天山府。"林雷微笑着说完，天空中就出现了一个庞大的黑色剑形金属生命。

林雷四人当即飞入这个金属生命中。

在林雷的掌控下，黑色剑形金属生命宛如一道黑光闪过，消失在天祭山脉上空。

天山府上空悬浮着一个黑色剑形金属生命。林雷、奥利维亚等四人站在金属生命内大厅的前端，透过透明金属遥看前方的山脉。

"对，前面就是禹石山脉了。"奥利维亚眼睛发亮。

短短一年，他们真的从幽蓝府赶到了天山府。这一路上，奥利维亚对金属生命的飞行速度感到震惊，也十分佩服林雷对金属生命的操控力。

片刻后，林雷开口说道："你描述一下黛娜的模样。"

奥利维亚点头说道："黛娜比我略矮，个子差不多到我的眉毛，有一头齐肩短发，发色绿得发黑，现在是城堡的女主人，应该很容易找到。"

"嗯。"林雷点头，同时，金属生命消失了。

林雷四人凌空而立，奥利维亚牵着儿子代亚。

"稍等一会儿。"林雷说道，然后展开神识探察禹石山脉的情况。

城堡内有一千五百六十六人，大多是男人，女人比较少，林雷很快就知道黛娜在哪儿了。

城堡内一栋小楼的阳台上，一名穿着墨绿色长袍的女子静静地看着远处，正是黛娜。

"雷亚，我的孩子，母亲对不起你……"黛娜轻声说道，眼神忧郁。

自从十余年前从奥利维亚那里得知了雷亚死去的消息，黛娜心中便越发憎恨博宁了。她原本只恨博宁拆散了她的家庭，现在更恨博宁不守诺言，追杀她的儿子们和丈夫，还令儿子雷亚死了。

"为什么会变成这样？事情为什么会到这一步？"黛娜闭上眼眸，两颗泪珠从脸颊上滑落。

就在这时——

"你可是奥利维亚的妻子黛娜？"一个声音在黛娜的脑海中响起。

黛娜一惊，猛地睁开了眼睛。

"谁？"黛娜连忙看向四周，却什么也没有看到。

那个声音继续说道："不用担心，我是奥利维亚的朋友，是来这里带你离开的。"

黛娜镇定下来，回应道："对，我是黛娜，可是我不能离开。"

"不能离开？"

"是的，我若离开，博宁一定会杀死奥利维亚他们的。"

"他没那个能力。"

黛娜原本还想说话，突然听到了远处传来的喧闹声，不禁眺望远处。

城堡的城墙上，一群护卫飞了起来，呵斥声随之传来："这里是黛石堡，外人不得随意进入！"

黛娜看到四道身影飞向城堡，毫不畏惧那些护卫。仅仅片刻后，她震惊地瞪大了眼睛："奥利维亚？代亚？"

那些护卫大多是中位神，只有极少数是上位神，他们一旦靠近林雷等人，就会被一股力量弹开。

"嗯？"黛娜看得十分吃惊。

那些护卫更是十分震惊。

"大人，那四人太强了，我们拦不住！"一名护卫向一名黑袍男人禀报。

黑袍男人脸色一变："是奥利维亚！"

自从上次奥利维亚潜伏进来与博宁打了一场，黛石堡中的许多人就认识了奥利维亚。

黑袍男人连忙下令道："你们赶快去找堡主来，堡主就在禹石山脉，快去找！"

"是，大人。"顿时，二十名护卫飞出黛石堡去找寻博宁了。

"四位，还请停下！"黑袍男人朗声说道。

大量的护卫跟在这名黑袍男人的身后，还有很多护卫从城堡各处飞出来，飞向林雷他们四人。然而，他们一旦靠近林雷等人，就会被一股力量弹开。

见到这一幕，黑袍男人的脸色十分难看，他看得出来对方实力强大。

"四位若再前进，我们就要动手了。"黑袍男人朗声说道。其实他明白，对方若要对付他们，他们毫无反抗之力。

林雷四人不搭理黑袍男人，继续飞向黛娜。

黛娜看着飞来的四道身影，愣住了。

"母亲！"代亚一边喊道，一边快速飞向黛娜。

奥利维亚紧跟在代亚身后。

"代亚！"黛娜的眼睛一下子就红了，连忙抱住代亚。虽然代亚已经长大了，但黛娜还是一眼就认出了儿子。

"黛娜。"奥利维亚轻声道。

黛娜扑入奥利维亚的怀里，终于，他们夫妻团聚了。

在半空的林雷和贝贝见状，脸上露出了笑容。

没过一会儿，黛娜抬头看向奥利维亚，担忧地说道："奥利维亚，上次你能逃走已经很幸运了，这次你……唉！"

在黛娜看来，博宁实力很强，背后还有天山府主，奥利维亚敌不过博宁。

"放心。"奥利维亚露出笑容。

"母亲，放心吧，有林雷叔叔在。"代亚也说道。这个冷漠少年在见到母亲后，终于像个正常的孩子了。

"林雷？"黛娜疑惑地抬头看向悬浮在半空的林雷，"他吗？"

"嗯。"奥利维亚笑着点头。

"可博宁的父亲不单单是天山府主，还是主神使者，拥有一件主神器。"黛娜还是很担忧。

闻言，奥利维亚笑了。

"母亲，林雷叔叔是达到了大圆满境界的上位神。"代亚连忙说道。

其实，奥利维亚知道林雷的真实实力，不过，和雷诺他们一样，为了保护林雷，只对外说林雷是达到了大圆满境界的上位神。因此，代亚也认为林雷是达到了大圆满境界的上位神。

"大圆满境界？"黛娜吃惊地眨了眨眼睛。在她看来，达到了大圆满境界的上位神只是传说中的存在。

"黛娜，博宁在哪里？"奥利维亚问道。

"他……"黛娜迟疑了片刻，还是说道，"他出去采雾血花了，就在禹石山脉内。"

"雾血花？那是什么？"奥利维亚不解。

"只是一种花而已。"黛娜转移话题，"别管这些了，我们现在要找博宁，可禹石山脉那么大，怎么找？"

在半空的林雷突然开口说道："奥利维亚，我已经发现那个博宁了。"

闻言，黛娜、代亚、奥利维亚抬头，吃惊地看向林雷。

"黛石堡的一名护卫找到了博宁。"林雷淡笑道。展开神识后，他便知道黛石堡的人在找博宁，也很快就找到了博宁。

居住在禹石山脉内的人很多，但是能一次带十多名上位神护卫出门的，只有博宁。

"跟我走。"林雷淡笑道。

于是，奥利维亚带着黛娜和代亚，跟着林雷、贝贝飞出了城堡，没有人敢阻拦他们。

禹石山脉内某处。

一名身高近两米的男子在采花，正是博宁。他面容俊朗，粗黑的眉毛下一双眼睛炯炯有神，偶尔流露出一丝霸气。此时，他手里有一朵漂亮的花——雾血花，上面还泛着红光。

"堡主，那个叫奥利维亚的又来了，还带了人来！"

"你说什么？"博宁脸色一变。

那名护卫继续说道："他带来的人实力很强，我们根本拦不住，只能眼睁睁地看着他们冲进城堡。我们奉大人令特来通知堡主。"

"浑蛋！"博宁眼中寒光闪烁，"我上次饶了他一命，没想到他又来了。跟我走！"

"堡主，"博宁的贴身卫队的首领，一名白眉男子郑重地说道，"奥利维亚见识过您的实力，这次还敢来，明显是有所准备。刚才护卫说了，我们城堡那么多护卫都拦不住奥利维亚带来的人，那人的实力估计赶得上府主。"

闻言，博宁停了下来，紧握双拳，看着手中那朵雾血花："难道我就让他们这么带走我夫人？"

博宁急了。

"堡主，性命最重要啊，夫人……我们还是先去找府主吧。"白眉男子劝说道。

就在此刻——

"别劝他了，你们来不及离开了。"一个淡漠的声音在他们的脑海中响起。

"嗯？"博宁等人脸色一变，抬头看向远处，只见有五道身影疾速朝他们飞来。

博宁看到黛娜和奥利维亚手牵着手，十分亲密，不禁双眼泛红，怒气上涌，脸都涨红了。

他遥指奥利维亚，吼道："奥利维亚，放开我夫人！"

"你夫人？"奥利维亚目光冷厉。

"娜娜，"博宁愤愤地说道，"这么多年来，我可曾对你不好？你让我做什么我就做什么。你要看雾血花，我便带人找雾血花，可是你……"

博宁的话还没有说完就被黛娜打断了："博宁，我是奥利维亚的妻子，不是你的妻子。你派人杀了雷亚，你以为我会原谅你吗？"

"可是……可是你是先和我结婚的！"博宁怒喝道。

黛娜摇了摇头，不再多说。

博宁低头看着手中的雾血花，想到自己之前的行为，突然哈哈大笑起来。

"好，我死心了！"博宁死死地盯着黛娜和奥利维亚，"你们不是想在一起吗？那你们就一起去死吧！"

轰！博宁身上爆发出黑色光芒。

博宁使用了一滴主神之力。此时的他如疯魔一般，猛然一踏地面。山体竟然因此龟裂开来，山石滚落。他如闪电般冲向奥利维亚等人，手中还拿着一柄黑色的长枪。

林雷手中出现了黑钰重剑，上面流转着土黄色光芒。他朝博宁挥出了一剑。这一剑看似缓慢，实则很快。

砰！博宁被黑钰重剑拍得狠狠地砸在山石上，把山石都砸碎了。

"不可能！"博宁震惊地看向林雷，随即低吼一声，再次朝林雷挥出手中的黑色长枪。

一道透明的枪形波纹袭向林雷，林雷的眉心射出一道透明的剑形波纹，轻易就击碎了那道透明的枪形波纹。

贝贝疑惑地看了一眼林雷，在心中暗道：老大可以轻易解决博宁，为什么放他一马呢？

贝贝知道林雷的实力，刚才，林雷只要下手再狠一点就能解决博宁，可林雷没有那么做。

"不好！"那些护卫紧张得很，可是他们实力太弱，毫无办法。

"哈哈！"博宁怒极反笑，"原来你们请了如此厉害的强者，难怪这么嚣张。死在这样的强者手中不算丢脸，你动手吧。"

博宁竟然放弃动手了。

"咦？"林雷感到不解。

然而，嗖的一声，博宁猛地逃入地底，逃跑速度之快，让林雷感到惊讶。林雷在心中暗道：博宁看似疯狂，实则很有心机。

林雷不紧不慢地降落在地上，右脚重重地一踩地面，就有一道透明波纹朝地底传递而去。

博宁在地底逃跑，根本躲避不了这道透明波纹。他的身体猛然一震，喷出了一口鲜血。

就在这时，林雷运用地行术奥义突然出现在了博宁的身边。

"你逃不掉的。"林雷伸手抓住博宁的肩膀，而后冲天而起。

博宁怒哼一声，朝林雷挥出黑色长枪。锵！金属撞击声响起，但是林雷毫发无伤。

"怎么可能？"博宁脸色大变。他是六星使徒，还使用了主神之力，可林雷只用地属性神力形成防御就挡住了这一击，未免太可怕了。

"别说是你，就是你父亲也伤不了我。"林雷淡漠地看了一眼博宁，拎着博宁飞向地面。

他到底是谁？博宁完全被震慑住了，心中生不出反抗的念头。

林雷一松手，博宁就落到了地上，奥利维亚和黛娜他们连忙飞了过来。

博宁原本很沮丧，可一看到黛娜和奥利维亚，就又猛地站了起来，满脸怒色，想冲过去。

林雷见到这一幕，不禁眉头一皱，他一伸手，就有一百零八条黄龙飞向博宁，形成一个圆形囚笼束缚住了博宁。

"啊——"博宁疯狂地咆哮。

"没用的，"林雷淡漠地说道，"即使靠主神之力你也逃不出去。"

在这个圆形囚笼里，强大的束缚力作用在博宁的身上，使得他根本就动弹不了。

"博宁，你也有今天！"黛娜愤愤地说道。

"父亲，为哥哥报仇！"代亚急切地说道。

奥利维亚默默走向博宁，双手青筋暴起。

博宁在圆形囚笼中咆哮："娜娜，自从你回来，你要什么我就给你什么，你说我哪里不好我就改哪里。为了让你开心，我甚至向我父亲低头，向他借钱为你购买你想要的东西！娜娜，你说……你……你为什么要背叛我?！"

黛娜不说话，只是冷漠地看着博宁。

"你离家出走几百年，我到处找你，等我找到你，你却跟这个奥利维亚结了婚，还有了孩子。"博宁气急反笑，"我没杀你，带你回家，希望你回心转意，可你呢？我们当初结婚，我可曾逼迫你？"

黛娜怒视着博宁："对，当初我是自愿嫁给你的，可你呢，你做了什么？你连我妹妹都不放过！在知道你的真面目后，我当然要离开你，要离你远远的！"

博宁一怔，而后沮丧地说道："那都是以前的事情了，忘掉以前的事情不好吗？"

"你太霸道了。"黛娜摇头说道，"你认为你没错，可我接受不了。"

博宁还想辩解："自从上次带你回来，我身边就只有你一个女人了。"

"迟了，"黛娜冷漠地说道，"发生了的事情我不可能当作没发生过，我已经看透了你这个人。你之前答应我，只要我跟你走你就放过奥利维亚和我的两个孩子，可你呢？"

"哈哈……"博宁大笑，眼中满是疯狂，"放过他们？我博宁的女人跟别的男人在一起，还有了孩子，我会让他们活着吗？"

此刻，博宁身上的黑色光芒消散了，代表他的主神之力已用完。

奥利维亚走到博宁的面前，冷冷地说道："博宁，你杀了我的儿子雷亚，今天是你还账的时候了。"

说着，他的手中出现了一柄玄冰长剑。

"还账？"博宁嗤笑道，"我告诉你奥利维亚，我留在黛石堡的只是一个神分身，我的其他神分身根本不在这里。你解决我的一个神分身没什么大不了的，终有一天，我会让你知道惹怒我的后果！"

博宁又看向黛娜："黛娜，既然你一定要离开我，那么终有一天，我也会毁掉你。我发誓，我会亲手毁掉你！"

黛娜听了心里一颤。

奥利维亚盯着博宁，冷漠地说道："毁掉她？你的其他神分身有本事就过来，我等着。"

"好，我会去找你的！"博宁愤愤地说道。

"我随时恭候，今天先毁掉你这个神分身再说。"奥利维亚说着，向博宁挥出了玄冰长剑。

圆形囚笼中的博宁眼神一暗，倒了下去，身上掉出了一枚神格。

见状，一旁的林雷和贝贝在心底叹息。

其实，博宁、黛娜和奥利维亚之间的事情有些复杂，一时间很难说清谁对谁错。

片刻后——

"奥利维亚，雷亚葬在哪里？"黛娜问道，"我想去看看。"

奥利维亚点了点头，然后看向林雷。

“那我们走吧。”

于是，林雷和贝贝带着奥利维亚一家三口乘坐黑色剑形金属生命离开了。那些护卫只能看着黑色剑形金属生命消失在他们眼前。

黑云山脉，天山府。

天山府主居住在这里，周围驻扎了上百万名府兵。

“府主，博宁少爷的最强神分身没了。”白眉男子向天山府主汇报道。

原本坐着的天山府主猛然站了起来，目露寒光，怒道：“没了？你当时做了什么？”

“府主，那人太强了。”白眉男子惊恐地跪下。天山府主比其儿子博宁少爷更可怕，白眉男子担心天山府主迁怒于他。

“说说经过。”天山府主低沉地说道。

“是，府主。那天，博宁少爷……”白眉男子把事情的经过叙说了一遍，连林雷和博宁交手的过程也讲得清清楚楚的。

天山府主听得皱起了眉头，待白眉男子讲完，他说道：“乘坐黑色剑形金属生命离开的？好，传令下去，天山府境内的情报人员一旦发现黑色剑形金属生命飞过，特别是内部有五个人的，就必须立马汇报。”

“是！”白眉男子一听便明白府主要采取行动了。不过，白眉男子还是有些不解，他在心中暗道：听了我的叙说，府主应该知道那人很可怕，怎么还敢报复？

在白眉男子看来，林雷的实力超过了天山府主，他想不明白天山府主为何还要对付林雷。

待白眉男子退出去后，天山府主一挥手，将房门关闭了。

“博宁这孩子太孤傲，从来就不听我的劝说，原本想让他自己闯荡，没承想……唉！"天山府主的眉宇间煞气隐现，"他的最强神分身没了，前途渺茫。若这件事发生在千年前也就罢了，但现在……我倒要看看是谁动的手。"

天山府主一翻手，手中出现了一个翠绿色的盒子。他打开盒子，盒子里面铺着一张绿纸，上面静静地躺着一个臂环，臂环上面镶嵌着九颗绿色的灵珠。

看着这个臂环，天山府主的眼睛亮了起来："也该用用它了。"

将臂环套在右臂上后，他的气息明显发生了变化。随后，他的身体一分为二，一个有着黑色长发，一个有着银色长发。银发天山府主将那个翠绿色的盒子收起来，朝侧门走去；黑发天山府主则戴着臂环站在屋内。

"我这一用……"黑发天山府主眉头一皱，说道。

已经走到侧门旁的银发天山府主停了下来，又取出那个翠绿色的盒子，将盒子中的那张绿纸拿了出来。

他将一股能量凝聚在掌中，然后拍向那张绿纸。那张绿纸震颤了一下，但依旧完好无损。

"连我也毁不掉它……"银发天山府主一翻手，取出一枚空间戒指，将那张绿纸收到了空间戒指内。

他用力捏碎了这枚空间戒指，里面的那张绿纸自然也就没了。

"哈哈，从今天起，再也没人知道这个秘密了。"

银发天山府主笑着离去了，黑发天山府主则低头看了看自己手臂上的臂环，微微一笑。

第724章

天山府主

　　黑色剑形金属生命在地狱高空飞行着。金属生命内部，林雷他们五人围坐在桌子旁。

　　"林雷，我和黛娜能再次团聚，全因你的帮助，谢了。"奥利维亚端着酒，说完后将其一饮而尽。

　　"哈哈！"旁边的贝贝大笑起来，"奥利维亚，去天山府的途中，我就没见你真正笑过，你即使笑也是一副很勉强的样子。现在，你的眼睛都笑得眯起来喽。"

　　奥利维亚听了，笑着看向旁边的黛娜，两人甜蜜地对视了一眼。

　　林雷见状不由得笑了起来，可很快又皱起了眉头。

　　"真烦人！"贝贝不满地嘀咕道。

　　心情很好的奥利维亚则笑道："别在意这些。"

　　就在刚才，有一道神识扫过了他们这个金属生命。这种事情虽然经常发生，可还是会让金属生命里面的人心里不舒服。

　　"那些强盗也只敢用神识探查一下，一旦发现里面坐着的是上位神，他们就不敢动了。"贝贝不屑地说道。

"奥利维亚，"林雷开口问道，"距离你说的那个地方还有多远？"

奥利维亚叹息一声，说道："快了，以这个速度，再过五六天就能到。林雷，到时候还得麻烦你降低速度，我得仔细看才能确定具体位置，毕竟那个地方在山坳中。"

"放心。"林雷淡笑道。

一处山顶上站着两道身影。

"黑色剑形金属生命，五个人，没错，就是刚才过去的那个！"一名金色短发男子遥看黑色剑形金属生命离去的方向，说道。

他身侧的光头青年笑道："这和前面情报人员传来的信息刚好一致，不过，这个金属生命的飞行速度还真快。之前是在数千万里外看到它，这才过去两天，它就到这里了。"

林雷的这个黑色剑形金属生命的速度让他们震惊，毕竟一般的金属生命最多日行百万里。

"能达到这样的速度，那肯定是高等金属生命，至于操控金属生命的人，实力极强。"情报人员推测道。

他们立即将信息汇报给总部，总部再将信息传递到各个分部，林雷等人的行踪尽在他们的掌控之中。

一个圆弧形的黑色金属生命悬浮在一条山脉上空。

金属生命内部，黑发天山府主透过透明金属遥看前方，他身侧站着三个人，态度恭敬，其中一人便是那个白眉男子。

"嗯？按照你们的推测，他们一行人不是应该从这里经过吗？"黑发天山府主冷漠地说道。

一名银发老者躬身说道："府主，根据他们前进的路线，他们确实应该会经过这里。就在前不久，情报人员传递了信息过来，说他们正在朝这个方向飞过来。"

"可是我没看到他们。"黑发天山府主转头瞥了一眼银发老者。

银发老者心一颤，连忙恭敬地说道："府主请放心，即使他们走其他线路，我们也能够提前发现。"

"府主。"白眉男子突然开口说道。

黑发天山府主瞥了一眼白眉男子。

白眉男子躬身说道："府主，我想到了一件事情。"

"说。"

"府主，当初博宁少爷安排人追杀奥利维亚和奥利维亚的两个孩子，被派去的战士就是在距离这里大概数十万里处截住了奥利维亚。那一战，那些战士都死了，奥利维亚则失去了一个孩子。他们会不会是要去埋葬那个孩子的地方？"白眉男子说道。

"嗯。"黑发天山府主一听，觉得有道理。

"很好，"他对白眉男子微微点头，"我们现在就去那个地方。"

"属下来指引方向。"白眉男子恭敬地说道。

"嗯。"

随即，圆弧形的黑色金属生命划过长空，瞬间消失不见。

一处无名山坳内。

在一汪黑色湖水旁，矗立着一块由巨石雕刻成的墓碑。奥利维亚、黛娜和代亚站在墓碑前，神色悲伤，林雷和贝贝则站在旁边。

"雷亚，我的孩子……"黛娜忍不住跪了下来，眼泪直流。

原本一脸冷漠的代亚此时也哭了，奥利维亚则静静地看着墓碑。

林雷和贝贝相视一眼，没有说话。

通过奥利维亚等人此时的反应，林雷知道他们一家人之间的感情很深，可一想到他们之前经历的那些事情，他也只能在心底叹气。

林雷走向湖水，贝贝跟了过来，苦着脸灵魂传音："老大，看到奥利维亚他们一家人的样子，我觉得很压抑。"

"唉，我们就在旁边等等吧。"林雷回应道。

过了许久，奥利维亚带着妻子和儿子走了过来："林雷，我们好了。抱歉让你们等了这么久，我们回幽蓝府吧。"

"嗯。"林雷点头。

突然，林雷眉头一皱，朝远处看去，只见一个圆弧形的黑色金属生命正疾速飞来。因为飞行速度快，狂暴的气流声持续响着，还令山坳中不少树木的枝叶到处乱飞。

"什么人？"贝贝眉头一皱。

找我们的？林雷想着，同时展开神识探查那个金属生命。

"有四个上位神，那个黑发的冷酷老者应该就是天山府主莫尔德。难道莫尔德是来为他儿子报仇的？"林雷猜测道。

据林雷所知，莫尔德是血峰主神麾下一名普通的主神使者，拥有一件主神器。论实力，莫尔德比不上雷斯晶、黑默斯等人。

"林雷，怎么回事？"奥利维亚担心地问道。

"天山府主莫尔德来了，"林雷低声说道，"但是无须担心。"

"是他？"黛娜一惊，可想到林雷的实力，她又放心了。

圆弧形的黑色金属生命瞬间消散，半空出现了四人。为首之人一头黑色长发，面容冷酷，目光冷厉，仿佛一只时刻准备攻击人的巨兽。他的右臂上戴着一个臂环，臂环上面镶嵌着九颗绿色的灵珠。

"嗯？臂环？"林雷很少见人戴臂环，因此有些惊讶。

莫尔德冷冷地扫了一眼林雷等人，好像一只雄狮在盯着五只小绵羊。

莫尔德身后的白眉男子躬身说道："府主，那五人中，那个有着黑白头发的是奥利维亚，就是他毁灭了博宁少爷的最强神分身；而那个棕发男子实力最强，就是他束缚住了少爷，才使得奥利维亚能够对付少爷，但我们不知道他的名字。"

莫尔德瞥了一眼奥利维亚，而后盯着林雷。

"你可知道博宁是我的儿子？"莫尔德低沉地问道。

"知道。"林雷淡然说道。

"嘿，你就是天山府主莫尔德吗？"贝贝道，"你要为儿子报仇吗？要动手就快点，我们赶时间呢。"

"放肆！"

贝贝的话惹怒了莫尔德。轰隆隆！四周空气陡然炸响，莫尔德猛地冲向贝贝，右手抓向贝贝。

林雷眉头一皱，瞬间出现在莫尔德的身前，狠狠地踢向莫尔德。砰的一声，莫尔德被踢得倒飞出去，重重地撞在数十米外的山壁上，使得山壁龟裂，出现了一个人形大窟窿。

第725章

怪事

"哈哈……"贝贝捧腹大笑。

莫尔德的三个手下愣愣地看着远处山壁上的人形窟窿。他们的府主大人竟然瞬间就被对手击飞了！

轰！山壁震动，碎石滚落，莫尔德从人形窟窿中钻了出来，落在地面上。

莫尔德身上没有伤，他的目光落在林雷的身上，低沉地说道："我没攻击你，你却偷袭我。哼！速度不错，可力道弱了些。"

力道弱？林雷知道莫尔德在说大话。若不是拥有一件物质防御主神器，莫尔德早就受重伤了。不过，让莫尔德自信的并非那件物质防御主神器，而是他右臂上的臂环。

"别浪费时间了，动手吧。"林雷说道。

莫尔德眉头一皱，冷笑道："既然你找死，那我就成全你。"

轰！莫尔德的身上爆发出黑色光芒。用了一滴毁灭主神之力后，他如一道黑色闪电飞向林雷，同时踢出右腿。嗤！空间出现了一道裂缝。

林雷无所畏惧，直面这一击。

莫尔德以为自己踢到了林雷，可那只是林雷疾速移动下产生的一道残影。

此时，林雷正在莫尔德的身后，一把抓住了莫尔德的左腿。

"不！"莫尔德脸色大变。

"速度太慢了。"林雷说道，同时将莫尔德甩向山壁。

砰！强大的撞击力令山壁上出现了一个大深坑。

"怎么会……"莫尔德被摔得头晕目眩。

莫尔德的手下愣愣地看着眼前这一幕，难以置信。

"林雷叔叔好厉害！"代亚眼睛发亮。

"强得可怕。"奥利维亚见识了林雷的实力后，十分震惊。

"不知道莫尔德是怎么想的，竟然敢和我老大斗。他之前被踢出去时就应该感受到了差距，应该知难而退才是。"贝贝不理解，嘀咕道，"他不就是有一件物质防御主神器吗？有什么好得意的！"

"浑蛋！"愤怒的咆哮声从山壁中传出来。

轰！莫尔德冲了出来，双目泛红，怒视着林雷，吼道："你这小子只会靠速度吗？就你那点攻击力，根本伤不了我！"

莫尔德依旧认为林雷只是速度快，在攻击力方面比不上他。

"哈哈……"莫尔德猖狂地大笑着，猛地一蹬地面，冲向林雷。

在快靠近林雷的时候，莫尔德挥出了右拳。

林雷也闪电般出拳。拳对拳！

砰的一声，莫尔德被震得倒飞了出去。落在地上后，他震惊地看着林雷："你……你没使用主神之力，怎么能挡住我这一拳？"

莫尔德没想到自己使用了主神之力后，竟然还是被林雷一拳震开了。

"和黑默斯比，你这一拳差得远。"林雷淡漠地说道。

"黑默斯？"莫尔德眉头一皱，而后像是想起了什么，冷笑道，"你的实力是不错，那就试试我的灵魂攻击吧。"

只见莫尔德嘴巴一张，就有一道透明的风刃形波纹朝林雷袭去。

林雷低喝一声，一道透明的剑形波纹从他体内弥散出去，撞击在透明的风刃形波纹上。砰的一声，透明的风刃形波纹瞬间消失，而透明的剑形波纹继续袭向莫尔德，并且进入了他的体内。

如今，林雷的最强攻击是灵魂攻击，七星使徒莫尔德怎么可能抵挡得住林雷的灵魂攻击？

莫尔德身体一颤，眼神一暗，倒了下去。

"府主！"白眉男子等三人惊呆了，他们的府主就这么死了？

"莫尔德真是不自量力。"贝贝在一旁嘀咕道。

林雷转头朝奥利维亚等人走去，说道："我们走吧！"

奥利维亚却脸色一变，震惊地看着林雷的身后，惊呼道："林雷！"

"嗯？"林雷疑惑地回头。

莫尔德竟然站了起来，他眼睛发亮，震惊地看着林雷："你……你是谁？"

林雷也震惊地看着莫尔德："你没死？"

莫尔德明明中招了，都倒下了，怎么又活过来了？

"老大，这家伙没死，怎么回事？"贝贝也很不解。

当林雷等人百思不得其解时，莫尔德内心十分震惊：对方的灵魂攻击这么强，物质攻击也这么强，速度又那么快，可以说是没有弱点……

"你是达到了大圆满境界的上位神？"除了达到了大圆满境界的上位神，莫尔德想不到还有什么强者会这么厉害。

"难道你是林雷先生？"莫尔德又猜测道。

莫尔德能猜到对手是林雷并不奇怪，毕竟地狱中疑似达到了大圆满境界的上位神也就三个。说是疑似，但是大家都默认他们已经达到了这个境界。对其他两个疑似达到了大圆满境界的上位神，莫尔德早就有所了解，唯独对林雷不是很清楚。

林雷因为两百年前在位面战场上与马格努斯的一战而出名，但知道这件事情的人并不多，莫尔德是通过一个朋友知道林雷的。莫尔德知道林雷的名字，还知道林雷是青龙一族的，但并不知道林雷的模样。

"对，我是林雷。"林雷淡笑着点头。

"达到了大圆满境界的上位神林雷？"白眉男子等三人更加震惊了。

莫尔德也十分震惊，在心中暗道：博宁这小子怎么招惹了达到了大圆满境界的上位神？一时间，多个念头在莫尔德的脑海中闪过。

莫尔德挤出一丝笑容，说道："林雷先生，抱歉，请允许我先走一步。"

"你冲过来就打，打不过就想走，当我们是什么？"贝贝愤愤地说道。

林雷却看着莫尔德说道："我很好奇刚才你怎么会没事。"

嗖的一声，莫尔德冲天而起，只想赶快离开这里。

林雷眼睛一眨，就有两道透明的剑形波纹射向半空的莫尔德。

莫尔德再次中招，身体一颤，从高空落下，砸在了地上，可仅仅片刻后，他又一骨碌爬起来了。

"怪事，怪事。"林雷不解，道，"如果你有灵魂防御主神器，我对你进行灵魂攻击，你应该没有感觉才对。很明显，你没有灵魂防御主神器。既然如此，我的灵魂攻击怎么会对你没有用呢？"

莫尔德见林雷在沉思，准备再次逃离，然而两道透明的剑形波纹再次射向他，使得他又倒了下去。

这回，林雷让自己的神识进入莫尔德的体内，感受莫尔德身体的变化。片刻后，林雷喃喃道："原来如此。"

他发现了莫尔德活过来的原因。

突然，莫尔德眼睛一亮，又活过来了。看到林雷，他猛地朝地底钻去。

林雷身影一闪，瞬间就到了莫尔德的身侧，一只手抓住莫尔德的肩膀，一只手抓住莫尔德手臂上的臂环。

"不！"莫尔德急了。

林雷猛地一用力，咔嚓一声，臂环裂开了，那九颗灵珠到了林雷的手中。

"你连续被我的灵魂攻击击中却没事，是因为这九颗灵珠吧？"林雷瞥了一眼莫尔德。

莫尔德的脸色瞬间变得苍白。此时，他的那三个手下早就逃走了，他只能靠自己了。

第726章
九颗灵珠

　　"老大，他能活过来是因为这九颗灵珠吗？这九颗灵珠是什么玩意儿？"贝贝飞到林雷的身侧，好奇地观察着林雷手中的九颗灵珠，"老大，我感觉不到这九颗灵珠有啥特殊的。"

　　林雷笑道："最初，我也没发现这九颗灵珠有什么特殊之处，直到我用神识查看莫尔德，才发现这九颗灵珠不一般。天山府主，我猜得没错吧？"

　　"林雷大人，"莫尔德脸色苍白，连忙说道，"你猜得没错。这九颗灵珠是大自然孕育的珍宝，蕴含着不可思议的生机，只要贴身带着它们，它们就会给主人提供源源不绝的生命力。因此，即使我受到了林雷大人的灵魂攻击，也能迅速恢复。"

　　此刻，莫尔德没有了依仗，只好把自己知道的都说出来。他原本以为自己拥有这九颗灵珠就不用怕其他强者了，可没想到事情会变成这样。面对林雷，这九颗灵珠只能护他的性命，却不能增强他的攻击力。更何况，现在这九颗灵珠已经到了林雷手里。

　　"莫尔德，这灵珠认主了吗？"林雷问道。

　　"没有。"莫尔德说道。

林雷心念一动，一滴鲜血从他的手指上冒出来，飞向九颗灵珠。

这滴鲜血在这九颗灵珠上滚动起来，而后滴落在林雷的手掌上。

"竟然融不进去。"林雷皱着眉说道。

"林雷大人，这九颗灵珠是大自然孕育出来的神奇宝物，不是神器，无法通过滴血的方式让它们认主。"莫尔德连忙说道。

林雷瞥了一眼莫尔德，然后紧紧握住九颗灵珠，他顿时感觉到有一股奇特的能量游走全身，甚至能感觉到他的灵魂受到了滋养。

"真是奇特！这种宝物，也只有大自然才能孕育出来。"林雷赞叹一声。

"对，对。"莫尔德附和道。

贝贝却撇着嘴说道："老大，这九颗灵珠是有些特殊，但保不准他有其他宝物。"

闻言，莫尔德脸色大变。

"老大，莫尔德终究是个祸患。他不敢报复你，但有可能会报复奥利维亚他们，你也不可能一直护着奥利维亚他们。"贝贝灵魂传音。

"林雷大人……"莫尔德话还没有说完就眼前一暗，倒了下去，一件红色铠甲落在地上，正是那件物质防御主神器。

奥利维亚、黛娜和代亚走过来，奥利维亚看了看地上的莫尔德，而后感激地看向林雷："林雷，谢了，你又帮了我一次。"

"谢谢林雷叔叔。"代亚真诚地说道。

林雷朝代亚笑了笑，又看了看手中的九颗灵珠，感慨道："对付博宁时，我就知道迟早会面对莫尔德，只是没想到会碰到大自然孕育的奇宝。"

"真扫兴。"贝贝突然说道。见林雷释放的一滴鲜血不能融入那副红色铠甲中，大家就知道莫尔德还有其他神分身。

"算了，这件物质防御主神器就扔在这里吧。"林雷说道，"莫尔德损失了最强神分身，没什么威胁了。"

"哼！不能给他留好处。"贝贝一伸手，莫尔德的空间戒指就到了他的手中，啪的一声，空间戒指被他捏碎了。

林雷看了一眼那九颗灵珠，道："这宝物是不错，可对我的用处不大。我们走吧。"

林雷便将那九颗灵珠收到了空间戒指内。

"走喽，回幽蓝府！"贝贝笑着说道。

奥利维亚看了看妻子和儿子，满足地笑了。

当即，林雷一行五人再次乘坐金属生命疾速飞向幽蓝府。

林雷的空间戒指内部。

这里面有着大量的物品，有存放主神之力的壶，有黑钰重剑、紫血神剑，还有墨石、湛石等。在由大量墨石、湛石堆积而成的一座小山上，有一顶很不起眼的残破皇冠。

泛着翠绿色光芒的九颗灵珠突然出现在这片空间，令这片空间变得明亮起来。然而，诡异的是，那顶残破的皇冠竟然主动飞向那九颗灵珠，那九颗灵珠也朝残破的皇冠飞去。很快，那九颗灵珠就将残破的皇冠围在中央，而后依次飞入皇冠上的凹槽中。一丝绿色光芒在皇冠上流转，片刻后，皇冠再无之前的残破之相。

这顶皇冠上有十个凹槽，一大九小，围成一个圈。此时，九个小凹槽里正是那九颗灵珠，而那个菱形大凹槽是空的。

林雷并不知晓发生在他的空间戒指内部的这一切。在灵魂变异前，他曾仔细研究过这顶皇冠，但并没有研究出什么来，于是他放弃了。后来，他又遇到了很多事情，更是忘了这顶皇冠。或许，要等取出这顶皇冠时他才会发现其中的奥秘。

一个巨大的虎形金属生命悬浮在一条山脉上空，里面足有上百人，为首的便是穿着银色长袍的银发莫尔德。

莫尔德站在金属生命内，透过透明金属遥看远处的山脉。

"去那里将那副铠甲取回来。"莫尔德冷漠地说道。

"是，府主。"白眉男子当即带着一支十人小队疾速飞向那处山坳。

莫尔德感知到自己那件物质防御主神器仍然在那里，显然，它并没有被林雷他们带走。

"我实力大减，若是有人挑战我……"身为一府府主，莫尔德现在最担心有人挑战他。因此，他必须拿回自己的主神器。有主神器在手，他便有信心坐稳府主的位子。

一段时间后，白眉男子和那支十人小队飞回来了，白眉男子手中拿着那副红色铠甲。

莫尔德看到他们后眼睛一亮。金属生命的腹部立即出现一道大门，那副红色铠甲主动朝莫尔德飞来，而后融入莫尔德体内。

"出发，回去。"莫尔德淡漠地说道。

"是，府主。"一群人回复。

瞬间，这个巨大的虎形金属生命消失在这条山脉上空。

这个金属生命后舱的密室里没有一丝光，莫尔德闭着眼在盘膝修炼。突然，他睁开眼睛，身上弥散开一股狂暴的能量。

他愤愤地说道："毁了我儿的最强神分身，又毁了我的最强神分身，好！很好！"

莫尔德眼中寒光闪烁："既然如此，那我也要毁掉你！"

"可惜那张纸被我毁掉了，否则我轻易就能取得主神的信任，再稍微设计一下就能令林雷殒命，现在却有些麻烦……"莫尔德思考着，"那张纸虽然被毁掉了，但我知道那个上面的秘密。现在，那些灵珠不在我手上，那个秘密也就没有必要守着了。我要公开它，我要大肆公开，让所有主神都知道！"

充满怨气的声音在密室里回荡着，令密室外的白眉男子等人心颤。

第727章

信息真假

　　莫尔德虽然有这个想法，不过，具体要怎么做，他还得好好想想。若是那个秘密被林雷先知道了，恐怕林雷还会来对付他。再三思考后，他确定了自己该怎么做。

　　天山府主的府邸大殿里，一百名上位神战士在等待府主的到来。

　　"不知道府主召集我们要干什么？"一些上位神战士嘀咕着。

　　片刻后，从大殿的侧门走进来一人，正是银发的莫尔德。莫尔德冷冷地扫了一眼这群上位神战士，这群上位神战士立马站得笔直。

　　莫尔德走到宝座前坐下，扫了一眼下方，说道："我有一个任务要交给你们，若是这个任务泄露出去了，相关之人都得处死。"

　　闻言，这一百名上位神战士心一颤。

　　"你们放心，只要任务不泄露就没事。"莫尔德淡漠地说道，"一旦完成了任务，每人就能得到十亿块墨石。"

　　对这些上位神战士而言，十亿块墨石很多，他们当中很多人无数年积累下来的资产也就数亿块墨石。

　　莫尔德一挥手，他身前顿时出现了一张张黑纸。他再一挥手，这些纸就飘向那些上位神战士。很快，这一百名上位神战士的手中都有一张黑纸了。他们目光一扫，便记住了纸上的内容，同时脸色大变。

"都看到了吧？"莫尔德说道，"不管上面的内容是真是假，你们必须记住，不得泄露，泄露者……哼！"

莫尔德又看了一眼这一百名上位神战士。

"属下不敢！"这一百名上位神战士齐声道。

"很好。"莫尔德说道，"你们十五人为一组，你们十五人一组……剩下的二十五人为一组，分为六组。"

"第一组前往地狱西部的喀洛沙大陆，将那些纸分别送给这十五个人，这是他们的名单和地址。记住，途中千万不得泄露信息。"莫尔德再次叮嘱，同时一挥手，一张黑纸飞向第一组，"第二组前往地狱东方的碧浮大陆，这是名单和地址；第三组前往地狱南方的穆亚大陆；第四组前往地狱北方的紫荆大陆；第五组前往星辰雾海；第六组前往混乱之海。"

名单上的人大多是主神使者，也有一部分是府主。莫尔德这么做，是希望通过他们让主神尽早知道那条信息。

其实，地狱分为五块陆地、两大海洋，莫尔德往六个地方安排了人马，唯独没有安排人马去血峰大陆。因为莫尔德清楚，若是在血峰大陆传递那条信息，恐怕林雷很快就会知道。

"你们外出前留一个神分身在我府内。"莫尔德说道，"你们互相监督，若是有人泄露任务，立即禀报给我。"

"是，府主。"一百名上位神战士同时回应道。

"现在就出发吧。"莫尔德吩咐道。

待一百名上位神战士全部飞走后，莫尔德喃喃道："血峰大陆就由我去通知吧。"

莫尔德是血峰主神的使者，要见血峰主神并不难，而且由他自己去通知，能保证这件事不会被林雷知晓。

当天莫尔德便飞离了城堡，前往血峰主神的住处。

血峰大陆，连云山脉。

连云山脉深处有一座占地方圆千里的湖，终年被无尽的雾气笼罩着。这种情况在地狱中很常见，因此很少有人留意这里。

生活在附近的人都知道，往湖中央去容易在雾气中迷失方向，最后会莫名其妙地回到岸上，因此没人知道湖中央有什么。

哗啦啦！湖水轻轻荡漾，拍击湖岸。一道身影从高空疾速下坠，而后落在湖岸边，正是莫尔德。他在湖岸边站了片刻，然后飞入无尽的迷雾中。

湖中央有一座小岛，岛上生长着各种美丽的花，还生活着各种飞禽。岛上有一座简朴的圆锥形建筑，建筑后方花丛中有一张石桌，两名男子相对而坐，正凝神看着石桌上的棋子。两名男子身后各站着一名侍女，脸上满是笑意。

其中一名男子有着一头红色长发，眉间有一道弯曲的红色纹路。他对面坐着的是一名有着鹰钩鼻的银发男子。银发男子双眸狭长，眼中偶尔闪过寒光。

"哈哈，特雷西亚，你又输了。"红色长发男子大笑道。

"再来，再来！我可是刚学会这个，"特雷西亚连忙说道，"帕什，你都玩好些年了。"

"行，再来。不过，你还是会输的。"帕什哈哈笑道。

下军棋看似简单，但其中蕴含了很多调兵遣将的方法，不花费一番心思很难战胜对手。要是双方都认真下棋，一局下来就有可能要用数年时间。因此，对拥有永恒生命的主神而言，这是一个很不错的消遣游戏。

特雷西亚一边下棋，一边问道："你从哪里弄来的这副军棋？"

"在斯亚物质位面发现的。这副军棋比我过去玩的那些复杂得多，也精彩得多。"帕什笑着控制棋子移动。

在他们身后的侍女悄悄地神识传音。

"主神们玩得很开心呢。"

"特雷西亚大人估计不会赢啊。上次，毁灭主宰过来和我们主神下军棋就花了上千年，毁灭主宰都没赢过一局。"

就在这时，一名侍女从远处飞来，躬身说道："主神，莫尔德来了，说有紧急事情要拜见主神。"

"莫尔德？他这时候来干什么？"血峰主神帕什眉头一皱。

特雷西亚笑道："哈哈，帕什，你赶紧去应付一下吧。"

"你别移动棋子也别偷棋子，我可是记得清清楚楚的。"帕什看了特雷西亚一眼才离开。

主神大殿内。

莫尔德恭敬地站在大殿内，只见一道红色幻影一闪而过，大殿前方的宝座上便出现了血峰主神帕什。

莫尔德见到帕什，心一颤，连忙跪了下来。

"你找我有什么事情？"帕什淡漠地说道。

在莫尔德面前，帕什一副高高在上的样子，毕竟他是血峰主神。

"主神，我刚刚得知了一个天大的秘密。"莫尔德恭敬地说道。

"哦？"帕什不禁看向莫尔德，"说。"

"主神请看。"莫尔德手中出现了一张黑纸。

帕什看了一眼那张黑纸，那张黑纸就朝他飞去，并悬浮在他的身前。他扫了一眼上面的内容，神色一变，惊疑地看向莫尔德。

莫尔德依旧跪着，没吭声。

"这是从哪里找到的？"帕什低沉地问道，"记载这样内容的纸张，怎么会这么普通？"

"我是无意中得到的。"莫尔德连忙说道。

其实，原先的纸已经被莫尔德毁掉了，他根本不敢说实话。他之前得到了九颗灵珠，但是没有告诉主神，他担心主神知道这个后会怪罪他，进而惩罚他。

如果原来那张绿纸还在，帕什一定会相信这条消息。因为那张纸不普通，帕什一看就知道是怎么回事。可现在这条信息出现在一张普通的纸上，帕什不一定会相信。

"你说九颗灵珠在林雷那里？"帕什问道。

"不是我说的，是纸上这么写的。"莫尔德不敢多说，毕竟说得越多越容易露馅。

"你的最强神分身没了？谁解决的？"帕什突然问道。

莫尔德一怔，他没想到主神会问这个，只好如实回复道："是林雷解决的。"

帕什突然站了起来，令莫尔德一惊。

帕什冷漠地扫了一眼莫尔德，说道："莫尔德，至高神发布任务，使用的纸张绝非普通纸张。这样的信息，你也敢捏造？"

"我没有！"莫尔德惊恐地辩解道。

帕什站在大殿上，俯视着跪着的莫尔德，淡漠地说道："莫尔德，你犯了三个错误。第一，至高神发布任务，绝不会用这种纸张；第二，至高神发布任务，若提到了三件至高神信物，最多简单描述一下至高神信物的样子，绝对不会说某个至高神信物在谁的身上，即使说了，至高神也不会只说一个，而是会全部说清楚；第三，你的最强神分身刚被林雷灭掉，你就来告诉我这条信息，事情有这么巧吗？"

莫尔德不禁脸色一变。

"莫尔德，念在你这么多年勤勤恳恳的份上，我饶你性命，滚吧！"帕什淡漠地说道。

"不急，不急。至高神信物？我看看。"一道身影突然出现在大殿内，正是风系主神特雷西亚。

"你看吧，刚才我的话你也听到了。"帕什说道。

特雷西亚扫了一眼那张纸，微微点头："你这手下带来的信息的真实性的确很低。纸张不对，而且内容里只提到了这个叫林雷的人，有点奇怪。那可是有关至高神信物的信息啊，至高神已经不知道多少亿年没发布过有关至高神信物的信息了。"

"不过，"特雷西亚淡笑道，"你这手下若要陷害林雷，怎么会想到捏造这种信息？自天地诞生以来，至高神只发布过六次有关至高神信物的信息。按照前面信息的发布时间推算，我感觉至高神也该发布一次信息了。哈哈，帕什，反正我没什么事，就先去看看了。"

特雷西亚消失在大殿内。

第728章
风系主神

大殿内，莫尔德依旧跪在地上。

听到特雷西亚的一番话，莫尔德内心狂喜：显然，刚才那也是一位主神。虽然血峰主神不相信我的话，但是看样子那位主神相信了。林雷，哼，你就等着吧！

想到林雷即将要面对的一切，莫尔德心中很是得意。在那条信息上，莫尔德做了一点手脚，他相信去找林雷要九颗灵珠的主神不会轻易放过林雷。

就在莫尔德暗自得意时，一声呵斥响起："莫尔德！"

"主神。"莫尔德连忙回应。

帕什目光冷厉，俯视着莫尔德："我问你，这条信息到底是真是假？"

显然，特雷西亚的一番话对主神帕什产生了影响。

"主神，属下不知道真假。"莫尔德恭敬地说道，"属下知道这条信息后十分震惊，觉得主神应该会对这个有兴趣，便立即送来了。"

莫尔德根本不会回应这条信息的真假，因为一旦他回应了，就代表他见过原件。

"哼，滚吧！"帕什说道。

"是。"莫尔德离开了大殿。

大殿里只剩下帕什了，他皱着眉头喃喃道："莫尔德早不来晚不来，偏偏在特雷西亚在这里的时候来，现在这条信息被特雷西亚知道了，有麻烦了。"

随即，他似乎是想到了什么，猛地展开神识覆盖了整个血峰大陆。片刻后，他收回神识，摇头一笑，身影一闪，消失在大殿内。

莫尔德疾速飞行在白茫茫的雾气中。

"我取回主神器后立即安排了这件事情，又赶紧将这条信息禀告给了血峰主神。按照林雷他们离去的速度，他们应该还没有回到幽蓝府。"

莫尔德在心中暗道。在他看来，林雷这次凶多吉少。

山脉起伏，连绵不绝，一个金属生命在天空中飞行。

"我们已经进入幽蓝府境内了，要不了多久就能抵达天祭山脉。"金属生命内，林雷站在前端，透过透明金属遥看外界。

"幽蓝府。"黛娜和奥利维亚站在林雷一旁。

忽然，呼呼声响起，周围出现了一股可怕的旋风，包裹住了林雷他们的金属生命。

"怎么了？"贝贝大惊。

"不好！"林雷脸色大变。他事先什么都没有察觉到，可见来人的实力肯定在他之上。他赶紧使用了一滴地系主神之力，释放一个土黄色光罩笼罩住他们五人。

金属生命一颤，而后化为齑粉，林雷五人悬浮在空中。

林雷看向前方，只见一名有着一头银色长发和鹰钩鼻的男子悬浮在空中。他双眸狭长，目光冷厉，看一眼就让人心惊。

这名银发男子淡漠地看着林雷五人。

"老大，他是什么人？"贝贝灵魂传音问道。

"对方悄无声息地出现在我们周围，而且没有让我们察觉到，应该是主神。"林雷回答道。

随即，林雷微笑着向眼前人躬身，说道："幽蓝府林雷见过主神。"

在见过死亡主宰（冥界最强主神）、幽冥果树（生命主神）后，林雷知道主神会以各种形态出现。他们有时候会以能量形态出现，有时候会以人类形态出现，有时候会以本尊形态出现。总之，判断对方是不是主神，不是看对方的模样，而是实力。

银发男子的脸上露出一丝笑意："嗯，蕴含了天地法则的威势，不愧是达到了大圆满境界的上位神，这么快就知道我的身份了。"

来人便是风系主神特雷西亚，而且，他感知到林雷的那个光罩蕴含着天地法则的威势。

"主神拦下我们，不知道有什么事情？"林雷再次微笑着躬身说道，"还请主神明示。"

"让他们退去。"特雷西亚淡漠地看了一眼贝贝他们几人。在他看来，知道有关至高神信物的信息的神级强者越少越好。

"你们先去一旁等我吧。"林雷神识传音。

知道对方是主神后，贝贝几人不敢多说，迅速飞离开去。奥利维亚的儿子代亚则震惊地多看了几眼特雷西亚，显然，代亚对传说中的主神很好奇。

片刻后，贝贝等人到了数千里之外。

"主神，请明说吧。"林雷恭敬地说道。

"我的要求很简单。"特雷西亚淡笑着瞥了一眼林雷，说道，"至高神信物在神级强者手中没什么用处，你将你得到的至高神信物交给我。"

林雷闻言蒙了，问道："至高神信物？什么是至高神信物？"

特雷西亚眼中掠过一丝寒光，冷哼一声，说道："怎么，在我的面前你还想撒谎？"

话虽如此，但特雷西亚心里面还是有些矛盾：林雷看起来似乎真的不知道至高神信物是什么，不过，如果他想掩饰的话，我不一定能看穿。

"主神，我敢以至高神的名义发誓，我真的不知道至高神信物是什么。"林雷急忙说道。

特雷西亚没有说话，只是看着林雷。

林雷不解地说道："主神，你说的至高神信物是什么？据我所知，四大至高神乃四大规则幻化成的，应该没有人类的思维，又怎会制作信物呢？"

话音刚落，林雷就知道自己说错话了。如果至高神没有人类的思维，又怎会制作至高神器？既然有至高神器，那就应该有至高神信物。

特雷西亚淡漠地说道："至高神能幻化成人，他的能力岂是你能想象的？据我所知，三件至高神信物之一的九颗灵珠在你的手里，对吧？"

"九颗灵珠？"林雷十分吃惊，他也终于明白特雷西亚为什么来找他了。原来，能够令莫尔德不死的九颗灵珠是至高神信物，难怪有那么奇特的能力。不过，这至高神信物到底是做什么用的呢？

林雷此刻很想用神识查看自己空间戒指内的那九颗灵珠，不过他不敢那么做。因为以主神的能力，完全能够知道他的一举一动。

林雷依旧一副震惊的样子，问道："至高神信物有三件？"

特雷西亚看着林雷，冷漠地说道："林雷，你虽然达到了大圆满境界，但依旧是神级强者，至高神信物对你没多大用处。我劝你现在就将至高神信物交出来，你不要说不知道，我知道九颗灵珠就在你那里。"

"我给你一个机会，"特雷西亚继续说道，"现在交出九颗灵珠，我饶你不死。如果你存有侥幸心理，那就别怪我把你解决后再取走至高神信物。"

特雷西亚其实并不确定林雷有没有那九颗灵珠，只是在帕什那里知道这条信息后就想过来试一试。若信息是真的，他就会得到一件至高神信物；若信息是假的，他就当出来活动了一下，反正也没什么损失。

林雷在心中暗道：这个主神肯定是从莫尔德那里知道这条信息的。莫尔德和我有大仇，事情应该没这么简单。

林雷思忖了片刻，说道："主神，我都敢以至高神的名义发誓了，你怎么还这么说？难道我敢对至高神撒谎？我林雷以至高神的名义起誓，在您告诉我至高神信物的事情之前，我对至高神信物一无所知。我若说了假话，便让我魂飞魄散！"

林雷郑重地看着特雷西亚。

特雷西亚皱着眉头，心中满是疑惑：莫非林雷真的不知道那条信息？

"特雷西亚！"一个声音突然响起，一道红色人影从远处飞来，正是血峰主神帕什。

帕什飞过来，不满地说道："特雷西亚，林雷是我血峰大陆的人，你可不能乱来。仅凭莫尔德的一面之词，你就信了？有关至高神信物的信息多少年没有出现过了，怎么可能说有就有！"

特雷西亚一怔："帕什，你怎么当着林雷的面将这些说出来了？你这不是帮他吗？他就一个神级强者，你何必这样？"

他不明白帕什为什么帮林雷，在他看来，帕什应该和他站在同一阵线。

"林雷说的话，我也听到了。"帕什扫了一眼林雷，而后看向特雷西亚，"他都以至高神的名义发誓了，还有假吗？那条信息说了，九颗灵珠和其他至高神信物在一起。假设林雷得到了九颗灵珠，怎么会不知道其他至高神信物？显然，莫尔德在撒谎，或者说，他得到的信息是假的。"

特雷西亚不得不承认帕什说得有道理。

听着眼前两位主神的对话，林雷渐渐明白了：莫尔德是想害死我啊！若是我一开始禁不住吓，交出了九颗灵珠，恐怕这位银发主神就会让我交出其他至高神信物。在他看来，我既然有九颗灵珠，那就一定有其他两件至高神信物。若我不交，这位主神就有可能为了得到至高神信物而杀死我。

第729章

躲过一劫

林雷庆幸自己没有被吓到，还以至高神的名义发了誓。

在特雷西亚质问林雷前，林雷就已经把那九颗灵珠收入了空间戒指中，但他确实不知道那九颗灵珠是至高神信物，因此，他才会以至高神的名义发誓。

不过，特雷西亚没有想到这一点。根据他知道的信息，林雷应该同时拥有三件至高神信物。

这就是莫尔德在这条信息中做的手脚。林雷有九颗灵珠是真的，还有其他两件至高神信物是假的。那张纸上的信息包含了一真一假两个内容。莫尔德原本想靠这条信息解决林雷，没想到反而帮助林雷逃过了一劫。

"看来这条信息是假的。"特雷西亚沉吟道。

林雷松了口气。

"就你会相信这条信息。"帕什笑道。

特雷西亚余光一扫，注意到了林雷手上的空间戒指，他说道："林雷，你既然真的不知道，那就将你的空间戒指给我看看。如果里面没有那九颗灵珠，那么这条消息就是假的。对了，让你的其他神分身都出来吧，顺便看看你的神分身的空间戒指。"

林雷心一沉，检查空间戒指？

林雷清楚得很，那九颗灵珠就在他的空间戒指内。他心想：若是我交出那九颗灵珠，这位主神铁定认为那条信息都是真的，会逼迫我交出其他两件至高神信物，要是我交不出，这位主神估计会对我下手。

林雷明白自己不能交出那九颗灵珠，就算他今天交出了那九颗灵珠，这位主神不对他出手，其他主神也会因为这个消息来找他，今后他将很难再有平静的生活。

"主神，"林雷一副恼怒的表情，"即使你是主神，也不能这样咄咄逼人。我都以至高神的名义发誓了，你还要怎样？"

闻言，特雷西亚一怔。

林雷凌空而立，看着特雷西亚，毫不怯懦地说道："你说让我的神分身出来，好，我就让他们都出来。"

林雷心念一动，他的四大神分身一一出来了。

"四个神分身！"特雷西亚心中一惊，不过表面上还是很淡定。

一般来说，大多数神级强者只会修炼一种元素法则，小部分会修炼两种元素法则，至于修炼三种元素法则的，很少，而林雷却修炼了四种元素法则，这的确令人感到惊讶。

林雷直视着特雷西亚，愤愤地说道："主神，我的本尊加上神分身，一共五个身体，有五枚空间戒指。我的诚意已经在这儿了，您还要查吗？您若一定要查，那就先把我解决了再查吧！"

林雷表明了自己的态度，死死地盯着特雷西亚。特雷西亚凝视着林雷，心中思绪万千。他知道，不光是主神要面子，像林雷这种达到了一定境界的上位神也是要面子的。他在没有十足把握的情况下这样对待林雷，的确很过分。若是遇上性格刚烈的上位神，恐怕会来个鱼死网破。

帕什见状，脸一沉，怒道："特雷西亚，林雷已经很有诚意了，在他以至高神的名义发誓后，你还想检查他的五个空间戒指，这件事情一旦传出去，别人会怎么看你？"

特雷西亚心底发愁：林雷虽然说让我查，但让我解决了他再查，这不是逼我吗？若是我查到了那九颗灵珠，那还好；可若没查到那九颗灵珠，那就是我冤枉了他。如果是后面这种情况，那我就真的丢脸了。

特雷西亚犹豫不决。

"主神，要查还请尽快动手，我们还有事情，不能一直耗在这里。"林雷正色道，"至于那个莫尔德，不久前，他的最强神分身被我灭了，他一定是怀恨在心，才会用这样的信息来污蔑我。若主神不查了，我打算去找莫尔德算账。"

闻言，特雷西亚眉头一皱，这件事他也知道。

这时，帕什神识传音："特雷西亚，你得注意自己的身份，你是主神。事情到了这个份上，你还要查吗？"

"帕什，你要阻止我吗？看样子你是站在林雷那边了。"特雷西亚神识传音道。

"不是我要阻止你，是紫荆主神曾经拜托过我，让我照顾好林雷。"帕什回复，"据我所知，林雷之前参加了位面战争，难不成他是在那里得到了至高神信物？若他是在位面战场上得到了至高神信物，其他统领会不知道吗？他们不会去争夺吗？这条信息明显是假的。就算有至高神信物出现了，也不一定在林雷身上。即使真的有至高神信物出现了，且也真的在林雷身上，难道你还想去夺？"

"难道不可以？"特雷西亚反问道。

"我知道你已经融合了风系元素法则中的所有奥义，对上位神而言，你的实力很强，但是在所有主神中，你只是一名下位主神，在你的前面还有中位主神、上位主神，甚至是主宰。前六次得到至高神信物的都是主宰，其间，有下位主神或中位主神因争夺至高神信物而殒命。怎么，你想掺和进去？"

特雷西亚沉默了。

"这条信息明显是假的。"帕什继续神识传音，"若是真的，其他主神怎么会没有一点动静？根据之前的情况，最先知道这种信息的一般都是主神，为什么这次最先知道的却是一个主神使者？而且这个主神使者还是在自己的最强神分身被灭了后才来告诉我们这个信息，有这么巧吗？林雷好不容易修炼到这个境界，会为了一个他不知道的东西放弃自己的性命吗？"

最终，特雷西亚被说服了。片刻后，他神识传音问帕什："这个林雷和紫荆主神有关系吗？"

特雷西亚只是一名下位主神，而紫荆主神是一名中位主神。紫荆主神由紫晶山脉孕育而成，是天地间第一只紫晶神兽，比雷斯晶强很多。

"当然有关系，你大可以去查一查。林雷的一个绝招黑石牢狱便源于紫晶空间，而紫晶空间这一招，只有紫荆主神和他的孩子会用。"帕什道。

闻言，特雷西亚再次沉默了。如今，大量证据表明那条信息是假的，林雷与至高神信物毫无关系，而且因为紫荆主神的嘱托，帕什也绝对不会让特雷西亚动手对付林雷。

片刻后，特雷西亚用那狭长的眼眸扫了一眼林雷，淡漠地说道："我相信你。"而后他身影一动，消失在林雷的视线中，速度比达到了大圆满境界的上位神快得多。

这就是主神的速度，林雷在心中感慨。而后，林雷躬身对帕什说道："谢谢主神。"

"呵呵，"帕什淡然一笑，"林雷，你们四神兽家族在我血峰大陆居住，贝鲁特是我的使者，你和贝鲁特交情深，凭这些，我会护着你，更何况这件事情本来就是你占理。若是以后有时间，你可以去我的血峰岛玩一玩。血峰岛在连云山脉上。"

"是，主神。"林雷十分感激。

"你现在是不是打算去找莫尔德算账？"帕什问道。

"是。莫尔德这么算计我，我怎么能放过他！"

那九颗灵珠本来是莫尔德的，他拿着的时候不公开，等林雷消灭了他的最强神分身，拿了那九颗灵珠后，他就放出这么一条信息陷害林雷，还提到了至高神信物，真是阴险至极。

"你不用去了，回天祭山脉吧。"帕什说道。

林雷一怔：主神为什么要阻拦我？

在林雷看来，主神不会插手神级强者之间的事情，可现在……

"以莫尔德现在的实力，他已经没有资格担任主神使者了。"帕什说道，"最重要的是，莫尔德竟然对我撒了谎。"

说到这里，帕什脸一沉。欺骗主神可是死罪。

天山府吕岩城一座幽静的府邸内。

"一切都准备好了，现在就等着林雷的死讯了。"莫尔德坐在花园中，惬意得很。他虽然有九成把握认为林雷会死，但是也有些担心林雷侥幸逃过这一劫后来报复他，因此他没有回府邸，而是来了这座城池。

城内禁止战斗，这是主神定下的规矩，即使是达到了大圆满境界的上位神也不敢违背。

忽然，一股可怕的气息出现在花园中，一些黑色能量随之出现，聚集起来后变成了一名有着红色长发的男子。

"主神！"莫尔德一看，吓得立马跪了下来。

这正是血峰主神帕什的能量分身。帕什的本尊在千万里之外，他只是在这里形成了一个能量分身。

不过，主神的能量分身足以对付绝大部分上位神，却很难对付达到了大圆满境界的上位神。因此，之前特雷西亚在听到有关至高神信物的信息后，硬是本尊赶到了林雷那里。

帕什看了一眼莫尔德，哼了一声，说道："敢欺骗我！"

接着，一支半透明的暗红色利箭从帕什的眉心射出。

"不，我……"莫尔德的话还没有说完，那支半透明的暗红色利箭就进入了他体内，随后他眼神一暗，倒地不起。

锵！他身上的那件主神器——红色铠甲落下来。随即，帕什的能量分身带着这件主神器，化作一道光芒消失在了城内。

一个黑色剑形金属生命在幽蓝府上空疾速飞行。

"老大，我刚才担心死了。"直到这时贝贝的脸上才有笑容，"对了，老大，那个主神找你干什么啊？"

林雷一听，不禁想到了那九颗灵珠，心念一动，让自己的神识进入空间戒指中寻找它们。

在他的空间戒指中，悬浮着一顶隐隐流转着绿光的皇冠，皇冠上就镶嵌着那九颗灵珠。

"这……九颗灵珠……那顶残破的皇冠？"林雷惊呆了。

第730章

烫手山芋

林雷怎么都没想到他放到空间戒指中的那九颗灵珠竟然和那顶残破的皇冠结合起来了。此刻那顶皇冠隐隐流转着绿光，哪里还是过去那副残破的模样！

林雷的脸上满是震惊。

贝贝见状，不禁疑惑地问道："老大，你怎么了？"

"没什么。"林雷表面很平静，随即对贝贝传音："贝贝，刚才主神过来，就是为了找之前我从莫尔德那里得到的那九颗灵珠。从现在起，你千万不要对外谈起那九颗灵珠，即使回到天祭山脉也不要谈这个。"

和林雷一起闯过这么多风浪，贝贝自然知道事情的轻重，他连忙传音："放心，老大。"

"奥利维亚、黛娜、代亚，"林雷看向奥利维亚三人，神识传音，"从今天起，你们必须将那九颗灵珠的事情忘掉，明白吗？这件事情一旦说出去，就一定会掀起血雨腥风，我有可能会因此遭罪，你们这些知情人估计也会被抓去审问。"

林雷想象不出一旦牵扯上那九颗灵珠，到底会有多少人倒霉。除了莫尔德外，知道林雷有九颗灵珠的也就奥利维亚一家和贝贝。一旦消息泄露，奥利维亚一家人和贝贝绝对会遭殃。

"九颗灵珠？"奥利维亚神识传音，"放心，我们从没有见过什么九颗灵珠。"

"放心吧，林雷叔叔。"代亚也说道。

奥利维亚和黛娜都是上位神，自然知道事情的轻重，肯定不会说。至于代亚，在他看来，连无敌的林雷叔叔都这么说了，那么事情一定很严重，他也肯定不会说。

"现在莫尔德应该死了，只要你们不说，将来应该不会有什么大事。即使有事情，也只会牵扯我一个人。"林雷神识传音。

通过特雷西亚找他这件事，他估计还会有其他主神怀疑至高神信物在他这里。他皱着眉心想：莫尔德传播信息，肯定不会只传给一两个主神。我从天山府赶回幽蓝府，用时不足一年，其间，风系主神和血峰主神是最先知道的，其他主神估计还没得到信息，但过不了多久，其他主神就会知道。那些主神若是来找我，我还能应付。不管怎么说，我是无数位面中第一个拥有四个神分身且灵魂变异成功的上位神，拥有天地法则赐予的威势，主神想对付我也没那么容易。可奥利维亚、代亚等人就不同了，他们最好远离这件事情……

天祭山脉，林雷的府邸内。

雷诺坐在地上，倚靠着一棵大树，手中捧着一本书，耶鲁则和乔治相对而坐。

"老三修炼太认真了，这一回来就闭关，连本尊也不休息。他都修炼到这份上了，还这么拼命干什么？"雷诺的目光在书上，嘴里却嘀咕着，"本尊和四个神分身，他至少留一个陪我们哥几个聊聊天，谈谈这次旅程嘛。他倒好，什么都不说，直接闭关了。"

乔治转头瞥了一眼雷诺，笑着说道："老四，你以为像你这么懒散，老三能达到如今这个境界？天赋再好也要勤奋修炼。"

"我懂。"雷诺应了一声，忽然看到了不远处的贝贝，连忙招呼道，"贝贝，过来。"

"我有事情，等会儿再来。"贝贝跑开了。

贝贝沿着楼梯朝下走，通道变得阴暗起来。很快，他就来到了一间密室的门前。

嘎吱——石门被推开，贝贝看到了披散长发、盘膝静坐着的林雷。

林雷睁开眼睛看了一眼贝贝，笑着点了点头："贝贝，坐下吧。"

石门再度关闭。

贝贝疑惑地看着林雷："老大，有事吗？"

"贝贝，"林雷灵魂传音，"你之前不是问我那九颗灵珠是怎么回事吗？我现在可以告诉你，不过，我们必须靠灵魂交流，因为我不知道这个时候是否有主神在用神识监视我。"

若是主神用神识监视林雷，林雷是察觉不到的，因此，林雷不敢将那顶皇冠从空间戒指中取出来。

"当然，估计现在很多主神还不知道那条信息，但是为了安全起见，我们必须保持警惕。"

林雷经历了之前那一劫，不再抱有侥幸心理。

"问题似乎很严重啊。"贝贝眼睛放光，灵魂传音道。

"是很严重，那九颗灵珠是至高神信物，是主神们都想得到的东西。不过，我现在不能将它们交出去。之前莫尔德传递出去的那条信息说三件至高神信物都在我这里，一旦我交出那九颗灵珠，主神肯定会向我追要其他两件至高神信物，这样反而会招来祸端。现在最重要的是将那九颗灵珠藏起来。"

林雷思考了许久，最后还是决定让贝贝帮忙。

"老大，你说该怎么做？"贝贝灵魂传音。

"贝贝，你不是经常吞噬神格吗？这枚空间戒指内有足够的神格。"说着，他将一枚空间戒指递给贝贝，"贝贝，至高神信物就在这枚空间戒指内，你不要打开它，而是直接吞下它。现在的你应该能制造神格兵器了。将这枚空间戒指藏在一件神格兵器内部的夹层中，你应该做得到吧？"

"放心，老大，我现在正在制造神格兵器呢。"贝贝信心十足。

贝贝刚达到上位神境界的时候，还无法制造神格兵器。现在一千余年过去了，贝贝吃了很多神格，已然有制造神格兵器的能力了。

"我过会儿就吞下这枚空间戒指，但不炼化它，而是将它放在神格兵器内部。嘿嘿，就是主神也不可能用神识穿透神格兵器看到内部，又怎么会怀疑我的神格兵器呢？"贝贝很有信心。

"主神要查也是先查我。"林雷淡笑道。

对神级强者而言，至高神信物是危险物品。

因为莫尔德传递出去的那条信息，林雷根本不敢交出那九颗灵珠。他不交出去还好，主神会认为是莫尔德为陷害林雷而散布假信息；他若交出去，主神定会觉得那条信息全部是真的，会让他交出其他两件至高神信物。到时候，他会成为众多主神争斗的旋涡中心。

"若在我身上找不到那九颗灵珠，主神一般会放弃，但也不排除会有想要一查到底的主神。"

根据现在的情况，林雷猜测主神们也不知道那条信息的真假，或许至高神根本没发布什么信息。

林雷的猜测没有错，这件事情还没有结束。莫尔德是死了，可是他派遣出去的一百名上位神战士不知道莫尔德死了，他们依旧在赶往地狱各地，传递手中的信息。

星辰雾海海底深处。

一座九层塔矗立在海底深处，近五千米高，占地方圆百里。九层塔通体黝黑，表层隐隐有光晕流转，将塔与海水隔绝开来。九层塔底部的大门处，有两名独角战士在看守着。

塔内第一层正东的大殿内，有一个泛着迷人光芒的王座。坐在王座上的人显得有些模糊，不过这个人身上散发出的气息令人感到心悸，也令大殿下的一名紫袍人惊骇地跪伏着，根本不敢抬起头来。

"主神，"那名紫袍人低着头说道，"属下得到了一条信息，是有关至高神信物的。"

说着，他双手高举一张黑纸。

"至高神信物？"浑厚沙哑的声音响起。顿时，那张黑纸飘向王座，在王座前停了片刻后竟自燃起来，最后化为灰烬。

"记载这条信息的，竟然是一张普通的纸，可笑。"沙哑的声音再次响起，"这条信息你是从哪里得来的？"

"主神，这是一个上位神送来的。属下一看到这条信息就立即找到那个上位神进行了审问。那个上位神一开始还说是偶然得到的，不过属下不相信，继续审问了那个上位神，终于知道这条信息是血峰大陆的天山府主莫尔德派他送来的。我不敢多想，连忙来禀报了。"

"血峰大陆的一名府主？"坐在王座上的主神沉吟了片刻，"你做得很好，退下吧。"

"是，主神。"那名紫袍人眼中带着喜悦，当即离去了。

"记载信息的纸过于普通了，这条信息的真实度不高，不过，那个府主敢这么做，或许有可能是真的。"

随即，那道人影消失在王座上。

血色阳光照耀着天祭山脉，令天祭山脉上四大神兽的雕像是那般耀眼，山上随处可见各色人影。

嗖！一道模糊的人影突然出现在天祭山脉外围。这人穿着一件暗紫色长袍，长袍上绣有星星图案。他的一头深紫色长发随意地披在肩上，面容俊美，额头上有一根又短又细的紫色尖角。

来人扫了一眼天祭山脉，脸上露出笑容："没想到四神兽死后，他们的后代子女中还能冒出个达到了大圆满境界的上位神。"

随即，他身影一动，消失不见。很快，林雷的府邸上空出现了一道暗紫色人影。

"什么人？"雷诺瞥到了上空突然出现的人影，吓了一跳。

随即，更多的人注意到了这道突然出现的人影。

"他是谁？"耶鲁震惊地问道，"我……我看不清他的模样，他好像被一层雾笼罩了。"

"我也看不清。"贝贝也很震惊。

这人缓缓落到空地上，身上散发出强大气息，让人不敢靠近。

嗖！两道身影从大厅内飞了出来。

"见过主神。"两道人影同时躬身说道。

"林雷，贝鲁特，"来人用紫色眼瞳扫了他们一眼，"屋内谈吧。"

说着，这道人影一动，便消失在空地上，速度比达到了大圆满境界的上位神不知道快了多少倍。

林雷、贝鲁特相视一眼。

"林雷，你料得还真准。"贝鲁特神识传音。

"这很容易推断出来，只是我没想到会来得这么快。"林雷神识传音，"贝鲁特大人，这位是什么主神？"

"是星辰主神，他掌控着星辰雾海。论实力，在毁灭一系七位主神中，他仅在毁灭主宰之下，比你之前碰到的风系主神特雷西亚强多了。走，我们进去吧。"贝鲁特神识传音。

于是，林雷、贝鲁特也走向大厅。

大厅内，其他人都退下了，只有三人在这里。

星辰主神坐在主座上，目光落在林雷的身上："林雷，据我所知，至高神信物之一的九颗灵珠在你这里，那么其他两件至高神信物应该也在你这里。至高神信物对你没有用，你还是拿出来吧。当然，我不会白拿你的东西。"

"抱歉，主神，"林雷躬身说道，"我没有至高神信物。"

轰！一道黑光从星辰主神的身上弥散开来，瞬间覆盖了整个大厅。林雷身体一颤，甚至觉得自己腿发软。这种感觉，就如同他孩童时代第一次见到七级魔兽迅猛龙一般。神级强者和主神之间的差距太大了。

"主神，"旁边的贝鲁特连忙说道，"难道您不知道风系主神、血峰主神来找过林雷吗？林雷以至高神的名义发过誓，血峰主神也证明了这件事情完全是一个谎言，是那个府主用来诬陷林雷的。"

"帕什他们来过了？"星辰主神的目光落在贝鲁特的身上。

"是的，主神。这条信息是那个天山府主莫尔德传出去的，在这之前，林雷解决了他的最强神分身，他没有办法报仇，便想了这个方法。否则事情怎么会这么巧，在林雷解决了他的最强神分身之后，有关至高神信物的信息就出现了呢？"

"莫尔德……"星辰主神知道这条信息是那个叫莫尔德的传开的，"他找死吗？"

星辰主神低沉的声音中蕴含了一丝愤怒。

"莫尔德就是想报复林雷，"贝鲁特说道，"毕竟他失去了自己最强的神分身。"

"莫尔德呢？"星辰主神冷漠地问道。

"他已经被血峰主神处死了。风系主神特雷西亚大人和血峰主神都因为这件事情十分生气。林雷当初想去找莫尔德算账，但莫尔德毕竟是血峰主神的使者，于是血峰主神亲自解决了莫尔德。"

星辰主神看向林雷。被主神盯着，林雷觉得压力很大。

忽然，星辰主神眉头一皱，因为他感受到了一股奇异的能量波动。他看向大厅门口，看到了血峰主神帕什的能量分身。

"帕什，你来了。"星辰主神开口说道。

帕什微笑着走过来："我当然要来。你来我的地盘，我岂能不招呼你？星伊，看来至高神信物的吸引力的确很大啊，连你都被吸引过来了。"

随即，帕什在一旁坐了下来，笑着看向林雷和贝鲁特："你们别紧张，星辰主神可不像特雷西亚那个疯子。"

"好了，"星伊不禁瞥了一眼帕什，"既然林雷都以至高神的名义发过誓，那我就相信你们说的。不过，帕什，无风不起浪，你那个使者莫尔德敢捏造这样的消息，估计至高神真的发布信息了。"

帕什点头说道："也对。不过，至高神若真的发布信息了，至少会让我们知道是哪三件信物吧，不可能只说九颗灵珠就不说其他两件了。根据之前的情况来看，发布的信息也不可能说某件至高神信物在谁的手里。很明显，这条信息是被修改过的。"

星伊点了点头，然后展开了自己的神识。

"星伊，你把自己的神识覆盖整个地狱干什么？"帕什惊讶地问道。

林雷听得心一颤，神识覆盖整个地狱？

神识的覆盖范围和灵魂、威势有关。如今，林雷的神识能覆盖方圆八百万里，与他变异的灵魂有关。主神的神识能轻轻松松覆盖整个地狱，由此可见，主神的威势比他的强多了。

难怪与主神本尊战斗，达到了大圆满境界的上位神很少有胜算。达到了大圆满境界的上位神要是知道自己与主神本尊有一场战斗，早就会逃去物质位面，毕竟主神进入不了普通的物质位面。

"这件事情当然要和地狱诸位主神谈一下，否则他们也会一个个过来确定这条信息到底是真是假。"星辰主神淡漠地说道。

林雷再次心一颤：地狱中所有的主神？

来自北方的紫荆大陆、东方的碧浮大陆、广袤的混乱之海……的诸位主神通过神识交谈起来。

"星伊，你联系大家干什么？"在遥远广袤的混乱之海中，地狱最强大的存在——毁灭主宰的声音在地狱所有主神的脑海中响起。

"主宰，我联系大家，是因为地狱中传出了关于至高神信物的信息。过段时间大家也会陆续收到，我干脆现在告诉大家，和大家一起商量一下这件事情。"星伊的声音在其他主神的脑海中响起。

"至高神信物？"一个惊喜的声音响起，源自穆亚大陆的主神。

"至高神又发布信息了？"

"什么信息？"

数个声音接连响起。

当然，只有主神能听到这些声音，林雷等人根本听不到。

"哼，这条信息是从帕什麾下的一个主神使者那里传出来的。"特雷西亚的声音响起。

在地狱，除了本地的七大毁灭主神外，还有来自其他位面的主神，如风系主神、地系主神、火系主神。参与这场谈论的，当然也包括他们。

"各位，"血峰主神帕什说话了，"很抱歉。这条信息的确来源于我的一个使者莫尔德。据我调查，他被一个达到了大圆满境界的上位神解决了最强神分身，想要报复对方，便捏造了这个谎言。特雷西亚和我已经调查过了，这的确是一个谎言。"

"那个达到了大圆满境界的上位神是谁？"一个清脆的声音响起。

"他叫林雷，是四神兽家族的。"特雷西亚的声音响起。

"林雷？"一个温和的声音响起，是紫荆大陆的紫荆主神，"这个林雷和我有些渊源，他才修炼数千年，没想到就已经达到了大圆满境界。"

"大圆满境界？"

"修炼数千年就达到了大圆满境界？不可能！"

"我知道那个叫林雷的，在位面战场上的最后决战中，我看到他把马格努斯踢入了空间乱流中。不过，我没想到他竟然只修炼了数千年。"

众多主神议论起来。即使是主神，也不一定都达到了大圆满境界。能够成为主神的，大多数是天地形成之后诞生得极早的强大生命，而且这些生命能成为主神，和运气、机遇有关，和是否达到了大圆满境界没有关系。其实，不少主神十分钦佩能达到大圆满境界的上位神，毕竟能达到这一境界，是靠绝对的实力。

"林雷从位面战场上回来不久，可能和这个叫莫尔德的有仇怨，才会解决莫尔德的最强神分身。莫尔德没实力报仇，便想了这个办法吧。"紫荆主神猜测，"至高神信物对林雷没什么用处，我想他不会傻到藏匿至高神信物。"

"是的，"帕什的声音响起，"林雷在特雷西亚的面前已经发过誓了。特雷西亚，是吧？"

过了片刻，特雷西亚的声音才响起："是的，林雷以至高神的名义发誓，说在我告诉他之前，他对至高神信物一无所知。"

"我还要告诉大家一点，"帕什紧接着说道，"记载这条信息的只是一张普通的黑纸，并非特殊纸张。"

"不是特殊纸张，那还谈什么？"

"至高神发布的信息，怎么可能在一张普通的纸上？"

不少主神认为这只是一个玩笑。

特雷西亚的声音响起："不过，那张纸上提到了三件至高神信物。"

"只有在特殊纸上记载的信息才是值得相信的。特雷西亚，难道你想掺和这件事情？就算至高神真的发布信息了，你那点实力掺和进去，恐怕会殒命吧。"喀洛沙大陆的那位主神的声音响起。

特雷西亚不吭声了，因为说话的主神的实力比他强得多。

"那个叫莫尔德的也是胆大，"混乱之海那位毁灭主宰的声音响起，"不过他敢这么做，或许是宁死也要报复林雷，或许是真的得到了什么消息。算了，大家暂时别想了，要等至高神信物出世，至高神才会发布信息。"

毁灭主宰的话最有效，很快，众位主神不再多说。

大厅里，林雷静静地站在一旁，他知道众位主神正在通过神识讨论至高神信物出现的事情。

分散在地狱各处，却能靠神识一起谈论事情，厉害！林雷在心中暗叹。

忽然，星辰主神星伊站了起来，林雷连忙看向他。

星伊瞥了一眼林雷，脸上露出一丝笑意："才修炼数千年就达到了大圆满境界，林雷，这简直是一件不可思议的事情。很好，很好。"

说完，他便消失了。

林雷这才松了一口气。其实他并没有达到大圆满境界，只是因为灵魂变异，他的实力堪比达到了大圆满境界上位神。不过，他还是疑惑不解：星辰主神怎么知道我修炼了多久？即使是在四神兽家族中，也没几个人知道我修炼了多久。知道这件事情的，也就一些和我关系好的人，如雷斯晶等人。

"哈哈，才修炼数千年就达到了大圆满境界，"帕什笑着看向林雷，"这是紫荆主神说的。林雷，我相信在极短的时间内，各大位面的主神都会知道这个消息。好了，这件事情结束了，你不用担心有主神来找你了。"

"谢谢主神。"林雷感激地说道。

通过之前风系主神特雷西亚一事，林雷明白血峰主神在帮他。估计在众多主神讨论这件事时，血峰主神也帮他说了话。若是没有血峰主神的帮助，恐怕早就有主神来胁迫他交出至高神信物了。

"你先离开，我还有事情和贝鲁特谈。"帕什说道。

"是。"林雷当即退了出去，大厅中只剩下贝鲁特和帕什了。

第732章

纸上的内容

林雷走出大厅，沿着走廊来到了一片空旷的草地上。

微风拂面，他深吸了一口气，露出如释重负的笑容：莫尔德这招还真是让我麻烦不断，好在地狱的众多主神已经讨论过了，这件事情应该告一段落了。

"老大！"贝贝跑了过来。

"父亲！"泰勒、莎莎等人也朝这边走来。

林雷见到这群亲人，心想：不管怎么样，至高神信物牵扯到主神，莫尔德散播出去的消息应该只会让主神找我的麻烦，不至于牵扯我的亲人。

至少到现在，林雷还从来没有听说过哪位主神威胁某个神级强者的亲人的事情。

"老大，没事吧？"贝贝问道。

"贝贝，你看老三的表情就应该知道了。"耶鲁笑着说道。

"贝鲁特爷爷呢？他一个人在大厅里吗？"贝贝继续问道。

"他和血峰主神在谈事情。"林雷回复。

贝贝、耶鲁等人大吃一惊，贝贝问道："血峰主神也来了？"

其他人根本没有看见血峰主神，因为血峰主神是以能量分身出现在大厅里的，外面的人根本不知道。

"你贝鲁特爷爷来了。"林雷笑着对贝贝说道。

贝鲁特面带笑容走出了大厅。

贝鲁特出来后，目光锁定林雷几人，朝他们走来。

"爷爷。"贝贝迎了上去。

贝鲁特笑着摸了摸贝贝的脑袋，而后看向林雷，笑着说道："已经没事了。林雷，我还有事情，就先走一步了。"

说完这话，贝鲁特又对林雷神识传音："林雷，你记住，不管你有没有得到那九颗灵珠，你都不要承认。即使你得到了，也要藏得好好的。"

"贝鲁特大人……"林雷神识传音，十分惊讶。

贝鲁特依旧笑容满面，暗地里继续神识传音："其他的事情你就别管了。总之，记住我说的话，这样你自然会没事。"

接着，贝鲁特又笑呵呵地和大家说了几句话，然后离开了。林雷看着贝鲁特离去的背影，心中越发迷惑了。

贝鲁特大人说这话是什么意思？他应该不知道我有至高神信物啊，可他刚刚那番话……

时间流逝，转眼便过去了一百年。其间，林雷的水系神分身陪着亲友，本尊和其他三个神分身则在修炼。

在火系元素法则方面，林雷已经修炼到第六种奥义——爆之奥义了。爆之奥义是其中最神秘、最强的奥义，因此他的修炼速度极慢。运用爆之奥义发出的招式不仅威力像火山爆发一样大，速度还特别快。如雷林，他那瞬移一般的速度就和爆之奥义有关。不过这个奥义说起来简单，可要练至大成很难。总之，他的火系元素法则修炼进展缓慢。

他的目标是融合四种不同属性的奥义，但是直到现在，他还只融合了水系元素法则中的圆柔奥义和地系元素法则中的大地脉动奥义，并没有更进一步的成就。

呼——狂风呼啸，雪花漫天，天祭山脉银装素裹。

如今，四神兽家族的巡逻战士没有之前那么多了。毕竟，有一名达到了大圆满境界的上位神坐镇，还有谁敢来惹四神兽家族？不过，在天祭山脉的龙形通道上，还是有一些巡逻战士的身影的。

一个巨锤形金属生命从远处飞来，悬浮在天祭山脉外围，而后轰然消散，留下了一道高大的身影。

此人身高近两米五，红色短发如钢针般立着，穿着一件古朴的无袖铠甲，粗壮的双臂呈青铜色，显得强劲有力。

"什么人？"一支巡逻小队飞了过来。

这人微笑着开口说道："去向你们的林雷长老通报一下，就说他的老朋友墨思过来了。"

他的声音很温和，让人听了很舒服。

林雷长老的老朋友？那些巡逻战士相互看了看，感觉来人不一般。

"请等一会儿，我去通报。"其中一名巡逻战士说道，然后立即转身朝山脉内飞去。

"墨思是谁？你们听说过吗？"

"看样子应该是一名厉害的强者。林雷长老的朋友应该是统领、府主这个级别的吧。"

这些巡逻战士相互神识传音，谈论着眼前人。这么多年来，来拜见林雷的强者很多，他们知道这些客人是不能得罪的，因此对对方的态度很好。

过了许久——

"哈哈，墨思！"笑声响起，两道人影从远处飞来。

墨思凝神一看，也笑了："林雷，好久不见。"

来人正是林雷和那名回去通报的巡逻战士。

林雷知道墨思来了，特意出来迎接："是好久不见了，墨思先生。走，我们到里面谈。"

于是，林雷领着墨思沿龙形通道朝山脉深处飞去。

"你我已有两千多年没见，我怎么都没想到，当年只是一个中位神的你如今都达到大圆满境界了。我听到这个消息时还不敢相信呢！"墨思笑呵呵地说道，"直到主神也这么说时我才相信。佩服，真是佩服啊！"

墨思，汉帝赛堡主，地狱中极为强大的炼狱统领。之前因为汨罗岛一战，林雷引起了墨思的注意，当初，林雷的实力还不如墨思。好在最后双方并没有打起来，不仅如此，墨思还一一答应了林雷的请求，让林雷和他的伙伴安全地离开了汨罗岛。当时林雷就感受到了墨思的强大，之后通过贝鲁特给的那一大堆资料，林雷对墨思的强大有了更深的了解。

墨思修炼死亡规则和毁灭规则，而且修炼到了较高的境界。在死亡规则方面，他离大圆满境界只差一点儿。修炼死亡规则的人在灵魂方面极为强大，因此，墨思可以控制很多上位神的灵魂，让他们为他办事。即使是在地狱，能做到这一点的强者也屈指可数。

至于在毁灭规则方面，墨思来自血纹泰坦一族，以这个族的族人拥有的天赋神通配合毁灭规则，发出的普通物质攻击威力很大。

总而言之，只要不是面对达到了大圆满境界的上位神，墨思算是无敌了。正因为有墨思坐镇，血纹泰坦家族才能够轻松管理着汨罗岛，让汨罗岛在星辰雾海上成为一座即使没有府兵驻扎，也依旧非常热闹且有秩序的大型岛屿。

林雷一边想着一边说道："我也是死里逃生才有所突破的。"

"我做梦都想达到大圆满境界，可最后一步总是迈不过去。"墨思无奈地说道。

谈笑间，林雷、墨思已进入府邸。因为墨思不太认识其他人，林雷便介绍了一些重要亲友给墨思认识，然后两人进入客厅交谈起来。

"林雷，跟你聊了这么久，我都差点忘记我今天来这里的目的了。"墨思微笑着说道。

"什么事情？"林雷惊讶地问道。他原以为墨思过来只是和他叙旧，现在看来还有其他目的。

"你看，"墨思一翻手，手中出现一张黑纸，"这是一名上位神战士送到我那里的。我看到这个消息就觉得不对劲，感觉有人在陷害你，便控制了他的灵魂，一番询问才知道这件事是莫尔德在幕后指使的。"

林雷眼睛一亮："这是莫尔德派人送出去的？"

林雷很想知道这张纸上到底说了什么。他当初问过贝鲁特，无奈贝鲁特没有那张纸。当初莫尔德派遣手下将那条信息传出去时，没有派人去血峰大陆，而是自己去找的血峰大陆主神，因此在血峰大陆的贝鲁特没有这张黑纸。

"这纸上的信息明显是要置你于死地，所以我立即赶过来了。"墨思郑重地说道。

闻言，林雷十分感激。为了他，墨思特意从星辰雾海赶到了这里，想必花费了一番精力。

林雷接过这张黑纸，认真看了起来。

三件至高神信物——九颗灵珠、戊铁皇冠、红菱晶钻，组合在一起便是生命皇冠。当生命皇冠出现时，生命至高神会现身，届时可以向生命至高神提出一个要求，生命至高神会满足这个要求。这三件至高神信物通常是在一起的，那九颗灵珠在幽蓝府四神兽家族的林雷手中。

林雷思忖起来：原来那顶残破的皇冠是戊铁皇冠。三件至高神信物，我得到了两件，若是得到最后一件，我便可以向生命至高神提一个要求。

"向生命至高神提一个要求？"林雷喃喃道。

一道灵光闪过，林雷的眼睛睁得大大的。墨思以为林雷是感到吃惊，于是解释道："至高神发布的有关至高神信物的信息，我知道一点。无数年来，至高神只发布过六次这样的信息。据我所知，根据信息得到所有至高神信物的主神都会向至高神索要至高神器，至高神都一一应允了。"

林雷听着，不禁想到了死亡主宰说过的话：生命至高神乃生命规则幻化成的，本身就是生命规则。魂飞魄散的人我救不了，生命至高神或许能救。

"德林爷爷……"林雷的脑海中浮现出无数画面。

一位须发皆白的老者从一枚戒指中飞出；

这位须发皆白的老者教一名少年平刀流雕刻技艺；

这位须发皆白的老者为了救那名少年，拼死施展禁忌魔法；

…………

"德林爷爷……"林雷的心颤抖起来，"只要凑齐了三件至高神信物，我就能向至高神提一个要求。现在只差一件，就差一件了。德林爷爷，我……我一定会让你复活的，一定。"

此刻，林雷心底那期盼的火焰熊熊燃烧着。

第733章
眨眼千年过

当年，血峰主神在天山府境内吕岩城中解决了莫尔德。这么大的动静，当然引起了吕岩城城主以及众多上位神的关注，血峰主神却命令吕岩城城主不用管这件事，这件事也就不了了之。

然而，莫尔德殒命这件事情，天山府的府兵们并不知道，他们一直以为他们的府主活得好好的。

天山府莫尔德的府邸外，大量府兵驻扎在这里。

高空悬挂着血阳，一道闪电突然划过，然后化为一道人影，停在府邸上空。此人很瘦，凌空而立，站得如标枪般笔直，一头黑发垂至臀部，随风肆意飘舞，背着一柄战刀。这个人正是林雷当年在星辰雾海上认识的强者络缪。当年，络缪的实力就接近地狱修罗了。

"这是府主府邸，请你退去！"大量府兵飞向空中，为首之人呵斥道。

络缪扫了众人一眼，淡漠地说道："从今天起，我络缪·波尔诺森便是天山府主！"

他的声音仿佛雷鸣一般在天地间回荡，驻扎在这里的数十万府兵和远处一些部落的居民都听得清清楚楚。

"放肆！"一名笼罩在黑袍中的枯瘦老者怒喝道，"我们的天山府主是莫尔德大人。你想当府主，还是按照规矩，先成为七星使徒再来挑战吧。"

其他府兵也很恼怒，这府主是谁说当就可以当的吗？

轰！一股可怕的黑色能量在府邸上方聚集，令府兵们惊颤。笼罩在黑袍中的枯瘦老者脸色大变："这么多的主神之力……"

紧接着，一张足有数十米高的巨脸出现在空中，令在场所有人心颤。

"主神！"所有府兵都颤抖着跪伏下来，不敢抬头。

"主神。"络缪落到地上，也跪伏下来。

"前任天山府主莫尔德犯了死罪，已经被处死。从今天起，天山府主便是你们眼前的络缪。"如雷鸣般的声音响起。

随即，那张足有数十米高的巨脸轰然消散，天地间恢复清朗。

这时候府兵们才敢抬起头，站直身体。

"拜见府主！"反应快的人连忙向络缪单膝跪下行礼。

"拜见府主！"顿时，数十万人单膝跪下，齐声喊道。

络缪目光冷厉，扫了一眼周围，脸上有笑意。苦修这么多年，他终于成了一府府主，成了一百零八位地狱修罗之一。

不过，络缪是主神指派的，并不是击败前任府主继位的，可以想象，今后肯定会有不少人因为不服络缪进而向络缪发起挑战。

"来吧，挑战者越多越好。"络缪眼睛发亮。

地狱喀洛沙大陆上空，飞行着一个黑色龙形金属生命。

"府主竟然死了，那我们不是白跑了吗？"金属生命内，十五名上位神战士聚在一起。

这十五名上位神战士就是当初莫尔德派往喀洛沙大陆传递信息的，不过他们还没有把信息传递出去。

这百余年来，莫尔德派出去的一百名上位神战士中，只有四十余人成功将信息传递出去了，其他人因为目的地遥远，还没有把信息传递出去。直到络缪成为新一任天山府主，释放了他们被困在府邸中的神分身，他们才知道莫尔德死了。

"莫尔德已经死了，我们就算把信息传递出去也没有奖励，兄弟们，走吧，回去。"

"赶了一百多年路，到头来白跑了一趟。"

这些上位神战士显然心理不平衡。

"要不我们将这条信息卖掉？卖给使徒城堡的情报部门，会有一个高价。反正莫尔德死了，我们把信息泄露出去也没事。"

"对，这种信息绝对值钱。"

"这条信息还提到了林雷大人，我看莫尔德就是故意陷害林雷大人的。"部分上位神战士认为这条信息是假的。

最终，部分上位神战士将这条信息卖给了使徒城堡。他们还告诉使徒城堡，这条信息是前任天山府主莫尔德让他们传递给地狱的各个府主和主神使者的。很快，这条信息又被使徒城堡高价卖给了地狱中的一些强者。

知道这条信息后，大多数强者认为是莫尔德陷害林雷，不过也有一些强者认为就算是莫尔德有意陷害林雷，那条信息中提到的三件至高神信物也有可能是真的。于是，很多强者开始寻找那三件至高神信物，希望找到后从生命至高神那里得到奖励。

很快，主神们知道了这件事情，有些恼怒。这种信息怎么能在神级强者之间传递呢？于是主神们下令，不准使徒城堡贩卖这条信息。然而，这条信息早就传开了。

不管外界闹得如何，林雷没有受到一点影响，他的生活依旧是那般平静。

当初跟随林雷的火系神分身从玉兰大陆来到地狱的大量家族子弟，在地狱度过了数百年后，便对地狱不感兴趣了。

对他们这群巴鲁克家族子弟而言，地狱的高手实在太多了，而他们这群人大多只达到圣域境界。即使经过四神兽家族的宗祠洗礼，他们一般也只达到下位神境界。在地狱中，这种实力的人只适合在禁止战斗的城池中生活，一旦出了城池，随时有可能殒命。

总是待在一个地方，让他们中一部分人觉得无聊，于是，有些人决定回玉兰大陆。

林雷知道这件事情后并没有说什么，把这些人送回了玉兰大陆。

一转眼又过去了一千年。对神级强者而言，一千年时光根本算不上什么。

这段时间里，林雷在修炼上进步不小。除了之前就融合了的水系元素法则中的圆柔奥义和地系元素法则中的大地脉动奥义，他还开始融合风系元素法则中的次元奥义和地系元素法则中的大地脉动奥义，水系元素法则中的圆柔奥义和风系元素法则中的次元奥义，不过，还没有练至大成。

至于火系元素法则，林雷修炼得确实慢。他当初修炼第五大奥义就花了近千年，现在修炼第六大奥义爆之奥义已经花费了上千年，却还没有大成。

天祭山脉林雷的府邸中。

这里长有一棵粗壮低矮的弯曲柳树，已经存活八百多年了，即便低矮，它依旧有万千枝条随风舞动。

"耶鲁，你虽然是炼化神格成神的，但是不能放弃修炼啊，说不定也能融合奥义呢。你看我，之前对融合奥义没有一点信心，现在不也成功融合了两种吗？哈哈……"贝贝的大笑声从柳树下传来。

柳树下有一张黑木桌，三人围坐在桌边，分别是贝贝、耶鲁和沃顿。

"我可没有那么大的志向。"耶鲁笑眯眯地说道，"我现在也是上位神了，和当年在玉兰大陆时比，我已经很厉害了，而且我已经重新建立好了道森商会，我道森家族的子弟也有一大堆了，我知足喽。现在，我享受生活就行了。不管怎么说，我也是一名上位神，在普通的物质位面那是可以横着走的，更何况老三还给了我一些主神之力。"

耶鲁成为神级强者后，回过玉兰大陆，在那里生活了两百余年。其间，耶鲁有了十九名子女。靠着巴鲁克帝国的势力，他重建了道森商会。他的十九名子女繁衍下去，令道森家族逐渐强盛起来。之后，耶鲁在玉兰大陆待腻了，便带着夫人回地狱了。

"耶鲁、贝贝，我们哪天再去逛逛物质位面吧？"沃顿笑着建议道。

贝贝他们可以轻松出入不同的物质位面，是因为有贝鲁特当初给的那块血色令牌。贝鲁特当初只是把那块血色令牌借给他们，不过，后面也没有问他们要回去。于是，那块血色令牌便一直在林雷这里。林雷用得少，反倒是贝贝、沃顿等人用得多。

"急什么？下次我们跟老大一起去。"贝贝说道。

突然，嗡——

一股强大的能量波动传来，天地法则降临了。

贝贝、沃顿和耶鲁猛地站了起来，耶鲁说道："是老三修炼的地方！"

"哈哈，老大突破了！老大的火系神分身终于达到上位神境界了！"贝贝欢呼道。

林雷府邸的一间地底密室中。

这里本应该一片幽暗，此刻却是满室红光。棕色长发的林雷盘膝坐着，旁边还有一个火红色长发的林雷。一枚散发着红色光芒的黑色晶体悬浮在他的头顶上方，正是火属性神格。此时，浓郁的火系元素聚集在神格上空。

过了片刻——

"终于成功了。"棕色长发的林雷站了起来，脸上满是笑容，火系神分身已经融入他体内，"这火系神分身的修炼速度的确比其他神分身慢很多，幸亏神分身之间能相互传递灵魂能量。在其他三大神分身的帮助下，火系神分身的修炼速度才快了起来，否则还不知道要什么时候才能突破。之前，我把三种不同属性的神力融合，施展的招数的威力便接近主神之力了，如果融合四种不同属性的神力，那会怎么样呢？"

现在，林雷终于可以尝试融合四种不同属性的神力了。可是，当他将四种不同属性的上位神神力融合时，他愣住了。

咻咻——他的身体发出了怪异的声音，全身的肌肉在膨胀、抽搐，青金色的鳞甲冒了出来，额头和背上冒出了尖刺，连泛着金属光泽的龙尾也出来了。

林雷感觉自己体内有一股强大的能量。

"太不可思议了！"他的眼中满是惊讶。

第734章

四神力融合

仅仅片刻，林雷就感受到了剧烈的疼痛，痛得他全身抽搐起来，就好像有无数的小虫子在咬他。他只能咬牙忍受，仔细感受身体的变化。

之前他把三种不同属性的神力融合在一起时，那三种不同颜色的神力变成了墨绿色；现在他把四种不同属性的神力融合在一起，那四种颜色成了黑色。

此时，一股黑色神力在林雷体内流淌，流入他的骨骼、肌肉、内脏器官内，他全身都在发生天翻地覆的变化。

咏咏——他的骨骼在震颤，甚至发出了声音。

"四种不同属性的神力融合在一起，竟然变成了黑色。这黑色的神力要比主神之力可怕得多！"林雷在心中暗道。

因为之前他把三种不同的神力融合过，当时他就感受到其威力堪比主神之力，所以他认为即使四种不同属性的神力融合，也只会在原来的基础上强很多倍罢了。没承想，四种不同属性的神力融合后的威力超乎他的想象，其中蕴含的强大能量让他震惊。

突然，林雷身上的青金色鳞甲以及尖刺上竟然浮现出根根黑色丝线，隔一段距离看，就好像他的身上有大量的黑色纹路一般。

林雷身上的鳞甲突然剧烈震颤起来，因为震颤频率太高，发出了嗡嗡的声音，四周还出现了空间波纹。

"融合神力还有这种奇特的效果吗？"即使全身疼痛到了极致，林雷也依旧头脑清醒。

"传闻我青龙一族的老祖宗青龙可以用主神之力强化自己的身体，没想到，这四种不同属性的神力融合后竟然也能强化我的身体。这个过程，就好像用神力滋养神器。"

对于强化身体，林雷知道一些比较简单的方法，比如让身体吸收能量。说来简单，可是怎样才能让身体吸收能量呢？这就难了。也许和天赋有关，如噬神鼠、青龙等神兽，就有办法吸收能量。

显然，四种不同属性的神力融合后形成的融合神力有强化身体的特殊效果。通过神识，林雷感受着自己身体的每一处变化。

"看来，这个过程还要一段时间。"不过，林雷不知道自己的身体会变成什么样。

"父亲已经突破了，怎么还不出来？"泰勒遥看着走廊拐角处。

林雷从密室走到外面，一般会经过那处拐角。

这个时候，不单单是泰勒在等林雷，贝贝、雷诺和耶鲁等一大群人也在等林雷。

"母亲，父亲突破的难道不是火系神分身？"莎莎轻声问道。

"是火系神分身，你父亲的其他三个神分身早就达到上位神境界了。"迪莉娅也蹙起眉头，"不过，突破后他应该会出来才对。"

就在这时——

"迪莉娅。"一个清朗的声音在迪莉娅的脑海中响起。

“林雷，你现在怎么样了？”迪莉娅感到惊喜。

“我的确有所突破，不过我现在正在研究自己强化的身体，因此暂时不会出来，你们不要担心。这次研究，我也不知道是要花费一年半载还是数十年、上百年。”林雷神识传音。

“好，你安心修炼。”迪莉娅心里很开心，为林雷的进步而开心。

迪莉娅笑着看向周围的人，说道：“好了，大家都去忙自己的事情吧，林雷现在正处于修炼的关键时刻。”

“正处于修炼的关键时刻？”贝贝嘟哝道。

“还想让老三跟我们出去逛一逛呢。”耶鲁伸了个懒腰，一屁股坐下，跷着腿说道。

“你以为老三和你一样啊。”雷诺揶揄道。

外面的人在交谈，密室中的林雷则在全身心地感受自己的身体被强化的过程，他还通过精神力引导身体强化的方向。

很快，又过去了十年。

林雷一刻也没有放松，一直通过精神力引导自己身体强化的方向。在这个过程中，他逐渐发现了如何强化才会有最好的效果。就这样，林雷找到了适合在战斗时强化身体的方法。

为了强化身体，普通人会研究各种斗气秘籍，而神级强者会研究七大元素法则、四大规则。在神级强者看来，那些斗气秘籍就是一个笑话，因为每个人的情况都不一样，只有适合自己的才是最好的。比如，适合青龙强化身体的方法不一定适用于林雷，毕竟林雷体内拥有的是由四种不同属性神力融合成的黑色神力。在他之前，从来没有过这种情况。

“差不多了。”林雷站了起来。

此刻，林雷身上覆盖着一层墨绿色的鳞甲。按道理，在黑色融合神力的作用下，他的鳞甲应该是黑色的。不过，因为他本身的鳞甲为青金色，经过蜕变就成了墨绿色。

在他的鳞甲表层，还有一层透明的薄膜，若是不仔细看，根本发现不了。

按道理，他身上的鳞甲都是墨绿色的了，他额头、背部、肘部、膝盖上的尖刺也应该是墨绿色的，然而，他的这些尖刺都是黑色的，和原来的尖刺相比还小了一些。

不仅如此，林雷原先龙爪上的指甲既锋利，又细长，现在，他的指甲依旧锋利，但是没有那么细长了。他龙化形态下的龙爪更接近于人类的双手，只是颜色是黑色的。而且，龙化形态下的林雷外表没有之前那么狰狞了，实力提升了很多。

"此次变化最大的还是这个。"林雷微笑着伸出右手，一柄黑色长剑出现，正是神格兵器留影剑。

留影剑原本是透明的，在他灌入黑色融合神力后就变成黑色的了。

众所周知，神力有滋养神器的作用。主神在打造出一件主神器后，会用自己的主神之力滋养这件主神器，因此，主神器里面蕴含了主神威势，才会那般厉害。

林雷手中的这柄留影剑虽然不是主神器，却是贝鲁特亲自为他打造的神格兵器。神格兵器由神格打造而成，坚不可摧，甚至比一般的主神器还厉害。

这十年来，林雷一直在用黑色融合神力滋养留影剑，因此，留影剑越来越厉害了。

"留影剑还未强大到极致，不过，现在能和主神器相比了。"林雷见识过主神器，所以才会这么判断。

在林雷看来，别说留影剑，就连他龙化形态下的身体也堪比主神器。其实，经过这次强化，林雷即使不变为龙化形态，他的身体的坚硬程度也远超当年的鳞甲。

"没想到，融合神力会有这样的效果。"林雷心念一动，身上鳞甲消失，一件墨绿色的长袍出现。

接着，林雷运用风系元素法则中的次元奥义随意甩出右手，一道风刃出现，空间出现了一道大裂缝。

"这次，我本身的力量又提升到了一个新的境界。虽然我还没有完全融合某种元素法则的所有奥义，但是我施展出的招式威力很大。"

此刻，林雷总算感受到了贝鲁特的强大。贝鲁特也没有完全融合某种元素法则的所有奥义，但是他的基础很好，因此，他施展出来的每一招的威力都很大。

林雷微笑着打开了密室的大门。

林雷走出密室，站在走廊上遥看不远处的空地，那里有数十人。

正在和其他人谈笑的沃顿无意中瞥见了林雷，惊喜地喊道："哥！"

他边喊边跑向林雷。

沃顿这一喊，引起了很多人的注意，他们也跟着跑向林雷。外面顿时热闹起来，连室内的人都被吸引出来了。

"林雷！"迪莉娅惊喜地走过来。

"现在，应该没什么事情能够让我的五个身体同时去闭关修炼了。"林雷淡笑道。

通过这次闭关修炼，林雷不单单本尊变强了，其他四个神分身也变强了。

迪莉娅不禁眼睛一亮，林雷若不闭关，就有时间陪她了。

"老三，我们早就想出去了，都等着你呢。"耶鲁笑嘻嘻地搂着自己的妻子说道。

"是啊，可老大你总是在修炼。"贝贝也说道。

林雷笑了起来："哈哈，好，我现在就陪你们出去好好逛一逛。不过说实话，我都没逛过地狱多少地方，地狱中可是有许多奇特之地的。走，我们先逛遍整个地狱，然后再去一个个物质位面！"

如今，林雷没什么压力了，自然乐意陪着大家一起去游览地狱和各大物质位面。

第735章
黑沙城堡

就这样，林雷、贝贝、雷诺和耶鲁各自带着家人，共二十人，一同游览地狱。他们去了神秘的普尼斯湖湖底、塔克克山山脉的火鸟山，还去拜访了一些炼狱统领、地狱府主（修罗）。不过，地狱实在太大了，他们游览了数十年，也仅仅是从血峰大陆的西部来到了东部。

血峰大陆东部，雾山府境内的雾山城。

街道上是熙熙攘攘的人群，林雷他们一边走，一边四处看。

贝贝的妻子妮丝提议道："我们去了这么多地方，不过说实话，拥有最多奇特物品的还是黑沙城堡。我们去逛一逛黑沙城堡吧，肯定会看到很多千奇百怪的东西。"

"确实，黑沙城堡中的物品比血峰城堡中的多。林雷，我们去看看吧。"迪莉娅眼睛发亮。

贝贝点头说道："我们就去黑沙城堡，老大，你说呢？"

林雷笑着点了点头，带着一群人朝黑沙城堡走去。

地狱中，每个城池内的黑沙城堡的构造都是一样的，外表有流动的黑沙。

林雷一群人随着熙熙攘攘的人群进入了黑沙城堡。

黑沙城堡内的柜台明显比血峰城堡的要密集。

"小东西倒是不少。"女眷们开心地逛着，购买了一些小物品。

"一层都是普通的商品，我们去上面吧，那里会有一些奇特或珍贵的东西。"林雷提议道。

黑沙城堡第一层的物品的单价一般在一万块墨石以下，第二层的一般在百万块墨石以下，第三层的大多超过了一百万块墨石。而在第四层，物品千奇百怪，价格有高有低。

像血峰城堡、紫荆城堡等交易场所，里面的物品绝对是真的，价格明确，可黑沙城堡不一样，里面势力复杂，有许多私人商贩，物品的真假不能保证，需要客人自己凭眼光判断。

终于，林雷他们一群人到了第四层。

"第四层的物品可以还价。"妮丝笑着说道，"如果被骗了，花了高价买了个废品，那就只能自认倒霉；如果眼光好，低价购买到了珍贵物品，那就赚了。"

林雷被妮丝说得来了兴趣，说道："走，看看有什么宝贝。"

然后，他笑着朝离他最近的柜台走去。

"有趣。"林雷看着那些物品以及标价说道。以林雷的精神力，也辨别不出来某些物品的真假。

贝贝跟在林雷的身边看着。

"咦，老板，你这块是什么石头？"贝贝指着柜台中一块染上了一丝血迹，隐隐散发火属性能量气息的黑色石头说道。

林雷瞥了一眼，那块石头标价五百万块墨石，价格非常惊人。

柜台后的工作人员是一名戴着毡帽的瘦小的白发老者。他那淡蓝色的眼眸瞥了一眼贝贝，冷漠地说道："这块石头原本是一块普通的石头，但是它上面的那一丝血迹，传说是四神兽中火属性神兽朱雀留下来的。"

"朱雀？"林雷一惊，旋即哑然失笑。

若那块石头上的血迹真是神兽朱雀留下来的，别说是五百万块墨石，就是五亿块墨石，价格也算低的了。

根据这块石头隐隐散发出的气息，林雷能确认这块石头上蕴含的能量不能和他当初得到的那滴青龙血液相比。若这块石头上的血迹是朱雀留下来的，那他应该可以感知到同样强大的能量，但是他感知不到。

"朱雀神兽？你可知道朱雀神兽是主神？"贝贝笑道，"别说是神兽主神，就是普通主神的一滴血液，那威力也强得离谱。你这石头上的那一丝血迹，估计是普通的火属性神兽的。"贝贝本身就是神兽，对此最有发言权。

那名老者瞥了一眼贝贝，淡漠地说道："血液早就渗透进石头内部了，外表散发出的气息自然很微弱。你不相信也没办法，我没求着你买。"

"走吧。"林雷说道，然后和贝贝继续看其他柜台里的东西。

"老大，果然有真有假啊！"贝贝一边看一边惊叹道。

林雷回复："对。"

忽然，他脸色一变，目光落在一件商品上。那是一枚菱形的红色晶钻，十分显眼。

红菱晶钻？三大至高神信物之一的红菱晶钻？林雷十分吃惊，连忙晃了晃脑袋，仔细地观看。

至高神信物一共有三件，林雷已经得到了戊铁皇冠和九颗灵珠，只差红菱晶钻了。

"这位先生，你可是对这枚红菱晶钻感兴趣？"一名有着银色眼眸的光头青年笑着说道。

"是有兴趣。"林雷瞥了一眼标价——十亿块墨石。

贝贝一看，惊呼起来："十亿块墨石，你还真敢开价啊！"

毕竟在城池内，一座不错的府邸也就价值一亿块墨石。

贝贝打量着那名光头青年，说道："你说说这到底是什么宝贝，竟然值十亿块墨石。"

贝贝没有看过那张黑纸，因此只知道九颗灵珠，并不知道红菱晶钻。

光头青年低声说道："两位，至高神发布的信息你们听说过没有？里面提到了三件至高神信物，分别是戊铁皇冠、九颗灵珠，以及这枚红菱晶钻。说实话，我不确定我这个是不是传说中的红菱晶钻，但是它的模样和那条信息中描述得一模一样。这枚晶钻绝非人工制作的，有可能是至高神信物。"

"若真的是红菱晶钻，你不献给主神？"贝贝问道。

林雷也笑着看向这名光头青年。

"我就是一个普通的上位神，凭什么将它献给主神？何况我也不确定它是真是假。"光头青年说道，"若我能确定，价格岂会是十亿块墨石？"

须知，一滴主神之力便值百万亿块墨石，一件至高神信物绝对是天价，再多的墨石也抵不上一件至高神信物。

"你这枚红菱晶钻或许真不是人工制作的。"林雷说道。

"那当然。"光头青年自信地说道。

"你这枚红菱晶钻能让我捏一下吗？若是没有被我捏碎，我便买下它；若是碎了，我便不付钱。"林雷看着这名光头青年说道。其实，他早就用神识把这枚红菱晶钻从里到外检查了一遍，感知到它蕴含了一丝火属性能量。

林雷之前在位面战场中得到的那顶残破的皇冠，也就是现在的戊铁皇冠，原本蕴含一股能量，治愈了他当时受的伤。那九颗灵珠也能保护灵魂，才会让莫尔德不死。这两样至高神信物都具有生命属性的能量。

柜台中的红菱晶钻只有一丝火属性能量，却没有任何生命属性能量，所以林雷认为眼前这枚红菱晶钻是假的。最重要的一点，戊铁皇冠上面有红菱晶钻的凹槽。根据凹槽的大小，林雷知道红菱晶钻的大小。柜台中的红菱晶钻的外形和那条信息中描述得一样，但是大了一点。

当初，天山府主莫尔德也没见过真正的红菱晶钻，他是根据那张绿纸上的内容画出来的，大小有些不符也正常。

"这可不行。"光头青年哼了一声，"你们要买便买，不买就算了。"

"两位，别看那红菱晶钻了，我这里可是有戊铁皇冠。"一个声音在旁边响起。

林雷听到这话不禁笑了，转头看过去："你有戊铁皇冠？"

"当然，真假你自己判定。"说话的是一名金发青年。

林雷瞥了一眼，心底一惊。这名金发青年身边柜台中的那顶皇冠，和他得到的那顶一模一样，甚至连大小、凹槽位置都完全一样。乍一看，林雷还以为见到了自己空间戒指中的那顶皇冠。

"你这顶皇冠是假的。"林雷淡笑道。

"布尔，你就别蒙骗人了。"光头青年说道，"人家明显是高手，眼光毒得很。"

闻言，金发青年哼了一声。

"前几年，你大哥在这里的时候还和我吹嘘，说他曾经得到过戊铁皇冠。我问他戊铁皇冠去哪里了，他却说在贩卖商品的途中遭到强盗打劫，他的神分身被解决了，那存有戊铁皇冠的空间戒指被捏碎了，戊铁皇冠也就没了。"光头青年说道，"这种大话谁不会说？我也得到过那件至高神信物，只是现在没了。"

"谁让你相信的？"金发青年问道。

林雷心念一动，道："这顶皇冠就是按照你大哥得到的那件打造的吧？"

金发青年惊异地看了林雷一眼，却没说话。

"贝贝，我们走。"林雷根据金发青年的眼神，判断他的大哥的确得到过戊铁皇冠，"只有得到过戊铁皇冠，才能做出一模一样的皇冠来。可是那人说戊铁皇冠在空间戒指中，而空间戒指被捏碎了，那戊铁皇冠怎么会从空间乱流中飞出来？"

林雷突然想到了一点，心一颤："难道空间戒指被捏碎，里面存有的东西并非消失了，而是到了空间乱流中？"

林雷的猜想是对的。没有东西会凭空诞生，自然不会有东西凭空消失。空间戒指虽然小，但是里面有一片空间。空间戒指被毁，相当于毁了一片空间，那自然会出现空间裂缝。空间裂缝一旦出现，就会将存放在空间戒指中的物品吸进空间乱流中。在空间乱流中，很少有物品能保留下来，只有极少数东西，比如至高神信物、主神器、神格等才能保留下来。

"老大，这边的假物品还真多。"贝贝嘀咕道。

"是比较多，不过莫尔德的那条信息也传得太快了，连这些商贩都会利用那个来赚钱了。"林雷淡笑道。

原先他只打算在地狱随意逛一逛，在经历了这件事情后，他又多了一个想法：或许可以在地狱中好好查一查，说不定红菱晶钻还真被某人发现了，并被当成商品在售卖呢。

他心里明白，一旦假的红菱晶钻开始泛滥，就算真的红菱晶钻出现了，也没多少人能认出来。但是他不担心这个，因为他已经有两件至高神信物了，很容易判断出红菱晶钻的真假。

第736章

红菱晶钻

黑夜降临，穆亚大陆的科德森山脉上一片寂静。

在一座无名山峰中，有一个隐秘的洞穴，里面正盘膝坐着一名披头散发的邋遢汉子。此时，这名汉子双眼泛红。

"阿洛特，我布罗迪发誓，终有一天你会死在我手上！"低沉的声音从邋遢汉子的喉咙中传出，带着愤怒。

布罗迪狠狠一拳砸在地面的石头上。咔嚓！石头上出现了一道裂缝。

布罗迪虽然怒气冲天，但是很谨慎，早就展开神之领域将自己方圆十米范围与外界隔离开来了。因此，不管他在这个洞穴里弄出了多大的动静，外界都听不到一丝声音。

"不过，阿洛特是一名上位神，我怎么去报仇？怎么去救维多妮卡？"布罗迪此时脑子乱得很。

在原来的物质位面，虽然布罗迪的本尊还处于圣域境界，但是两个神分身已经达到了中位神境界，也算是一名强者。于是，他满怀好奇与期望，带着妻子维多妮卡来到了四大至高位面之一的地狱。

到了地狱，他们被穆亚大陆的军队随机抛到了洛特部落。起初，布罗迪还想着努力修炼，努力赚钱前往城内生活。没承想，洛特部落的族长阿洛特竟然看上了他的妻子维多妮卡，甚至二话没说掳走了维多妮卡。

在这之前，布罗迪一直和维多妮卡在一起。在他心中，妻子比他自己的性命还重要。刚来地狱时，他听说一些实力强的人会强行掳走女性神级强者，不过，他没想到这种事情会发生在他的身上。

当年，林雷、迪莉娅和贝贝来地狱不久便加入了黑龙部落，部落里有人提醒林雷，让他注意一些，别让迪莉娅被其他男性强者抢走了。好在林雷实力强，有能力保护迪莉娅。

不过，布罗迪没有林雷那样的实力，只能眼睁睁地看着自己的妻子维多妮卡被掳走。

一想到妻子，布罗迪便十分痛苦。他曾去营救过妻子，可是没有救出来。在族长强大的实力、势力面前，他几乎无能为力。他之所以能逃过追杀，是因为阿洛特没将他这个中位神放在眼里。

"今天没有月亮，外面一片漆黑，可以出发了。"布罗迪的计划很简单，赶到城内，用这些年积累的微薄钱财报名参加使徒考核。一旦成为使徒，他便可以在地狱自由行走，磨炼自己。

"终有一天我会成为真正的强者，到时候再返回这洛特部落报仇。"布罗迪在心底默默地道，而后身影一闪，到了外面。

在黑夜中，他一边疾速前进，一边思考如何击败阿洛特。他不敢发出一丝动静，几乎是贴着地面前进，唯恐引起强盗的注意。

忽然，一道红光一闪而过。

"嗯？"布罗迪停下来，皱着眉头往回看。

"什么东西？"布罗迪靠近那个发出红光的东西。

在一片枯败的草丛中，躺着一枚菱形的红色晶钻。

一看到这枚红色晶钻，布罗迪就被吸引了，于是伸手捡起了它。当碰到这枚红色晶钻时，他便感觉到有一股奇特的能量瞬间进入了他的身体。

"好舒坦，它似乎能保护灵魂。"布罗迪喃喃道，"这是什么宝贝？"

布罗迪心里迷惑不解。

他在地狱的时间并不长，只在一个部落待过，连城池都没有进去过，怎么可能知道莫尔德传递出去的信息？他不知道那三件至高神信物是什么，自然也不知道自己手里的东西是什么。

他手里的红色晶钻，就是那枚红菱晶钻。

"我的灵魂似乎在变强。"布罗迪心中一惊。

就在这时，他的上空出现了一道身影，是一名满脸长着绿色鱼鳞的壮硕大汉："运气真不错，我这个巡逻的竟然发现了猎物。"

在一个强盗团伙中，有专门负责巡逻的人。巡逻的人一般会有一个神分身在老巢，在外巡逻的神分身一旦发现了什么，就会迅速将消息传回老巢。

"小子，你抓着那枚红色晶钻干什么呢？"壮硕大汉说道。

黑夜中，红色晶钻很显眼。

"你……"布罗迪仰头一看，脸色一变，没有丝毫犹豫，化为一道幻影疾速逃跑。

"来不及了。"壮硕大汉嗤笑道。他并没有急着去追布罗迪，而是在等其他人过来。

在壮硕大汉的神分身的指引下，强盗团伙的其他成员从四面八方包围了过来。

"哈哈，小子，到了我们这山头还想逃？"

布罗迪仰头一看。

"你是逃不掉的。"

布罗迪又转头看去。

一转眼，他已经被数十名强盗包围了。

为什么？为什么会变成这样？布罗迪痛苦得想号叫。他好不容易逃出部落，报仇计划还没有开始实施就遇到了强盗团伙。

布罗迪沉默了一会儿，说道："我……我愿意加入你们。"

"你就是一个中位神，多你一个不多，少你一个不少。"一名穿着紫色长袍的强盗说道。

这个强盗团伙人数近千，有三名上位神，紫袍人就是其中一个。除非是上位神，一般的中位神他们懒得收。

"不，我……"布罗迪还想说什么。

"兄弟们，杀了他。"紫袍人淡漠地下令。

"哈哈！"

"受死吧！"

这些强盗十分自信，朝布罗迪或是施展灵魂攻击，或是施展物质攻击。

"不——"布罗迪愤怒地咆哮。他还没有救出妻子，不甘心就这样死掉。

布罗迪拼命闪躲，但还是被五道物质攻击和三道灵魂攻击击中了。

这个人死定了。紫袍人和其他强盗都这么想。若这人是一个上位神，或许还能抵抗住这些攻击，可他只是一个中位神。

"我……"布罗迪一脸惊愕。他确实被物质攻击击中了，身体碎裂后迅速复原，复原的速度甚至超过了碎裂的速度。至于灵魂攻击，只是让他的灵魂一颤。

是红菱晶钻蕴含的奇异能量在保护他的灵魂。其实，这枚红菱晶钻是生命皇冠的核心部件，蕴含的生命力比那九颗灵珠的更强，至于戊铁皇冠，蕴含的生命力用完就没有了。

当初莫尔德因为拥有九颗灵珠，林雷的多次攻击都对他没有用。现在，布罗迪拥有的可是红菱晶钻，一般的攻击怎么可能解决他？

"嗯？"强盗们傻眼了。

布罗迪低头看着手中的红菱晶钻，在心中暗道：没想到它竟然是个宝贝。

他的眼睛一下子亮了起来，觉得自己的世界又充满了色彩。

"有了这个，我就能报仇了，一定能！"布罗迪欣喜若狂。

"怎么回事？"紫袍人眉头一皱，"一起上，解决他。"

"是！"那些强盗听到三首领的命令，连忙冲向布罗迪。

布罗迪一手握着红菱晶钻，一手持着黑色短刀对付前方的强盗，伺机逃跑。

"你逃不掉的。"那些强盗信心十足，发出了自己最强的攻击。

布罗迪有红菱晶钻在手，毫不在意那些攻击，只需要进攻，一刀就解决了一名强盗。

"这小子的防御力好强。"紫袍人眉头一皱，身影一闪，冲了过去。

"滚！"布罗迪又逼退了一名强盗，准备冲出包围圈，却没发现一道紫色幻影已经到了他的身后。

"中位神太弱了。"紫袍人说道，同时用他那戴着紫色手套的右手拍击布罗迪的脑袋。

布罗迪没有一点事，紫袍人却颤抖了起来。

"啊——"紫袍人痛苦地号叫起来。

仅仅片刻，紫袍人轰然倒地。

"这……三首领怎么了？"那些强盗完全愣住了。

布罗迪心中狂喜，很清楚刚才发生了什么。在对方拍击他的脑袋时，那枚红菱晶钻产生了一股诡异的能量，然后疯狂吸收对方的灵魂能量。一瞬间，对方的灵魂能量就被它吸没了。

"这枚红菱晶钻只会伤敌，不会伤我。"布罗迪尝试让自己的精神力进入红菱晶钻中，那股诡异的能量再次出现了。

在布罗迪的控制下，那股诡异的能量包裹住了黑色短刀。

"哈哈！"布罗迪大笑着，挥舞着黑色短刀冲向那些强盗。

凡是被黑色短刀或布罗迪碰到的强盗，都会一阵颤抖，然后没了气息。

很快，这里只剩下五名强盗了，而且被吓得仓皇逃走了。

"有了这枚红菱晶钻，我还用怕那个阿洛特吗？"布罗迪激动不已，旋即瞥了一眼远处的山头，快速离开了。

第737章

一星使徒？

自从在黑沙城堡中见到过假冒的红菱晶钻、戊铁皇冠，林雷心里就多了一个念头。于是，每到一座城池，他都会去一趟那里的使徒城堡，打探有关至高神信物的信息，而每打探一次都要缴纳一千万块墨石。

对普通人而言，这个价格很高，但对这种信息感兴趣的大多是强者，对强者而言，一千万块墨石不算多。

碧浮大陆，凉安府冀良城。

林雷一群人在街道上闲逛。林雷笑着看了一眼贝贝："贝贝，凉安府是妮丝的老家。她大哥萨洛蒙就在这个冀良城内，负责管理这座城市。妮丝带着伊娜去见萨洛蒙了，你怎么不去？"

"哼！那个萨洛蒙，我懒得见他。"贝贝不屑地说道。

"还记着当年火山腹内的事情？"迪莉娅笑道。

因为萨洛蒙当初的行为差点害死林雷和迪莉娅，所以贝贝一直记恨萨洛蒙。后来，在林雷和迪莉娅的劝说下，贝贝陪妮丝去凉安府见了萨洛蒙。

"我上次同意去见萨洛蒙，是因为怕妮丝难受，除非必要，我才懒得见他！我最瞧不起他那种人了。"贝贝说道。

"那个萨洛蒙的确不配当朋友。"耶鲁开口说道。

和林雷待在一起这么长时间，耶鲁、雷诺他们也知道了当年的一些事情。

"走吧，前面就是使徒城堡。"雷诺笑呵呵地说道。

现在，大家都知道林雷进城后一定会去一趟使徒城堡。

冀良城使徒城堡。

一楼大厅内人很少，林雷沿着楼梯朝三楼走去。

在使徒城堡中，不管是接任务还是查情报，都是使徒的特权。如果是普通人，即使有钱，也没资格。

到了三楼，林雷走到一个柜台旁，递出自己的使徒勋章，说道："帮我找一下有关至高神信物的消息。"

"有关至高神信物的消息？"一名黑色短发的消瘦老者抬头瞥了一眼林雷，笑道，"一星使徒林雷，你是商人？"

通过使徒勋章，这名消瘦老者知道林雷是一星使徒，所以才会这么说。

"你不用管。"林雷淡然说道。

"小子，弄些假至高神信物骗人可不是那么容易的。"消瘦老者嗤笑一声，将一本卷宗取了出来，"这是地狱里关于至高神信物的所有信息的合集，阅读一次，一千万块墨石。"

林雷递出十块拳头大小的湛石。一块湛石相当于一百万块墨石。

"你阅读卷宗的时候，若想查看相应的记忆水晶球，和我说就行。"消瘦老者有些懒，没有一次性将那些记忆水晶球拿出来。

林雷点了点头，翻阅起卷宗来。

卷宗上面的内容，是按戊铁皇冠、九颗灵珠、红菱晶钻、至高神信物这四个部分编排的，每个部分的内容又按照日期依次排列。林雷翻到了红菱晶钻那部分内容。

握着红菱晶钻，即使身上受了伤也可以瞬间痊愈。相关内容，记忆水晶球上有记录……

拥有红菱晶钻的人可以感悟生命规则，直接达到上位神境界。相关内容，记忆水晶球上有记录……

林雷看着看着，不禁摇头笑了起来，这里面假信息很多。

若是一个人握着一枚假红菱晶钻，口中含着一颗由生命强者炼制的丹药，当他人对其进行物质攻击时，这个人口中的丹药发挥作用，自然能治伤。不过，从记忆水晶球上看，这就好像是红菱晶钻的效果。

"这个更有趣，持有红菱晶钻便能拥有不死之身，不过没有记忆水晶球证明。"林雷瞥到后面的内容，不禁再次笑了起来，"这个真荒唐。手持红菱晶钻能拥有不死之身，而触碰此人者必死无疑。"

在林雷看来，红菱晶钻应该是能治伤才对，毕竟当初戊铁皇冠就救过他，九颗灵珠也救过莫尔德。

"这条信息是从穆亚大陆传来的，一名中位神靠红菱晶钻解决了一群中位神和一名上位神。没有记忆水晶球的相关记录，不可信。"林雷扫了一眼，继续看下面的信息。

当林雷认为信息可信时，才会要求看对应的记忆水晶球。

"喂，好了没有？"消瘦老者皱着眉催促道。

"你催什么催？"坐在不远处等林雷的耶鲁瞪着消瘦老者说道。

"只是让你们快点而已。"消瘦老者瞥了一眼耶鲁，"还有，在使徒城堡内别大声喧哗。"

消瘦老者是一名上位神，自然有些脾气。在他看来，林雷只是一星使徒，不值得他尊敬。

"别急，等会儿。"林雷瞥了一眼消瘦老者，继续翻阅卷宗。

就在这时，楼梯上传来脚步声。

"哟，今天购买情报的人不少嘛。"一个温和的声音传来。

林雷回头瞥了一眼，看到三个人走了过来，为首的是一名金发蓝眸的中年人，身后跟着两名绿袍女人。

消瘦老者见到来人，连忙起身，恭敬地说道："堡主。"

"坐下。"金发蓝眸中年人淡笑着道，"对了，把这段时间地狱各府主接受挑战的情报给我拿来。"

"是，堡主。"消瘦老者谦逊得很。

金发蓝眸中年人瞥了一眼不远处的贝贝，微微蹙了蹙眉，而后走到柜台前接过消瘦老者递过来的卷宗。此时，柜台上摆放着大量记忆水晶球。

就这样，林雷和金发蓝眸中年人隔着一段距离在柜台上翻阅资料。

这时，林雷抬起头，金发蓝眸中年人正好看过来，看到了林雷的面貌，惊喜地问道："可是林雷大人？"

"嗯？"林雷转头看了金发蓝眸中年人一眼，"你是谁？"

林雷根本不认识这个人。

"堡主，"消瘦老者见金发蓝眸中年人对林雷这么恭敬，抢着说道，"他叫林雷，可只是一名一星使徒。"

"闭嘴。"金发蓝眸中年人冷冷地瞥了一眼消瘦老者。

"一星使徒？"金发蓝眸中年人看了一眼消瘦老者手中的使徒勋章，"沙雅，你赶紧去将这枚使徒勋章更换一下，更换为七星使徒勋章。"

消瘦老者惊呆了：一星使徒变七星使徒？

按照使徒城堡的规矩，一星使徒要完成很多任务才能成为七星使徒，这怎么能说变就变？

"堡主……"绿袍女人沙雅迟疑了。

使徒城堡的堡主虽然实力极强，但还没有资格将某个使徒的一星使徒勋章直接换成七星使徒勋章。

"放心，若是连达到了大圆满境界的林雷大人都没资格成为七星使徒，那地狱中还有谁能当七星使徒？"金发蓝眸中年人笑着说道。

"你认识我？"林雷惊讶地看向金发蓝眸中年人。

金发蓝眸中年人微笑着说道："达到了大圆满境界的上位神这种巅峰强者的信息，由各使徒城堡的堡主保管。林雷大人，你在位面战场上的战斗信息我都有，甚至连记录了林雷大人未达到大圆满境界时的那几场大战的记忆水晶球我也有。还有，我参加过之前黑暗系神位面和光明系神位面的那场位面战争，见过林雷大人。"

林雷一怔。

"当然，我这种七星使徒在大军中只是一名队长。林雷大人和马格努斯大人大战时，我们在远处看着。我知道林雷大人，而林雷大人不知道我们，这很正常。"金发蓝眸中年人笑道。

"刚才见到贝贝大人，我就觉得面熟，但一时没反应过来，直到见到林雷大人我才反应过来。"金发蓝眸中年人继续道。

闻言，林雷也笑了。

"大……大圆满境界？"消瘦老者怔怔地看着林雷：这名一星使徒是传说中达到了大圆满境界的上位神？

消瘦老者不知道这些很正常，毕竟情报是分等级的。有关至高神信物的情报听起来是高级信息，不过，因为掺杂了太多假信息，只能算低级情报，因此使徒城堡便让消瘦老者这个普通上位神管理这类情报。

达到了大圆满境界的上位神的信息、主神的信息、一些古老的秘密等，一般由使徒城堡的堡主管理，外界不一定知道。

林雷和这名堡主谈论了片刻后，便带着新的使徒勋章离开了。

林雷终于是一名真正的七星使徒了。

"可惜假信息太多了，有几条听起来像真的，可连相关的记忆水晶球都没有。"林雷遗憾地离去了。

打败那群强盗后，布罗迪带走了那些强盗的空间戒指、神格，他打算找个地方好好修炼，提升实力。其间，他发现自己的灵魂越强，就越能调动红菱晶钻的奇特能量。

布罗迪有两个神分身，为了夺回妻子，他决定让其中一个神分身炼化神格达到上位神境界。只要达到了上位神境界，他的灵魂就会蜕变，会比之前强大很多。

穆亚大陆洛特部落。

"阿洛特，出来！"咆哮声在洛特部落上空响起。

洛特部落的战士们惊恐地看着高空那恍若魔神一般的人影。他们都没有想到，当年实力很弱的布罗迪现在竟然变得如此可怕了，地上大量躺着的已经没有气息的战士就是最好的证明。这些战士原本是要对付布罗迪的，可他们一碰到布罗迪，便纷纷从空中落了下来。

"布罗迪这么快就达到了上位神境界，应该是炼化了神格。他不逃得远远地，还敢回来，真是找死！"

一道全身包裹在黑色铠甲中的身影悬浮在城堡上空，只露出一双金黄色的眼眸。他便是洛特部落的第一强者，族长阿洛特。

"巴里曼，我们合作的事情等会儿再谈，我先去解决那小子。"阿洛特对一名有着棕红色鬈发的老者说道。

"阿洛特族长，你先处理你们族内的事情吧，我不急。"巴里曼淡笑道。

阿洛特点了点头，然后飞向布罗迪。

阿洛特很自信，因为他是一名六星使徒。在他看来，布罗迪能解决洛特部落的大量战士，一是因为布罗迪达到了上位神境界，而洛特部落的一般战士只达到了中位神境界；二是因为布罗迪可能掌握了特殊的攻击招式。

不过，阿洛特不在乎，他认为布罗迪达到上位神境界不久，实力与他相差甚远。若他一名六星使徒都解决不了一名普通的上位神，那才是怪事。

看到阿洛特，布罗迪低吼道："我妻子呢？"

"你妻子？"阿洛特笑道，"你妻子够刚强，宁死也不屈服。不过不急，我会慢慢调教她的。现在，我先解决你。"

阿洛特手一翻，手中出现了一把足有两米长的红色镰刀。就这样，阿洛特和布罗迪凌空对峙。

巴里曼站在城堡的城墙上，抬头看向空中："通过这一战，能看出阿洛特的实力吧。"

接着，他开始用记忆水晶球记录这一战。

不单单是巴里曼，洛特部落中修炼水系元素法则的战士也在用记忆水晶球记录这一战。

"能死在我的绝招之下，你该感到荣幸。"阿洛特淡笑道，随即挥出了红色镰刀。

扑哧一声，一道空间裂缝出现了。

一招就让地狱的空间出现裂缝，由此可见阿洛特的实力。

"哼！"布罗迪用黑色短刀抵挡。

锵！黑色短刀被砍断了。

"太弱了。"阿洛特不屑地笑着，他的红色镰刀砍中了布罗迪的脑袋。

然而，哧哧声响起，被砍伤的部位迅速复原。

"这……这是怎么回事？"阿洛特大吃一惊。

"死吧。"布罗迪丢掉手中被砍断的黑色短刀，抓住阿洛特持着红色镰刀的右手。

当两只手碰触时，阿洛特感觉到有一股可怕的能量在疯狂地吸收他的灵魂的能量。

"不……不可能！"

阿洛特拼命抵抗这股能量，疯狂地用红色镰刀劈向布罗迪。然而，红色镰刀只能在布罗迪的身上留下些伤痕，最后甚至连那些伤痕也会在瞬间消失。

这样的布罗迪，就像拥有不死之身。

"不可能，绝对不可能！"阿洛特不敢相信眼前这一幕。

布罗迪却脸色一变："阿洛特竟然能抵挡！"

不过，他转念一想：我的灵魂能量还不够强大，要是……

嗡——布罗迪身上的红菱晶钻猛然一震，一道诡异的绿色光芒弥散开来，进入了阿洛特的体内。

下方的战士们都惊呆了。他们只看到一道绿色光芒亮起，阿洛特便从空中坠落下来了。

"那……那是……"巴里曼脸色一变。

在阿洛特和布罗迪对战时，巴里曼就在用神识观察他俩的情况，因此，他知道发出那道绿色光芒的是一枚红色的菱形晶钻。

"红色的菱形晶钻，难道是……"巴里曼想到了曾经听到的一条消息，不禁脸色一变。

嗖——

巴里曼立即飞离了洛特部落。

布罗迪则一边飞向城堡，一边激动地喊道："维多妮卡！"

在血阳的照耀下，洛特部落仿佛被一层红色的纱帐笼罩着。

布罗迪与阿洛特一战后，洛特部落中有一成的中位神战士死去了。即便如此，洛特部落也很快就恢复了正常。现在的族长是部落的第二高手，护族队伍的大队长——伯林。

在洛特部落里，几乎到处都能听到人们议论这件事的声音。

"我就不明白了，布罗迪那小子怎么变得这么强了？之前逃离部落的时候，他仅仅是个中位神，实力一般，我都能解决他。可短短十几年过去，他竟然变得这么强了。族长和他战斗的时候说过，他因为炼化了一枚上位神神格才达到上位神境界。按道理，炼化神格达到上位神境界的，比不上通过修炼达到上位神境界的，然而，他战胜了族长这名六星使徒。"

"在那些死掉的兄弟中，有一些人的神分身活着，他们说布罗迪的身上有一种特殊能量，能吞噬对手的灵魂能量！"

"我看到了，是一道绿光让族长殒命的，我用记忆水晶球记录下来了。"

"我当时离布罗迪不远，用神识探查了一下，发现那道绿光是布罗迪手中一枚红色的菱形晶钻发出来的。布罗迪变得那么强，肯定和那枚红色的菱形晶钻有关！"

"听说，一个叫巴里曼的强者向你们购买了记录布罗迪那场战斗的记忆水晶球？"一名又高又瘦的白发青年问道。

"对，就在昨天，巴里曼大人又来购买那些记忆水晶球了。一个记忆水晶球他出价一百万块墨石，真是出手大方。你们说巴里曼大人向我们购买那些记忆水晶球干什么？"

白发青年笑了一声，说道："这些记忆水晶球记录了布罗迪和阿洛特族长的战斗过程。这种记忆水晶球越多，越能让人们知道在那场战斗中发生了什么。现在，我们已经知道在这场战斗中，阿洛特族长是因为那道绿光死去的，发出绿光的那枚红色菱形晶钻肯定不简单。布罗迪是靠炼化神格成的上位神，持着那枚红色的菱形晶钻就能解决一名六星使徒，如果这枚红色的菱形晶钻在七星使徒或府主的手中，威力又该有多大呢？巴里曼大人若是将这个消息贩卖给使徒城堡，肯定可以大赚一笔。"

这些部落成员虽然不知道什么是至高神发布的信息，但是有一点猜对了，那枚红色的菱形晶钻不简单。

没错，它就是至高神信物之一红菱晶钻。

与洛特部落的其他成员相比，巴里曼这等强者知道的秘密更多，因此自然知道至高神信物这条信息。知道解决阿洛特的是发出一道绿光的红色菱形晶钻后，他就想到了红菱晶钻。在看了那么多个记忆水晶球后，他就坚定了自己的想法。即使那枚红色的菱形晶钻不是红菱晶钻，其威力也不会弱于主神器。

于是，带着这种想法的巴里曼将手中的情报卖给了离他最近的一座使徒城堡，并获得了一万亿块墨石。

购买了这则情报后，这座使徒城堡的工作人员经过核实，确定那枚发出绿光的红色菱形晶钻是奇宝。

很快，地狱中的所有使徒城堡都收到了这份情报。

紫荆大陆某座城池的使徒城堡三楼。

"需要什么情报？"柜台服务人员淡漠地问道。

"关于至高神发布的信息的情报，一千万块墨石，没错吧？"一名有着银发的独眼青年冷漠地问道，同时取出一千万块墨石和自己的使徒勋章。

柜台服务人员在验了使徒勋章后，态度立即变得恭敬起来，取出了相关卷宗以及部分记忆水晶球。

当银发独眼青年看完相关信息准备离开时，这名服务人员说道："斯贾先生，我们使徒城堡刚刚得到了一份关于至高神信物红菱晶钻的情报，里面提到的晶钻即使不是红菱晶钻，也是和主神器一个层次的神器。"

"嗯？"银发独眼青年斯贾猛地转头，"即使不是红菱晶钻，也是和主神器一个层次的神器？"

"对，"这名服务人员信心十足，"绝对是真的。"

"这份情报要价多少？"斯贾冷漠地问道。

"九百亿块墨石，对你斯贾大人而言这不算高价。"这名服务人员微笑着说道。

闻言，斯贾眉头一皱，沉默一会儿后手一翻，手中出现了一枚空间戒指。他将空间戒指递给那名服务人员，说道："里面存放了九百亿块墨石。"

"斯贾大人，这等重要情报，由堡主或是他的贴身侍者负责管理，我去请示一下，请稍等片刻。"这名服务人员态度恭敬得很。

这名柜台服务人员在验了斯贾的使徒勋章后，知道斯贾是一名七星使徒才告诉了他这个信息。一般情况下，柜台服务人员不会将这个信息告诉他人，除非对方是七星使徒，因为七星使徒不仅实力强，拥有的财富也多。

片刻后，斯贾得到了这份情报，开始浏览相关内容，并观看了数十个记忆水晶球。

"那枚红色晶钻能让一个靠炼化神格达到上位神境界的人解决一名六星使徒……"斯贾沉吟了一会儿，然后快速飞离使徒城堡，朝穆亚大陆赶去。

在地狱，像斯贾这样的强者很多，他们也买得起这份情报。很快，大量强者知道了这个消息，赶往穆亚大陆的人越来越多。

碧浮大陆符雅城。

林雷他们一群人悠闲地逛了一圈后，来到了使徒城堡的三楼。林雷再次购买了有关至高神信物的情报。

当林雷看完那份情报准备离开时，使徒城堡的工作人员连忙说道："林雷大人，我们这里还有一份珍贵的情报，是有关红菱晶钻的。"

"哦，有关红菱晶钻的？为什么会和这份情报分开管理？"林雷笑着看向那名工作人员。

贝贝在一旁感叹道："老大，这使徒城堡还真是会赚钱。"

耶鲁也笑眯眯地说道："无商不奸嘛。"

那名工作人员苦笑道："林雷大人，一般人可没资格看那份情报。为了这份情报，我们使徒城堡花费了一大笔钱，总不能亏本啊。我们敢保证，这份情报里提到的那枚红色晶钻即使不是至高神信物之一红菱晶钻，也是堪比主神器的神器。"

"哦！"林雷眼睛一亮。

"林雷大人，你可愿意购买？九百亿块墨石就能让你知道详细信息。"那名工作人员连忙说道。

对如今的林雷而言，九百亿块墨石的确是小钱。他现在是四神兽家族的第一强者，出门在外就代表了四神兽家族，因此四神兽家族当然不会亏待林雷，也的确给了林雷一枚空间戒指，里面有不少财富。四神兽家族虽然没有过去那么辉煌，但是无数年积累下来的财富不算少。那枚空间戒指中的财富，绝对超过九百亿块墨石了。

林雷思考了一会儿，点头说道："好，这份情报我买了。"

"林雷大人稍等，我立即去请示堡主大人。"那名工作人员大喜。

在等待的时候，贝贝灵魂传音给林雷："老大，使徒城堡要价这么高，一份情报还弄得这么神秘，他们说的那枚红色晶钻，会不会就是至高神信物之一红菱晶钻？"

"有可能。"林雷回复道，他表面上很平静，心底却既激动又期待，"我已经有两件至高神信物了，还差最后一件。一旦这三件至高神信物组合在一起，就是一顶完整的生命皇冠。到时候，我把生命皇冠献给生命至高神，就能向他提要求了。"

林雷知道，若是向生命至高神索要至高神器，生命至高神肯定会答应的，但是林雷不想要至高神器，他只希望德林爷爷再出现在他的面前。

这时候，急促的脚步声响起，几道身影快速走来，为首之人是一个穿着黑袍的俊美青年。他一看到林雷就连忙上前躬身说道："见过林雷先生！"

见状，黑袍俊美青年身旁的手下，包括那名工作人员，都是一脸震惊，他们没想到堡主竟然会对林雷这么恭敬。

"听说林雷先生要看这份情报，尽可查看，至于费用，就不必提了。"黑袍俊美青年谦逊得很。

黑袍俊美青年作为这座使徒城堡的堡主，不仅知道林雷是一名七星使徒，还知道他在位面战场的光荣事迹，也认为他达到了大圆满境界。

在黑袍俊美青年看来，一名达到了大圆满境界的上位神能来这里，是他的荣幸，他又岂会收取对方的墨石呢？

"那就谢了。"林雷淡笑着接过卷宗。他明白，若是硬给费用，反而会让对方难堪。

"这些是和这则情报有关的记忆水晶球。"黑袍俊美青年见林雷没摆谱，高兴得很，连忙拿出一些记忆水晶球。

于是，林雷开始认真阅读这份卷宗，观看记忆水晶球。

林雷看得越多，心情越激动。

"根据里面的描述，那枚红色晶钻的大小和红菱晶钻一样，"林雷暗道，"正好放入那顶皇冠的凹槽里。它发出的绿色光芒，那威力……"

林雷越发确定那枚红色晶钻就是至高神信物之一红菱晶钻。他若是能得到红菱晶钻，离他的愿望就更近了。

突然，林雷想到了一些事，担忧起来："若是我凑齐了三件至高神信物，当那顶完整的生命皇冠出现时，至高神也会现身。那时候，其他主神就会知道我当初没有说真话，或许有些主神会因此而恼怒，要对付我。"

林雷立即灵魂传音："贝贝。"

"老大？"贝贝看向林雷。

"你赶紧带领大家通过碧浮大陆的传送阵回玉兰大陆，而后请贝鲁特大人帮忙，让住在天祭山脉的亲友立即回玉兰大陆。"林雷神色郑重。

"老大，你这是……"贝贝大惊。

"我只是以防万一。因为我是上位神，其他人不至于对付我的亲人，但是我赌不起，因此得早做打算。"林雷很果决，"救活德林爷爷后，我就立即回玉兰大陆，大不了以后一直待在物质位面，不再去神位面了。"

第739章
寻找

听林雷这么一说，贝贝也意识到事情的严重性了。

"老大，你的灵魂已经变异，实力比以前提升了很多，你去寻找那枚红菱晶钻，不需要带着所有的神分身。"贝贝灵魂传音。

林雷觉得有道理："对，我的本尊和风系神分身去寻找就行了，其他神分身和大家一起回玉兰大陆。"

如今，林雷本尊的威势最强，其他四个神分身的威势不相上下。因为灵魂变异，他即使用风系神分身也能施展地系神分身的招式。因此，有本尊和一个神分身，林雷就能发挥出自己的最强实力。

"贝贝，将你炼制的那件神格兵器给我。"林雷灵魂传音。

林雷说的神格兵器，便是藏有九颗灵珠和戊铁皇冠这两件至高神信物的那件。

"老大，干脆我和你一起去吧？"贝贝灵魂传音，"那件神格兵器是一根长棍。你之前没使用过这样的兵器，若是突然使用，别人见了会怀疑。我拿着它就不会有人怀疑。"

林雷迟疑了一会儿，最终答应了。

他之前让贝贝带领大家回玉兰大陆位面，是因为贝贝能保证其他人的安全。现在，既然他的神分身也要随大家一起回去，那贝贝就可以和他一起去找红菱晶钻了，毕竟他的神分身的实力远高于贝贝。

"好，那就这么做。"林雷郑重地回复。

林雷的火系神分身、水系神分身、地系神分身融为一体，带着迪莉娅等一大群人赶往碧浮大陆的传送阵，通过传送阵回到了玉兰大陆位面。

林雷的本尊、风系神分身和贝贝则离开碧浮大陆，朝穆亚大陆赶去。

地狱总共有五块陆地：东部是碧浮大陆，南部是穆亚大陆，西部是喀洛沙大陆，北部是紫荆大陆，东南部是血峰大陆。这五块陆地连成了一个环，环内便是星辰雾海，环外便是范围最大的混乱之海。从距离上来说，从碧浮大陆出发去穆亚大陆，比从紫荆大陆出发去穆亚大陆要近得多。

一个金属生命贴着星辰雾海的海平面疾速前进，里面正是林雷和贝贝。他俩离开碧浮大陆符雅城已经两年了。

"按照我们得到的情报，布罗迪杀死那个洛特部落族长已经是八年前的事情了。"林雷皱着眉头说道，"八年时间，不知道布罗迪去了哪里。"

"老大，你以为布罗迪是你吗？他就是靠炼化神格成的上位神，跑不远的。"贝贝信心十足，"况且，穆亚大陆那么大，他现在绝对没有飞出穆亚大陆。"

"我担心的不是这个。"林雷忧虑地说道，"洛特部落距离穆亚大陆的传送阵十亿里，对一个上位神而言，八年时间足够让他带着他的妻子走一个来回了。"

"老大，你是说……"贝贝一惊。

"如果他花钱将自己传送到了其他位面，那可就难办了。"林雷最担心的是这个。

"呃……"贝贝皱着眉说道，"老大，我们得到消息的时间晚了点，肯定有不少人比我们早知道这个消息，而且穆亚大陆上本来就有不少强者，他们的动作肯定比我们快。在他们的追击下，估计布罗迪也不是说逃就能逃掉的。"

林雷微微点头。

"不过，老大，"贝贝继续说道，"我发现了一个问题。我们虽然通过记忆水晶球知道了布罗迪的模样，但不熟悉他的气息。若是布罗迪刻意改变了自己的模样，他即使站在我们的面前我们也不认识他啊！"

闻言，林雷笑着说道："我早就想过这个问题了。布罗迪若是改变了模样，我们确实认不出他，因此，我想了两个办法。第一，我们去洛特部落一趟，请一名部落成员跟我们一起找布罗迪。洛特部落的成员肯定认识布罗迪，知道他的气息，一旦见到他本人，就能认出他来。第二，跟着其他寻找布罗迪的人。想找到布罗迪的人不少，他们有各自的手段和势力网。"

"只能这样了。"贝贝点头。

不久后，他们乘坐的金属生命进入了穆亚大陆境内。不过，他们离洛特部落还有很长一段路程，因为洛特部落在穆亚大陆中部。

很快又过去了三年，林雷和贝贝终于到达了靠近洛特部落的一座城池。这座城池的使徒城堡的堡主知道林雷的身份后，热情地接待了他。

"林雷先生，最近一段时间里，寻找布罗迪的强者非常多。就我们使徒城堡知道的，要找他的六星使徒、七星使徒便有一百人。他们也去请了洛特部落的成员一起寻找布罗迪。"

"可有布罗迪的行踪？"林雷问道。

"三年前，布罗迪回过一次洛特部落，但没多久就离开了。"这座使徒城堡的堡主连忙说道。

"三年前？"林雷心中一喜。以布罗迪的速度，三年他跑不了太远。

"还有人发现过布罗迪吗？"林雷问道。

"有。两个月前，一名六星使徒发现了他，可他太狡猾，又逃走了。"堡主笑着说道。

林雷微微点头，看来布罗迪没有跑很远。

"麻烦你告诉我洛特部落的准确位置。"林雷说道。

"林雷先生，要不我和你一起去一趟洛特部落？"堡主十分热情。

"这就不用了。"林雷淡笑道。

知道洛特部落的准确位置后，林雷和贝贝便立即出发了。

洛特部落。

这些年，洛特部落有不少成员被六星使徒或七星使徒邀请，一起去寻找布罗迪，那些强者还给了这些部落成员丰厚的报酬。因此，洛特部落不少成员的生活得到了改善。

"一个个站在山头上，盼望强者带他们去寻布罗迪，还不都是为了钱。"一名面色阴沉的老者瞥了一眼山头上的那些人，冷冷地说道。

"强者们给的钱很多啊，一般都在一千万块墨石以上。前段时间，我们队长更是得到了一亿块墨石的报酬。于是，我们队长的神分身便带着这些钱财去城内过舒服日子了。如果有人给我一亿块墨石请我去，即使损失一个神分身我也甘愿啊。"一名胖乎乎的圆脸少年满怀期待地说道。

"做梦吧！你以为那些强者不在乎钱财吗？"老者嗤笑一声，"那些强者给的报酬一般是一千万块墨石，得到一亿块墨石的也就你队长一个。你小子还想着有人给你一亿块墨石，你还是安心修炼吧，今后还是要靠实力说话。"

"哼！"圆脸少年听得低哼一声，不再与老者说话。

嗖！两道人影突然出现，将圆脸少年和老者吓了一跳。

来人是一名棕发青年和一名消瘦的可爱少年。

"你们是……"老者惊诧地开口说道，他从来没有见过速度这么快的人。

林雷扫了一眼这两人，问道："你们认识布罗迪吧？"

"认识、认识！"圆脸少年立即说道，"我和布罗迪做了上千年的邻居呢。"

"别听他瞎说，"老者连忙说道，"这小子只是和布罗迪住在同一座山上。我和布罗迪虽然不是邻居，但是经常见面，我一眼就能认出他。"

老者这会儿不像之前那么冷静了。

林雷淡笑着点头："好吧，你们两人都跟我走。找布罗迪的强者肯定很多，到时候我不一定能照顾到你们。这样，我给你们每人五亿块墨石。"

"五亿块墨石?！"圆脸少年和老者相视一眼，然后同时看向四周，小心得很。

"你们周围没人。"林雷淡笑道。

"老家伙，我们现在在同一条船上了，可别对外乱吹牛，等进了城再吹不迟。"圆脸少年神识传音。

"别担心我，你注意自己就行。"老者回道。

"准备走吧。"林雷当即分别给了两人各五亿块墨石。

在林雷看来，让两个中位神冒着生命危险跟着他，给五亿块墨石做报酬不算多。可对生活在地狱中的普通人而言，五亿块墨石能让他们去城里过上非常自由舒坦的生活了。

一个黑色剑形金属生命在空中疾速穿行。

"好快！"圆脸少年和老者很是震惊。

在准备跟林雷、贝贝出发前，他们让自己的神分身带着钱财回洛特部落了。他们得等到部落的金属生命前往城池时才能去城池。

"老大，根据城内的情报，两个月前布罗迪就在这个周围出现过。"贝贝说道。

"我知道。"林雷回复。

此时，林雷完全展开了神识，方圆八百万里内的动静都在他的掌控之中。

过了一会儿，林雷说道："周围没什么厉害的强者。"

他让黑色剑形金属生命飞得更快了。

以林雷的能力，只需要数日就能将周围探察一遍。和其他七星使徒相比，林雷用神识探察的范围更大。即使其他七星使徒使用主神之力，探察的范围也比不过林雷。不过，不管是林雷，还是其他人，现在都没有找到布罗迪。

林雷一边寻找，一边留意哪里的强者多。在他看来，哪里聚集了大量强者，哪里就有可能出现布罗迪。

"切格温大人，布罗迪逃入了内维尔山脉。"

一个龙形金属生命在空中飞行，里面有六个人。为首之人穿着一件绿色长袍，眉心有一只闭着的竖眸。此人正是在位面战场上从林雷手中逃脱的切格温。

当初在位面战场的星河通道上，林雷接连解决了乌曼和拉姆森，而切格温因为有两件防御主神器侥幸逃过了一劫。

"你们两人分别带一名洛特部落成员进去寻找布罗迪。不管怎样，我必须得到红菱晶钻。"切格温吩咐道。

"是，大人。"两名七星使徒躬身回复，然后各带着一名洛特部落成员进入了内维尔山脉。他们将自己的神分身留在金属生命中，方便随时向切格温汇报情况。

两个月前被人发现踪迹后，布罗迪能躲的地方就不多了，如今他唯一能躲的地方就是这内维尔山脉。

一段时间后——

"切格温大人，我发现布罗迪了！不过，还有一名七星使徒发现了布罗迪。"切格温手下一名七星使徒的神分身说道。

"走。"切格温眼睛一亮，连忙说道。随即，他收起龙形金属生命，在那名七星使徒的神分身的指引下，飞入了内维尔山脉。

"切格温，你那么着急干什么？"突然，一个熟悉的声音在切格温的脑海中响起。

切格温转头一看，只见四道人影飞来。

"林雷？"切格温脸色大变。

"我发现有几队人马朝同一个地方赶去，看来那个被追的黑暗系上位神就是布罗迪了。"林雷淡笑道。

第740章

拿捏

　　"切格温大人，前面的人都在争夺红菱晶钻，我们快过去吧。"切格温手下那名七星使徒的神分身焦急地神识传音。

　　"闭嘴！"切格温神识传音。

　　这两名七星使徒虽然是他的手下，但是没有参加上次的位面战争，因此不知道也不认识林雷。

　　切格温十分忧虑，心里暗道：没想到林雷也来了。根据情报，那枚红色的晶钻很可能就是至高神信物红菱晶钻，即使不是，也堪比主神器。若真是红菱晶钻，我将它献给光明主宰，光明主宰或许会答应帮我炼制第三件主神器。

　　想到自己有可能得到第三件主神器，切格温怎么舍得就此放弃？

　　"没想到林雷先生也来了。"切格温淡笑道，"不知道林雷先生来这里是为了什么事？"

　　"最近盛传红菱晶钻这件宝贝出现了，我也很好奇。"林雷一边淡笑着说道，一边朝前方飞行，"切格温，我们一道走吧。"

　　"这是我的荣幸。"切格温跟在林雷的身侧。

　　切格温已经在位面战场上见识过林雷的实力了，若是和林雷正面争夺红菱晶钻，他恐怕争不过。虽然他有一件物质防御主神器和一件灵魂防御主神器，林雷不能解决他，但是能轻易将他弄去空间乱流中。

切格温现在没有神分身在其他地方，若进入了空间乱流中，即使主神要找他也很难找到。除非他有神分身跟随主神，为主神指引方向。

"切格温大人，那边聚集的高手越来越多了，你再不出马，我和利亚快撑不住了。"那名七星使徒的神分身神识传音，十分着急。

"别急，"切格温回复，"有林雷在这里，其他人不会那么容易拿到红菱晶钻的。"

"林雷是谁？"那名七星使徒的神分身问道，同时还看了一眼林雷。

"大圆满境界。"切格温简单地回应了几个字。

那名七星使徒闻言吓了一大跳。

此时，林雷心底满是疑惑：切格温是光明主宰的使者，难道是光明主宰让他来的？

林雷最担心的就是主神注意到这件事情。想到这里，林雷扫了一眼切格温，发现切格温态度恭敬得很。他注意到了切格温身后的那两名上位神，见他们实力一般，便不再留意他们。

"切格温，我要加速了。"林雷提醒切格温，然后心念一动，一股地属性神力从他的体内弥散开去，包裹住了他身边的人。

嗖！一道土黄色光芒在天空一闪而过，林雷他们一群人已然进入内维尔山脉深处。

内维尔山脉深处的天空中穿梭着上百道身影。

"哈哈，没想到我布罗迪竟然吸引了这么多强者过来。"一个声音在下方的山林中响起。

半空，一道道凌空而立的身影盯着声音传来的方向，不过没人敢上前。他们都明白，若现在去抢红菱晶钻，会遭到一群人围攻。他们谁都没有信心在一群六星使徒、七星使徒的围攻下活下来。

"竟然来了这么多人。"一个留着大胡子的矮壮汉嘀咕道，他那绿色眼眸扫了一眼周围的人，"我认出来的就有五十六名七星使徒，其中估计还有一两名修罗级别的强者，其他的估计是六星使徒。"

就在这时，一个穿着黑袍，披头散发的男子从山林中缓缓飞了出来。他的眼中满是笑意，随意地瞥了一眼这一大群人："啧啧，没想到啊没想到，我布罗迪这辈子竟然能被这么多强者联手追捕，这可是莫大的荣幸，我就是死也值了啊！"

此人正是布罗迪，他知道自己被包围，跑不了了，便现身了。

嗖！一道绿色人影陡然飞向布罗迪，显然，这人打算先下手为强。

"哼！"一声冷哼响起。一道火红色刀影冲天而起，瞬间撕裂长空，飞到了绿色人影的身前。

那绿色人影陡然亮起光晕，与火红色刀影相撞，却被刀影的撞击力弄得直往后退。

见状，那些原本也想动手的人断了这个心思。

布罗迪凌空而立，身边被大量的超级强者围着，没有一点慌张的表现，反而微笑着朗声说道："各位，你说你们这么多人，我这红菱晶钻给谁好呢？"

围着他的强者相互看了看，没出声。

"这个问题简单，"一个清脆的声音从远处传来，"给我老大就行了。"

半空突然出现一大团土黄色光芒，光芒消散后出现了七个人，正是切格温和他的两个手下，林雷、贝贝，以及洛特部落的两名成员。

"好快的速度！"切格温的两名手下十分震惊。

"切格温大人！"不少七星使徒、六星使徒惊呼道。

在统领中，切格温的名声很大，实力排名也是靠前的。不仅如此，切格温还是主神使者，拥有两件主神器。而林雷是在上一场位面战争中才小有名气的，他的名声还没有完全传开，知道他的人主要是统领以及参加过上一场位面战争的人。

那个留着大胡子的矮壮汉感慨道："看来我们没希望了。"

"是没希望了。"一名冷峻的银发青年瞥了一眼远处的切格温，说道。

切格温一人就可以对付他们所有人，即使他们从布罗迪手中得到了红菱晶钻，切格温也能把红菱晶钻夺过去。他们不是傻子，知道与宝物比起来，自己的性命更重要。

"你……你是林雷大人？"一个声音忽然响起。

林雷转头看去，只见一名六星使徒惊异地看着他。

"你认识我老大？"贝贝眨巴着眼睛看向这名六星使徒。

"林雷大人，我参加了之前的那场位面战争，有幸看过林雷大人和马格努斯大人那一战。没想到，林雷大人也来这里了！"这名六星使徒激动得很，随即环顾一圈，大声说道，"各位，林雷大人来了，我们还争什么？这红菱晶钻就归林雷大人嘛。"

"他就是林雷大人？"

在场上百人中有两三个知道林雷的大名，只是没见过林雷的容貌。

切格温微笑着说道："各位，我旁边这位就是四神兽家族的第一强者，达到了大圆满境界的上位神林雷大人。各位，你们还想争那红菱晶钻吗？"

听到这话，那些六星使徒、七星使徒倒吸了一口凉气。

大圆满境界？若林雷真的是达到了大圆满境界的上位神，他要红菱晶钻，其他人敢和他抢吗？

林雷不禁瞥了一眼切格温，他没想到切格温竟然帮他说话了。

布罗迪看到其他人的反应，明白了切格温是一个超级强者。不过，他没想到切格温身旁的人竟然是传说中达到了大圆满境界的上位神。

"林雷？"布罗迪仔细看了几眼林雷。

"布罗迪，你还是将红菱晶钻献给林雷大人吧。若不交——"一名七星使徒突然开口说道，然而，他的话被布罗迪打断了。

"你给我闭嘴！"布罗迪仰头说道。

"你……"那名七星使徒大怒。

"哼！我管你什么七星使徒、主神使者，就算是达到了大圆满境界的上位神又怎么样？"布罗迪昂首环顾周围，然后盯着林雷，"告诉你们，红菱晶钻就在我的空间戒指内！若你们要抢夺，那我就捏碎空间戒指！"

此时，布罗迪手上正拿着一枚空间戒指，他一用力就能捏碎它。

林雷在心中暗道：如果布罗迪捏碎了自己的空间戒指，那里面的红菱晶钻就会进入空间乱流中，到时候我怎么找？

"布罗迪，你最好别头脑发热，若捏碎了空间戒指，你会死！"切格温冷冷地说道。

"你说我敢不敢？"布罗迪瞪眼看着切格温。

"闭嘴！"林雷冷漠地瞥了一眼切格温。

切格温讪笑两声后退到一旁，心里满是怨恨。

林雷心里明白，切格温自己得不到红菱晶钻，就巴不得布罗迪毁掉红菱晶钻，让林雷也得不到。

布罗迪不禁笑了，能威胁到眼前这群人让他感觉很爽。更何况，这里面还有达到了大圆满境界的上位神。对他而言，那可是传说中的存在。今天，他布罗迪竟然能对传说中的存在摆摆谱。

"一个个给我听好了，"布罗迪缓缓说道，"最好别把我惹急了，不然我会捏碎这枚空间戒指，让你们谁都得不到。"

闻言，那些六星使徒、七星使徒都不吭声了，唯恐布罗迪破罐子破摔，真的捏碎那枚空间戒指。到时候，林雷得不到红菱晶钻，将怒气发泄到他们的身上那就糟糕了。

林雷看着布罗迪说道："布罗迪，你要怎样才愿意将红菱晶钻给我？"

"不愧是达到了大圆满境界的上位神，说话就是爽快。"布罗迪说道，"第一，你得保证我能活着通过位面传送阵离开地狱。第二，你得给我数十万亿块墨石。对你而言，这点钱财不算什么吧？第三，你得送我一些主神之力。我要得不多，就几十滴吧，毕竟我要保命。你答应我这三点，我便给你红菱晶钻！"

闻言，其他人倒吸了一口凉气。布罗迪的第一个条件还比较合理，但是后面那两个条件也太夸张了吧，数十万亿块墨石啊！

通常来说，一名七星使徒积累许多年，全部财产也就一万亿块墨石左右。至于主神之力，一名七星使徒一辈子都难以得到一滴，而布罗迪竟然要几十滴！

就在其他人感到震惊时，林雷脸色不变，微笑着点头说道："好，我答应你。"

布罗迪怔住了。

戏弄

　　和在场其他人比起来，布罗迪在地狱生活的时间并不长，他之前在洛特部落待过，后来因为种种情况不得不在外逃亡。这样的他又如何积累财富？又怎么可能积累一万亿块墨石？

　　因此，听到林雷轻松答应了那三个要求，布罗迪一时间蒙了。

　　林雷取出一枚空间戒指，微笑着看向布罗迪："这里面有五十万亿块墨石，还有五十滴毁灭主神之力。只要你将红菱晶钻给我，这个就是你的。"

　　"五十万亿块墨石，五十滴毁灭主神之力？"周围的六星使徒、七星使徒目光炽热。

　　实际上，一滴主神之力的价值便不止五十万亿块墨石。不过，布罗迪并不了解这一点，他只知道墨石是地狱的流通货币，因此索要了很多墨石。至于主神之力，他只听说过。

　　"很好，"布罗迪看向林雷，"不愧是达到了大圆满境界的上位神，看来我的要价还低了点。"

　　那群六星使徒、七星使徒和洛特部落成员不禁看向布罗迪：难道布罗迪不知足，还想提价？

"不过我布罗迪说话算话，说过的话不会反悔。"布罗迪笑着对林雷说道，"林雷大人，我说过的，第一个条件是你得保证我能活着通过位面传送阵离开地狱。"

"我林雷以至高神的名义起誓，若布罗迪将红菱晶钻交给我，我会安全送他离开地狱。"林雷很干脆地起誓。

布罗迪一怔，而后说道："很好。"

他低头看了看手中的空间戒指，脸上浮现笑容："林雷大人，这枚空间戒指是你的了！"

说着，他向林雷扔去自己手里的空间戒指。

突然，两道光芒从布罗迪的后方射了过来。

林雷脸色一变："灵魂攻击？"

当林雷准备去接那枚空间戒指时，一只手猛地抓住了林雷的肩膀，林雷别过头一看，是他身侧的切格温。

林雷顿时目光冷厉："切格温，你这是在干吗？"

林雷肩一抖，挣脱了切格温的手。

"哈哈，林雷先生，别急。"切格温神识传音。

这时，林雷突然感受到了一股强大的吞噬力，他的动作变慢了。

"这是？"林雷回头一看，只见切格温身后浮现出一道巨大的狻猊幻象。

和帝林一样，切格温的本体是神兽狻猊，因此额头上有第三只眼睛。按道理，切格温施展的天赋神通对林雷不会产生多大的影响，不过切格温这回施展天赋神通时，使用了一滴主神之力，而且还是突然施展的，因此，林雷受到了一定的影响。

"这……"那些六星使徒、七星使徒愣住了。

切格温脑子糊涂了吗？竟然敢对付达到了大圆满境界的上位神！

贝贝一时间也怔住了。

不过，有两个人没有怔住，那就是切格温麾下的两名七星使徒。

那两道光芒就是这两名七星使徒施展的灵魂攻击，趁在场大部分人发愣之际，他们立即扑向布罗迪。

很快，布罗迪手中的空间戒指就落到一名冷酷的绿发男子手中，布罗迪则倒在地上，没有了气息。

"切格温！"林雷身体一晃，摆脱了切格温的天赋神通对他的影响，伸手想抓住切格温。

"林雷先生，哦，伟大的达到了大圆满境界的上位神林雷大人，还请你松开我，否则我的手下就会捏碎那枚空间戒指。"切格温丝毫不怕。

林雷冷冷地看着切格温。

"我拥有两件主神器，你杀不了我，最多将我弄去空间乱流中。"切格温笑道。

若林雷动手，切格温的手下会立即捏碎那枚空间戒指。

"很好。"林雷气急反笑。

对林雷而言，红菱晶钻与德林爷爷能否复活有关，他不能让红菱晶钻被毁掉。想到这里，他松开了手。

切格温赶紧飞到了他的手下身边。

内维尔山脉上空，上百名六星使徒、七星使徒看着林雷放开了切格温，不禁议论起来。

"切格温是不是疯了？他这是得罪了一个达到了大圆满境界的上位神。难道切格温认为他的主神会为他出面吗？"

"主神自降身份对付神级强者一次就很难得了，难道他还指望主神次次去救他？"

那些六星使徒、七星使徒都认为切格温糊涂了。在他们看来，若是得罪了达到了大圆满境界的上位神，就难以在地狱安宁地生活了。

现在，那枚藏有红菱晶钻的空间戒指落到了切格温一方手中。

"老大。"贝贝急了。

"没事，"林雷盯着远处的切格温，灵魂传音，"事情或许还没有那么糟糕。"

"嗯？"贝贝疑惑地看向林雷，"老大，什么意思？"

"当时切格温的手下发动攻击，"林雷灵魂传音，"我担心的不是他们会抢到空间戒指，而是担心布罗迪捏碎空间戒指。可是，布罗迪没有捏碎那枚空间戒指，即使他的生命受到威胁了也没有。"

"老大，你的意思是……"贝贝思索起来。

"如果真是走投无路了，当生命受到威胁时，大多数人会破罐子破摔，布罗迪应该也会这么做，可是他没有这么做，他是被切格温的手下解决的。之前我注意到他的妻子没有在这里，认为布罗迪可能为了保护妻子，和他妻子分开了，没有多想。现在看来，他到死都不愿意捏碎那枚空间戒指，恐怕有其他原因。"林雷解释道。

"老大，你是说那枚空间戒指中没有红菱晶钻？"贝贝猜测。

"有可能。"林雷回复道，"若布罗迪还有神分身，那枚空间戒指应该打不开。"

这时，切格温麾下的两名七星使徒已经和各自的神分身融为一体。那名冷酷的绿发男子将手中的空间戒指献给了切格温。

切格温持着空间戒指讥讽林雷："林雷，你当年在位面战场上确实很了不起，可那又怎样？现在，这宝物归我了。"

切格温嘴上这么说，心里却满是疑虑，不禁瞥了一眼布罗迪的尸体：布罗迪竟然到死都没有捏碎这枚空间戒指……

随即，他不再想这么多，将自己的一滴血滴到了那枚空间戒指上。

"老大的猜想若是对的，那这枚空间戒指应该打不开。"贝贝死死地盯着那枚空间戒指。

不光是贝贝，周围的人都死死地盯着那枚空间戒指，想知道那枚空间戒指能不能被打开。

在所有人的注视下，鲜血缓缓渗透进了空间戒指里。

"嗯？怎么回事？"贝贝大惊。

"怪了。"林雷不解。按照推测，空间戒指应该打不开才对。

"难道我猜错了？布罗迪是因为被偷袭，来不及捏碎那枚空间戒指？"林雷皱着眉头。

"哈哈！"切格温得意地看着林雷，"林雷，我也没想到这枚空间戒指会落到我的手上，而且还能打开。这枚空间戒指是我的了！若是你将我弄去空间乱流中，光明主宰肯定会救我，这样他就有理由解决你了。"

林雷没有说话，只是看着切格温。

"你是不是很生气、很愤怒？可是没用啊。"切格温很得意，畅快地大笑，"你不是很厉害吗？怎么，不敢动手了？哈哈……"

"切格温，你厉害。"林雷很平静，"我没有看过红菱晶钻，其他人应该也没有看过，你能拿出来让大家看看吗？"

"当然可以！"切格温说道，"我就将红菱晶钻拿在手上，难不成你打算夺过去？"

说完，切格温环顾周围，其实他希望这些人将他今天压林雷一头的事情传播出去。

"各位，"切格温拿着空间戒指说道，"传说红菱晶钻是至高神信物之一，至于是真是假，没有人知道。现在既然林雷先生想看，我就满足他的这个愿望。"

说着，切格温心念一动，一枚红色的菱形钻石出现在他手中。

他看向众人："这就是红菱晶钻！"

然后，他又看向林雷："林雷先生，你看清楚了吗？"

"真是红菱晶钻！"贝贝大惊。

林雷先是眉头一皱，然后立即展开神识，嘴角露出了笑意："切格温，传说中，红菱晶钻可以让一个靠炼化神格成为上位神的普通强者拥有击败六星使徒的能量。你看一下这枚红菱晶钻里有没有这样的能量。"

闻言，切格温一怔，而后认真感受起来。片刻后，他脸一沉，发现这枚红菱晶钻里根本没什么特殊能量。

"不可能！这是从布罗迪的空间戒指中得到的，应该是真的。"切格温不愿相信。

林雷淡笑道："这种假冒货太多了，用神识仔细检查就能辨别真假。"

"林雷，你别在这里乱说了，你得不到还想骗我。我们都没见过红菱晶钻，谁能判断真假？红菱晶钻的能量可能需要一些特殊办法来引导。"切格温说道，"至高神信物的特征，有一点是能确定的，那就是坚不可摧。"

他一边说着，一边用力握紧红菱晶钻。咔嚓一声，他手中的红菱晶钻碎了。他摊开手掌，大量的晶石粉末随风飘散。

切格温瞪大眼睛，愣了。

围观的上百名强者也十分震惊，他们追寻布罗迪这么多年，到头来做的却是无用功。

"竟然是假的！"

"会不会根本就没有什么红菱晶钻？"

“切格温大人空忙活一场了。”

这些强者议论起来。

此刻，林雷淡漠地看了一眼切格温，然后转头看向旁边的圆脸少年，神识传音：“你知道布罗迪有几个神分身吗？”

“我确定布罗迪不止一个神分身。”圆脸少年十分肯定地回复。

林雷微微点头，瞥了一眼下方布罗迪的尸体。通过神识，他发现布罗迪这个身体中只有一枚神格。

“布罗迪在其他地方还有神分身，从他宁死也没有毁掉这枚空间戒指的行为来看，他是故意把这枚空间戒指留给我们的。”

林雷明白，只有主人殒命了，空间戒指才能被其他人打开，否则外人是打不开的。

林雷又瞥了一眼下方布罗迪的尸体，在心中暗道：一个通过炼化神格成为上位神的人，竟然将一群超级强者玩得团团转，布罗迪，你够厉害。看来，你还是舍不得红菱晶钻这件宝贝。

林雷完全能明白布罗迪的想法。布罗迪用一个神分身当诱饵吸引一大群人，估计是为了转移众人的注意力。

恐怕布罗迪的本尊早就带着妻子和红菱晶钻逃到某个地方去了。林雷暗自摇头。

这个结局，林雷还能接受。红菱晶钻若是到了光明主宰那里，他就永远得不到了；若是在布罗迪那里，他还是有希望得到的。

“哈哈！”切格温怒极反笑，低头看向布罗迪的尸体，“没想到我切格温竟然栽在你的手里了。”

这时，周围不少强者看向切格温。之前，切格温以为自己得到了红菱晶钻，大放厥词，已经彻底得罪了林雷。现在，他到手的红菱晶钻却是假的，这个脸可丢大了，而且不少强者暗地里用记忆水晶球将经过都记录下来了。

"我们走。"林雷不想在这里逗留。

"那个布罗迪还真疯狂。"贝贝瞥了一眼布罗迪的尸体。

他原本瞧不起布罗迪，现在却有些佩服布罗迪了。

第742章

求饶

切格温悬浮在高空，绿色长袍被风吹得猎猎作响，眼角肌肉抽搐。他低头看向布罗迪的尸体，在心中暗道：使徒城堡保证那个消息是真的，我去查过，洛特部落的人也能证明，因此，那枚红色晶钻绝对是一件宝贝。不过，那枚红色晶钻是不是红菱晶钻，确实不能确定。

"大人，那个布罗迪的尸体内只有一枚神格。我们之前查过，他不止一个神分身，真的红菱晶钻肯定被他的本尊带走了。"切格温身后一名七星使徒神识传音。

"我知道。"切格温眼中满是愤怒。他不是傻子，又怎会猜不到布罗迪的心思？

在地狱中，神级强者不计其数。不管是下位神、中位神还是上位神，大多数强者还是希望自己一生中有荣耀辉煌的时候，他们宁可死得轰轰烈烈，也不愿没价值地死去。

布罗迪这次的行为，的确让一大堆强者记住了他。

"布罗迪用这个神分身吸引我们的注意力，估计他的本尊早就带着妻子逃了。"切格温深深地记住了布罗迪这个名字。

"我被这个布罗迪害惨了。"切格温瞥向远处的林雷和贝贝，"我如果得到了红菱晶钻，得罪林雷也就罢了，可是我没得到……"

之前在位面战场上，虽然切格温和林雷是敌对方，但真正说起来，两人之间并没有仇怨，林雷也没有对切格温下狠手。

可现在情况不同了。

"我嘲讽了林雷，不知道他会怎样对我……"切格温心底忐忑。他想趁林雷没注意的时候逃走，但是他知道，一旦他有动静，林雷很快就会注意到他，还有可能抓住他。于是，他默默地注视着林雷，希望林雷赶紧离去。

不光是切格温，周围上百名强者都注视着林雷，他们很想知道林雷下一步会怎么做。

"我们走。"

林雷的这句话让切格温大喜。

"大人，他们要走了。"切格温身旁的两名七星使徒也大喜，同时松了一口气。

"老大，我们就这么走了？"贝贝不禁问道。

"对了，我差点忘记一件事情。"林雷微笑着转身，看向远处的切格温，"贝贝，幸亏你提醒我，否则我都忘记了这件事情。贝贝，刚才谁说有本事就让我将他弄到空间乱流中去的？"

贝贝一听，很配合地说道："老大，这还有谁？当然是无惧无畏的切格温先生啦。除了他，又有几人敢进入空间乱流中呢？"

林雷和贝贝的一问一答令不远处的切格温三人脸色大变。

"逃！"切格温立即神识传音，和两名七星使徒手下快速逃跑。

嗖的一声，一道身影到了切格温身前。切格温赶紧停下来，转身反向逃跑，可那身影一闪，又到了切格温的正前方。

"切格温先生，你这一声不响的，是要去哪里啊？"林雷看向切格温，眼中满是寒意。

"林雷大人，"切格温挤出一丝笑容，"我……我刚才一时糊涂。"

"你不糊涂，"林雷连连摇头，"你聪明得很。你不是说了，即使我将你弄去空间乱流中，伟大的光明主宰也会出手将你救出来吗？"

此时，切格温脸色难看。

光明主宰救他的前提是他拿到了至高神信物红菱晶钻。若是没有，光明主宰不一定会救他。

"林雷大人，你贵为达到了大圆满境界的上位神，不应该因为我而恼怒。"切格温连忙说道，"我愿意将我的所有财富、主神之力献给林雷大人，还请林雷大人饶恕我这一次。"

切格温双眼充满期盼地看着林雷，心底忐忑。

林雷看着切格温。片刻后，他开口说道："财富、主神之力，你说我缺这些吗？"

"林雷大人，你要我怎么做，尽管说。"切格温赶紧说道。

此刻，切格温顾不得脸面了。即使光明主宰愿意去空间乱流中找他，也不一定能找到他，毕竟空间乱流的范围太大了。更何况，光明主宰会去找他吗？如果他是达到了大圆满境界的上位神，光明主宰或许会愿意花费些精力去空间乱流中找他，可他不是。

"我若进入了空间乱流中，会生不如死……"切格温心里明白这一点。

"林雷大人？"切格温此刻恭敬得很。

"老大，跟他说什么废话！"贝贝盯着切格温，冷冷地说道，"切格温，你想跟没事人一样走掉？做梦！如果你冒犯了主神，甚至想抢夺主神的东西，事后说自己错了，向主神求饶，主神就会放过你吗？我老大虽然不及主神脸面大，但也不是好欺负的。"

林雷在一旁没有说话，而是伸出手随意一挥——

哧的一声，半空瞬间出现了一道百米长、数米宽的大裂缝。这空间就好像一块布一样，被林雷轻易划开了。

见状，切格温疾速逃跑。

嗖！林雷身影一闪，再次出现在切格温的身前。他一挥手，就把切格温弄去了空间裂缝中。

切格温愤怒地咆哮道："林雷，光明主宰不会放过你的——"

很快，切格温和那道空间裂缝都消失了，只有他的声音还在山林间回荡。

"这个切格温如果不是拥有两件主神器，会这么嚣张吗？"贝贝愤愤地说道，"不过，从这也看得出来光明主宰对他的重视，光明主宰估计会救他吧。"

显然，切格温之前做的一切让贝贝很不满。

"想救他没有那么容易。"林雷扫了一眼远处的那群七星使徒、六星使徒，随即又说道，"贝贝，我们回去吧。对了，先将那两人送回洛特部落。"

于是，林雷、贝贝带着那名老者和圆脸少年，乘坐金属生命离开了。

半空，上百名强者以及洛特部落的那些成员惊讶地看着远去的金属生命，不禁议论起来。

"真是强大啊！这就是达到了大圆满境界的上位神，随手一挥就会出现可怕的空间裂缝。我的物质攻击什么时候才能有林雷大人的物质攻击的一成威力呢？"

"听说，切格温比地狱的一百零八名修罗还厉害，他一个人就能解决我们所有人，可是在林雷大人的面前，切格温毫无反抗力。林雷大人太强了！"

"切格温刚才还那么嚣张，现在竟然落到了这个局面，哈哈……"

"活该！谁叫他惹林雷大人？真是不自量力！"

在这群强者看来，林雷教训切格温是理所当然的事。若是林雷面对切格温的挑衅毫无动静，反而会被人说。

把那名老者和圆脸少年送回洛特部落后，林雷和贝贝不得不暂时放弃寻找布罗迪，因为他们不知道从哪里开始找。

在林雷看来，布罗迪很可能通过传送阵离开地狱了。

每年都有无数人在传送阵进进出出，想要在传送阵查找一个人，那是何等艰难！更何况，林雷也没有资格查，因为传送阵那里守着隶属于主神的军队。

光明系神位面，神狱海。

哗啦啦——无尽的幽蓝海水荡漾着。作为光明系神位面的第一海洋，神狱海十分广阔，其深处还有很多岛屿。

此刻，海洋上空有两道人影在交战，四周时不时会出现空间裂缝。

"啊——"

一声尖啸响起，一道巨大的火凤凰幻象出现在一名有着火红色短发的壮汉身后。

这名火红色短发壮汉眉心的红痣亮了起来，一道红光猛地射出，划过长空，射向对面那名穿着黑袍的长发男子。

黑袍长发男子低吼一声，身前浮现出层层水幕。噗的一声，水幕被击穿，那道红光进入了黑袍长发男子体内。

黑袍长发男子身体一颤，喷出了一口鲜血。

"布伦尔，我们就此停手吧。"黑袍长发男子连忙说道。

论速度，他不及眼前的火红色短发壮汉，既然逃不了，就只能求饶。

"做梦！"布伦尔怒道，猛地挥出手中的红色镰刀。

哧的一声，空间裂缝再次出现。

就在这时，一个绿色的东西从空间裂缝中飞了出来，朝布伦尔飞去。

布伦尔一惊："竟然还有东西能从空间裂缝中飞出来！"

随即，他伸手一抓，一张绿纸出现在他的手中。

— 第743章 —
光明主宰

布伦尔扫了一眼纸上的内容，顿时脸色大变。

那名黑袍长发男子见状，立即逃跑了。

"这次算你走运。"布伦尔扫了黑袍长发男子一眼，随即又看向手上的绿纸。

他缓缓摩挲着这张绿纸，感受着纸中蕴含的特殊气息，心中忍不住狂喜。

"在空间乱流中还能保持完好无损，这张绿纸不一般，估计只有至高神才能制造出这么奇特的纸。"布伦尔思索着，"这上面的内容有意思，干脆献给主神吧。既然要献给主神，那就通过奥古斯塔家族的族长献给最强光明主神，奥古斯塔家族的老祖宗——光明主宰。"

这张绿纸上的信息对他没有用，但是对主神很有用。

于是，布伦尔快速飞向神狱海深处的奥威岛。

奥威岛上，万米高的奥古斯塔神殿前。

"白炎石！这座神殿竟然是用白炎石建造成的！奥古斯塔家族不愧为第一家族，单单这座神殿便是无价之宝了。"布伦尔看着眼前的神殿，惊叹道。

在奥古斯塔家族的护卫的带领下，布伦尔走向神殿。

"布伦尔，到了神殿内你别东张西望。住在神殿内的大人物可不少，你若惹怒了哪个，说不定会招来杀身之祸。"一名银发战士低声说道，"还有，你说有重宝献给族长，还要自己去献，最好是真的有重宝。若你欺骗了族长，那就惨了。"

奥古斯塔家族有不少统领级别的强者，至于七星使徒，那更是多得很。即使是强盛时期的四神兽家族，也没有这么多七星使徒。

"你放心吧，我再大胆也不敢欺骗奥古斯塔家族的族长。"布伦尔笑眯眯地说道。

随后，布伦尔见到了奥古斯塔家族的族长汉金。

看了那张绿纸上的信息后，汉金激动万分，还承诺会好好奖励布伦尔。之后，汉金点燃了一张有特殊纹路的纸，等待光明主宰联系他。

"记住，等会儿你别出声，光明主宰让你开口你再开口，还有，跪着的时候别抬头看光明主宰。"汉金叮嘱布伦尔。

"是，大人！"布伦尔既紧张又兴奋，因为这是他第一次见主神，还是最强光明主神——光明主宰。

片刻后，一道道蕴含光明主神之力的白色光芒出现在神殿中，并很快就汇聚在一起，形成了一道人影。这人穿着宽松的白色长袍，长袍上绣有金色的花纹。

"主宰。"布伦尔立即跪伏下来，额头贴在地上，样子恭敬得很。

"父亲。"汉金躬身行礼。

"汉金，有什么事情吗？"一个温和又响亮的声音响起。

说话的是光明主宰吗？光明主宰长什么样呢？布伦尔心想。

光明主宰身材高大，穿着宽松的白色长袍，白皙的皮肤仿佛晶莹的玉石；

一头金黄色的长发犹如太阳一般耀眼，眉毛也是金黄色的，如同两缕鬓发一样垂下来。他没有胡须，下巴光溜溜的。

光明主宰给人一种温润如玉的感觉，但是面对他时，能感受到一种威严。

"父亲，这是布伦尔。他献上来一件宝贝，我见了这件宝贝，便立即报告您了。"汉金的手中出现了那张绿纸，"这张纸上记载了有关至高神信物的信息。"

"有关至高神信物的信息？"

光明主宰原本温和的目光瞬间变得锐利起来，两道白色光芒从他眼中射出，直奔那张绿纸。

绿纸被击飞了，却完好无损。

"哈哈，汉金，你做得很好。这张绿纸很可能来自至高神，上面的信息应该也是真的。"说着，光明主宰伸出手，那张绿纸便到了他的手上。

光明主宰认真地阅读纸上的信息，脸上露出了笑容："果然是真的。"

光明主宰曾经见过记载有关至高神信物的信息的纸，也见过上面的信息，自然能判断真假。

光明主宰看向依旧跪伏着的布伦尔，微笑着说道："起来说话。"

"谢主宰！"布伦尔激动得浑身颤抖，连忙站起来，身体微微前倾。

"这张绿纸你是从哪里得到的？"光明主宰问道。

"回禀主宰，和他人争斗时，我撕裂了空间，这张绿纸就从空间裂缝中飞了出来。我们战斗的地点在神狱海的上空。"布伦尔低垂着脑袋，依旧不敢抬头直视光明主宰，只能看到光明主宰那白色长袍。

光明主宰一听，笑意更浓了。

"哈哈，伟大的生命至高神啊，看样子您是有意将这条信息传递到我的光明系神位面来的。这次的至高神信物该是我得的啊！"光明主宰笑了起来。

在光明主宰看来，记载有关至高神信物的信息的纸不可能在空间乱流中飘荡那么久，也不可能正好通过光明系神位面的空间裂缝飞出来，更不可能正好出现在神狱海上空。然而，这一切就这样发生了，因此，光明主宰认为生命至高神是有意在帮他。

"你做得很好。"光明主宰看向布伦尔，微笑着说道，"乌曼死了，我麾下正好缺一名主神使者，就你吧。"

闻言，布伦尔激动得脸都红了："主神使者？我成主神使者了！"

布伦尔觉得自己在做梦，不敢相信自己就这样从一名七星使徒一跃成为伟大的光明主宰麾下的使者。他知道，一旦成为主神使者，还能得到一件主神器。

"还不跪下感谢主宰。"汉金连忙神识传音。

布伦尔反应过来，连忙跪下来恭敬地说道："谢主宰。"

"嗯。"光明主宰微微点头。

"父亲，"汉金躬身说道，"关于至高神信物的消息在不久前就已经传开了，是通过一张普通的黑纸传递开的。"

"哦？"光明主宰疑惑地皱眉。

"那条消息仅仅是在地狱传开的，我也是刚知道不久。"汉金说道，"那张纸上提到了三件至高神信物，与这张绿纸上的信息基本吻合，不过还多了一些内容，说三件至高神信物中的九颗灵珠在达到了大圆满境界的上位神林雷手中。这条消息起初在地狱传得沸沸扬扬，后来被认定是假的。"

光明主宰眉头一扬："林雷？"

"对，林雷。"汉金连忙说道。

"那条消息的确有问题，"光明主宰淡漠地说道，"看来制造并传播那条消息的人想陷害林雷。"

汉金却说道："父亲，我认为那张纸是林雷得到九颗灵珠后故意扔入空间裂缝的。他只要知道三件至高神信物是什么，有什么用就可以了。"

光明主宰思虑了片刻，微微点头："你说得对，也有可能。"

汉金又说道："父亲，根据这张绿纸上的信息以及在地狱流传的消息来看，林雷很有可能得到了那九颗灵珠。"

光明主宰微笑着点头，说道："没想到三件至高神信物，这么快就发现一件了。"

"父亲，我还有一件事情要告诉你。数十年前，切格温被林雷弄去空间乱流中了。"汉金说道，"当时切格温没有神分身在外界，因此，若要在空间乱流中找到他，很麻烦。"

"怎么又牵扯上林雷了？"光明主宰不禁眉头一皱。

"这件事与三件至高神信物中的红菱晶钻有关。"汉金说道。

"哦，又一件？"光明主宰来兴趣了。

"当时，为了得到红菱晶钻，切格温不惜惹怒林雷，后来却发现那是假的。林雷因为切格温冒犯了他，一怒之下将切格温弄去了空间乱流中。"汉金说道。

"哦。"光明主宰懒得理会这种事。毕竟神级强者之间的争斗，主神是不会轻易插手的。

"汉金，林雷是什么人？"光明主宰突然问道。

汉金立即说道："父亲，林雷算是一个天才，是四神兽家族的第一强者。进入位面战场后，他差点被马格努斯杀死，却在生死存亡之际得以突破，达到了大圆满境界。在位面战争的大决战时刻，他与马格努斯对战，将马格努斯踢入了空间乱流中。对了，林雷和贝鲁特的关系极好，他与贝鲁特的一个噬神鼠后代贝贝亲如兄弟。"

"和贝鲁特关系极好？"光明主宰冷冷地说道，"一想到贝鲁特，我就想杀了他。"

光明主宰眼中流露出杀机。

"给贝鲁特十个胆子他都不敢进入光明系神位面，只能在地狱躲着。"汉金说道。

林雷如果听到了这番话，肯定会震惊，很明显，贝鲁特根本没有来过光明系神位面，但是贝鲁特当初对林雷说他拜见过光明主宰。

"地狱……好久没去了。"光明主宰感慨道。

"父亲，已经有主神找过林雷了，但没发现那九颗灵珠。"汉金说道。

"即使只有一丝可能也不能放过，宁可错杀一千，不可放过一个。"光明主宰冷冷地说道，"更何况他是四神兽家族的，又和贝鲁特关系不错。"

随即，光明主宰的身影消失了。

汉金的脸上露出笑容，喃喃道："宁可错杀一千，不可放过一个……"

第744章
主宰降临

幽蓝府，幽蓝城北城区，幽蓝府主贝鲁特的居所。

庭院中，林雷坐在石椅上翻阅有关红菱晶钻的情报卷宗。

"老大，有消息了吗？"贝贝一边向林雷走来，一边问道。

林雷随手将卷宗扔在石桌上，摇头笑道："哪有什么消息，这些消息都是捕风捉影。唉！穆亚大陆看守传送阵的军队隶属于主神，而且会经常调动看守小队，想要查出布罗迪到底传送到哪里去了，太难了。"

林雷到现在还认为布罗迪手中有真正的红菱晶钻。

"是很麻烦。"贝贝一屁股坐下，抓起石桌上一个红通通的水果一口咬了下去，一边吃一边说道，"那里的看守军队不停地更换，这个月是这支小队，下个月是那支小队，要查数十年前的事情，恐怕会牵扯很多人。如果老大你大张旗鼓地去查，肯定会引起一些主神的注意。"

林雷微微点头。对很多人而言，布罗迪与红菱晶钻这件事情已经过去了，若是他还查找布罗迪的下落，会惹人怀疑。

贝贝继续说道："那个布罗迪的确贪婪。"

"一个通过炼化神格达到上位神境界的人，面对这么一件能让自己变强的宝贝，自然舍不得交出去。"林雷说道，"我估计他为了不让人找到，肯定会通过传送阵多传送几次。这样一来，我们就更加不知道他在哪里了。"

贝贝点头，随即又不甘心地说道："那我们就得不到红菱晶钻了。"

"总有一天会得到。"林雷淡笑道，语气很坚决。

对林雷而言，找到红菱晶钻就意味着德林爷爷有复活的希望，他绝不可能放弃。之前，林雷的火系神分身、水系神分身、地系神分身融为一体，带着迪莉娅他们一大群人回到了玉兰大陆位面。这样，他就能全心全意地寻找红菱晶钻了。

贝贝看到林雷的表情，明白他心中所想，说道："老大，你说得对，我们总有一天会有它的消息。"

林雷笑着点头。

此时，凉风吹向庭院中的白鹚树，片片泛黄的树叶随风而落，而地上已经铺了薄薄一层落叶。

"嗯？"林雷和贝贝陡然变得严肃起来，抬头看向空中。

这一看，令林雷眯起了眼睛，他在心中暗道：好刺眼的光芒！

半空，一道人影就好像太阳一样散发着耀眼的光芒，同时散发出一股强大的气息。

林雷仔细看才看清那道人影。那人有着金黄色的长发和金黄色的眉毛，脸上洁白无胡须，金黄色的眉毛如鬓发一样垂下来。一件宽松的绣有金色花纹的白色长袍披在他的身上，更衬托出了他高大的身材。他那双眼睛就好像两个小太阳，让人觉得刺眼，不敢与其对视。他就是光明系最强主神——光明主宰。

"是主神！"林雷瞬间判断出了对方的身份，但并不知道对方就是光明主宰。

"光明属性的气息，看来是光明系主神。光明系主神来这里干什么？"林雷心里有些不解。

"见过主神。"林雷躬身说道。

"见过主神。"贝贝也立即躬身道。

光明主宰冷漠地看着下方的林雷和贝贝，许久后才开口说道："你可是林雷？"

"是。"林雷恭敬地回复，却早已思绪混乱。

主神来这里干什么？是因为至高神信物还是因为切格温？

林雷虽然想到了各种应对方法，但还是有些紧张、忐忑，毕竟主神瞬间就能解决他。

光明主宰出现后，立即将他们这片空间与外界隔离了开来。普通人感知不到这里发生的事情，但贝鲁特感知到了。

贝鲁特看向林雷和贝贝所在庭院的上空，脸色一变："光明主宰怎么来我这里了？"

他迟疑了一会儿，一咬牙便朝林雷、贝贝飞去。他虽然惧怕光明主宰，但是不可能不管林雷和贝贝。

此时，林雷正在和光明主宰对话。

"是有这么一回事。因为那条信息，地狱众多主神注意到了这件事情，不过显然那条信息是捏造的。我既没有记载有关至高神信物信息的特殊纸张，也没有至高神信物。"林雷仰头看着光明主宰，平静地说道。

闻言，光明主宰的双眼爆发出刺眼的光芒，让仰头看着他的林雷觉得眼睛生疼。

"林雷，我给你一次机会，要么交出那九颗灵珠，要么去死。"光明主宰淡漠地说道。

林雷心底一惊：为什么这位主神如此肯定我有九颗灵珠？知道这个消息的

除了贝贝和奥利维亚一家，就是那个已经殒命的莫尔德了，按道理，应该没人知道。

"主神，我真的不明白，"林雷仰头，故作恼怒地说道，"上次，风系主神也是这么质问我的，后来事实证明那条信息是假的。有没有至高神信物都还不一定，主神你为什么认定我有那九颗灵珠？"

就在这时，空间剧烈震荡起来，显然是有人进入了这片被隔离开来的区域。

"嗯？"光明主宰转头看去。

一道人影飞了过来，正是贝鲁特。

"贝鲁特爷爷！"贝贝大喜。

光明主宰见到贝鲁特后，脸一沉，说道："贝鲁特，你还有胆子见我！"

贝鲁特听到声音后脸色一变。

"光明主宰？"林雷也十分震惊。

根据林雷得到的情报，十一位主宰中，四位规则主宰实力最强，仅次于四位规则主宰的便是光明主宰。

"光明主宰，你来我这里干什么？"贝鲁特平静地问道。

"干什么？"光明主宰目光阴冷，"你的朋友林雷说他没有那九颗灵珠，还说那条信息是假的，不过，我认为你的朋友在撒谎。"

贝鲁特站在林雷的身侧，没有说话。

"撒谎？"林雷正色说道，"光明主宰，即使你是主宰，也不能随意污蔑他人。"

"污蔑？"光明主宰一翻手，一张绿纸出现在他的手上，而后他挥动另一只手，一道道白色光芒从绿纸上射出，一行行字和一些图像出现在半空。

林雷、贝贝和贝鲁特看向半空的字和图像。随后，那些字和图像消失了。

"那张绿纸？"贝鲁特一怔。

"记载了有关至高神信物信息的特殊纸张？"林雷一惊。

那些内容与当初莫尔德发出去的黑纸上的内容有很多相似之处。

"林雷，这张绿纸来源于至高神，上面记载的信息绝对是真的。根据这上面的信息与你们知道的那条信息，我认为那九颗灵珠就在你手中，你还是交出来的好。"光明主宰俯视下方三人，冷漠地说道。

"老大，这下麻烦了。"贝贝灵魂传音，有些焦急。

林雷却仰头说道："光明主宰，我很高兴你能得到真实的有关至高神信物的信息，看来真的有至高神信物出现了。不过我还是要说，那九颗灵珠不在我的手中。"

"别狡辩了，你交不交那九颗灵珠？若不交，就不要怪我动手了。"光明主宰说道。

"奥古斯塔先生。"一个声音响起。

光明主宰抬头看去，只见一个有着一头红色长发，穿着红色长袍的男子出现了。

林雷见状心底暗喜：血峰主神！

"帕什？"光明主宰眉头一皱。

"奥古斯塔先生，"血峰主神微笑着说道，"之前的事情不能证明有关至高神信物的消息是真的，但是可以证明林雷拥有九颗灵珠的消息是假的。"

光明主宰冷冷地瞥了血峰主神一眼，一翻手，那张绿纸又出现了。

血峰主神扫了一眼，十分震惊："有关至高神信物的信息？"

"当然，这上面的信息是真的，这张纸也确实来源于至高神。这条信息和那条信息一对比，我就肯定林雷手上有那九颗灵珠。"光明主宰看向林雷，"林雷，我说过，你只有两个选择，要么交出那九颗灵珠，要么去死，你选吧。"

光明主宰无视血峰主神。

"光明主宰，"林雷仰头说道，"我说我没有那九颗灵珠，你不信，还要杀我。你即使杀了我，也不可能打开我的空间戒指，我的神分身在其他地方。更何况，我根本就没有那九颗灵珠。"

"神分身？"光明主宰眉头一皱，"在哪里？"

"物质位面。"林雷老实地回答了。

"在我玉兰大陆位面。"贝鲁特微笑着道。

"哼！"光明主宰冷冷地瞥了一眼贝鲁特。

"很好，竟然将神分身藏到物质位面，你还真聪明。"光明主宰冷漠地说道，"你说你没有那九颗灵珠，那你敢将你的空间戒指给我检查一番吗？"

"若检查了我没有那九颗灵珠，光明主宰你会离开吗？"林雷反问道。

"别在这里浪费时间了。"光明主宰脸一沉。

"好，既然光明主宰你硬要检查我的空间戒指，那就检查吧。"林雷心念一动，身体一分为二，同时取出两枚空间戒指，仰头看着光明主宰，说道，"想必光明主宰知道我现在就这两个身体，这是我的空间戒指，你查吧。"

随后，林雷将手里的两枚空间戒指抛向光明主宰。

第745章

逼问

林雷的这番举动令光明主宰有些疑虑：莫非林雷将那九颗灵珠带回玉兰大陆了？

当听到林雷说自己的其他神分身在玉兰大陆时，光明主宰就感觉不妙。不过，他还是检查了这两枚空间戒指，里面果然没有那九颗灵珠。

"光明主宰，可有你要的那九颗灵珠？"林雷仰头朗声问道。

"哼！"光明主宰将那两枚空间戒指扔给了林雷。

就在这时，空间再次震动起来，一道人影渐渐出现。显然，这是一位主神的能量分身。

地狱的主神分散在各处，他们的本尊不太可能在短时间内赶来这里，但是他们的能量分身可以快速出现在这里。

"奥古斯塔。"来人穿着一袭紫色长袍，一双紫色的眼睛盯着光明主宰。

"星伊。"光明主宰瞥了来人一眼。

是星辰主神！林雷见过星伊，知道他是地狱中掌控星辰雾海的主神。

"这里好热闹，连奥古斯塔也来了。星伊，帕什。"一个温和的声音响起，一团模糊的紫色光芒渐渐形成一道人影，是一名穿着宽松淡紫色长袍的美妇人。

这美妇人身上散发出的气息让林雷觉得有些熟悉："这人的气息和雷斯晶的好像。"

"林雷，好久不见。紫晶山脉一别不过数千年，你就有如此成就了。"美妇人微笑着看向林雷。

林雷明白了，眼前这位是紫荆主神，他立马躬身行礼："紫荆主神。"

紫荆主神对他的确有大恩，因此他从心底里感谢她。

"哈哈，人真多啊！个个都是为了至高神信物吗？"一个爽朗的声音响起，一名微胖的男子出现在半空。他那一头火红色长发肆意散开，发梢上带着火星，眉心有一道金色的火焰印记。

"哟，来了这么多人。"一道黑色光芒渐渐变成人影。

很快，半空出现了很多个主神的能量分身，林雷只能勉强辨别出三四个，剩余的都不认识。

"好多主神。"贝鲁特脸上有笑意，神识传音，"林雷，这么多主神一起现身，这可是亿万年难得一见的场面啊。"

"是有很多主神。"林雷目光一扫，就看到了十五位主神。

地狱由毁灭至高神创造，毁灭至高神就是毁灭规则。按道理毁灭一系只有七位主神，而这里就有十五位了。除了毁灭一系的七位主神，还有火系主神、水系主神、地系主神、光明系主神……这么多主神凑在一起，的确很热闹。虽然这些主神多数是能量分身，但他们不经意间流露出的威势令林雷心悸。

"好难受。"贝贝灵魂传音。

"忍着点吧。"林雷也没有办法。

这时候，主神们聊了起来。

"奥古斯塔先生，你有有关至高神信物的真实信息？"那位眉心有一道金色火焰印记的主神问道。

其他主神看向光明主宰。

光明主宰淡然一笑，一翻手，手中再次出现了那张绿纸。

"这就是记载了有关至高神信物的信息的特殊纸张。"光明主宰让那张绿纸悬浮在半空，方便其他主神看清纸上的内容，"显然，当初地狱传开的信息并不全是假的。"

闻言，一众主神议论纷纷。

至高神信物啊！要是得到了所有的至高神信物，就能让生命至高神实现自己的一个愿望。这是他们成为主神后最看重的事情。

"光明主宰，你已经检查过我的空间戒指了，是不是相信我说的了？"林雷突然开口说道。

"检查？你只有本尊和一个神分身在这里，其他神分身在玉兰大陆。你如果问心无愧，何必让其他神分身去玉兰大陆？"显然，光明主宰不可能就这么放过林雷。

"林雷的其他神分身在玉兰大陆？"一位主神感到惊讶。

"这张绿纸上的信息和地狱流传的那条信息在内容上有相似之处，无风不起浪，林雷或许真的有那九颗灵珠。"另一位主神猜测。

林雷看着空中的一群主神，目光最终落在了光明主宰的身上，他开口说道："光明主宰，玉兰大陆是我的家乡，我回家乡不行吗？"

"行，当然行。"光明主宰冷冷地说道，"那你现在敢让你的其他神分身从玉兰大陆赶来地狱吗？"

在光明主宰看来，林雷不太可能把至高神信物藏在别人身上，十有八九是藏在他的某个神分身的空间戒指内。

林雷盯着光明主宰，摇头说道："不行。"

听到林雷这话，光明主宰不禁冷笑起来："看来那九颗灵珠真的在你的其他神分身那里。"

"林雷不敢让他的其他神分身回地狱，的确有问题。"

一些主神淡笑着看着眼前这幕场景，血峰主神、紫荆主神则保持沉默。

"光明主宰，"林雷冷笑道，"你贵为主宰，凭借一条捏造的信息就打算对我下手，未免太掉身价了！"

其余主神以看戏的心态看向光明主宰。

光明主宰说道："林雷，至高神信物对你没用。现在，你还是让你的神分身赶来这里，否则……"

"否则如何？"贝鲁特开口了，他仰头看向光明主宰，"伟大的光明主宰，你今天怎么要威胁一个神级强者了？"

光明主宰低头看了一眼贝鲁特，继续说道："林雷，叫你的神分身过来让我检查一番，若是没有找到，我定不会对你下手。"

周围有一群主神看着，光明主宰也不想撕破脸，和一个达到了大圆满境界的上位神作对。

"光明主宰，"林雷仰头看向光明主宰，"不是我不相信你，而是你的话让我无法相信你。你刚才还在威胁我，我怎么敢让我的其他神分身过来？若我的神分身全部过来了后被你杀了，我能怎么办？"

光明主宰听得脸一沉。

"我的其他神分身不可能回地狱，不过，我可以保证我的其他神分身没有那九颗灵珠。"林雷朗声说道，"我现在就可以发誓——命运至高神在上，我林雷在玉兰大陆的神分身如果拥有那九颗灵珠，便魂飞魄散而死！"

发完誓，林雷盯着光明主宰。

"嗯？"光明主宰眉头一皱。

周围的主神议论起来。

光明主宰不禁疑惑起来：难道林雷真的没有那九颗灵珠？还是他把它们藏在了他的亲友身上？

光明主宰看向林雷身侧的贝贝，说道："林雷，那九颗灵珠不在你的身上，恐怕是在你的亲友身上吧，比如你旁边这个。"

林雷面色难看，说道："主宰，你要查就查。"

随即，林雷又看向贝贝："贝贝，将你的空间戒指给光明主宰看看。"

"是，老大。"贝贝毫不犹豫地回答道。

见状，光明主宰说道："不用演戏了，我知道他和你身上都没有。如果有，恐怕也在玉兰大陆。林雷，那九颗灵珠不是在你的神分身身上，就是在你的亲友身上。"

其实，那九颗灵珠和戊铁皇冠都在贝贝身上。

"光明主宰，你要查我，我给你查；你怀疑我的神分身，我便以生命至高神之名发誓；你怀疑我兄弟，我也让他把空间戒指给你查；你现在又怀疑我的亲友，我想，即使我将亲友都带来给你查，你没查到，恐怕又会说我将那九颗灵珠藏在了玉兰大陆其他某处吧？"林雷沉声说道。

光明主宰一怔。

"为了避免一堆麻烦，光明主宰你干脆安排一群上位神去我家乡玉兰大陆查吧。"林雷继续说道，"我保证我的亲友，还有我的神分身，定会给你的人查。你甚至可以让你的人马将整个玉兰大陆都查一遍，我也不会有任何意见。"

光明主宰瞥了一眼林雷旁边的贝鲁特。

"去玉兰大陆？文身为光明系最强主神，无法进入玉兰大陆。文麾下的一群上位神如果去了玉兰大陆，岂不是要乖乖听命于贝鲁特？"

"奥古斯塔，林雷都说到这份上了，就算了吧。地狱流传的那条信息，关于至高神信物的部分是真的，关于林雷的那部分估计是假的。"紫荆主神开口说道。

光明主宰继续盯着林雷，心想：林雷明着让我去玉兰大陆查，可玉兰大陆是贝鲁特的势力范围，怎么查？他肯定是故意这么说的。看来，那九颗灵珠就在林雷的亲友身上。

"林雷，"光明主宰看着下方的林雷，"你别和我耍心机。你让你的亲友和你的神分身全部来地狱，我保证不杀他们。如果你不答应，那就只有死！"

看着光明主宰前前后后这番行为，不少主神认为光明主宰的确有些过分，但是他们也不愿意得罪光明主宰，便继续围观。

"光明主宰，如果我的亲友过来，神分身不来呢？"林雷冷笑道。

"当然不行。"光明主宰毫不犹豫地回复。

在光明主宰看来，若是林雷的亲友过来了，神分身不来，恐怕那九颗灵珠就在神分身的身上。

"哈哈！"林雷突然大笑起来，"光明主宰，我一再忍让，同意让你查，甚至以生命至高神之名发誓，愿意让亲友来地狱，可你呢？你一直逼我，还想让我所有的神分身都来这里。我的神分身都来这里对我有什么好处？若你还是没有找到那九颗灵珠，一怒之下把我本尊和我的神分身都灭了，我找谁说理？我林雷没有那么傻！今天我对你够尊敬了，在场的其他主神也都看到了。你若真要对付我，我确实没有反抗能力。可是，你身为光明系主神，还是光明系的最强主神，为了一件至高神信物，这么逼迫一个神级强者，难道不怕传出去被人笑话吗？"

此话一出，光明主宰的脸都黑了。

林雷一直盯着光明主宰，不愿低下头。他明白，若他展现出怯懦的模样，光明主宰就会步步紧逼。

对林雷而言，那九颗灵珠是德林爷爷复活的希望。当年若没有德林爷爷的教导，他恐怕只是玉兰大陆上一名普通的战士。若不是德林爷爷舍命救他，他早就被光明圣廷的人杀了，因此，无论如何他都不会把那九颗灵珠交出去。

"好，很好！"光明主宰气得全身发抖。

林雷那句"难道不怕传出去被人笑话吗"让光明主宰想动手又动不了手。周围有一群主神看着，他若杀了林雷，就真被人看了笑话。

"我不懂。"贝贝突然说道，"三十几年前，穆亚大陆出现了一个叫布罗迪的上位神，他是通过炼化神格达到上位神境界的。当时，他有一枚红色的晶钻，凭借那枚红色晶钻，他轻松地解决了比他强的六星使徒。因此，有传闻说他那枚红色晶钻就是至高神信物之一红菱晶钻。当时，一群上位神去拦截他，见识到了那枚红色晶钻的威力。不管那枚红色晶钻是不是红菱晶钻，它至少是一件宝物。你们这些主神不去寻找那已经出现，被很多人看到过且很有可能是至高神信物的红菱晶钻，反而在这里找从没有被其他人看到过的九颗灵珠，不可笑吗？不懂，我真是不懂。对了，当初拦截布罗迪时，他损失了一个神分身，估计本尊早就通过传送阵离开地狱了。"

"布罗迪？红菱晶钻？"一群主神又议论了起来。

"红菱晶钻真的出现了？"不少主神看向贝贝。

贝贝说道："从那枚红色晶钻展现的能力来看，它大概就是红菱晶钻。"

"穆亚，你赶快查查。"

一些主神赶紧看向穆亚主神。在这里的穆亚主神只是能量分身，远在穆亚大陆的本尊已经查探起来了。

就在其他主神关注布罗迪的去向时，空间再次震荡起来。

"奥古斯塔，你怎么来地狱了？"一个浑厚低沉的声音响起，同时，一道黑光在半空出现，渐渐变成一道人影，弥散开来一股可怕的气息，甚至盖过了光明主宰的气息。

"毁灭主宰！"

顿时，众多主神纷纷躬身行礼。显然，毁灭主宰很有威望。

林雷一惊：毁灭主宰？传说最强大的四位规则主宰之一？这么强烈的气息，显然，这来的是毁灭主宰本尊。

林雷看向毁灭主宰，却怎么也看不清他的模样。

"你也来了，难道看上这至高神信物了？"光明主宰看向毁灭主宰。

毁灭主宰却说道："你还记得一万余年前你我之间的约定吗？"

"当然记得。"光明主宰说道。

"很好，林雷是我的使者，你别太过分了。"毁灭主宰淡然说道。

此话一出，周围一群主神都看向毁灭主宰，连紫荆主神、血峰主神也满眼惊讶。

"使者？"林雷一惊。

"你的？"光明主宰看向毁灭主宰，随即点头，"那好，这件事情就到此为止。"

这时候，有着黄色长发的穆亚主神朗声说道："两位主宰，诸位，我刚才火速查了一下，三十八年前，确实有一名男性中位神和一名女性下位神通过传送阵去了物质位面。通过传送阵返回物质位面的中位神、下位神极少，因此查到他们很容易。"

"去了哪个物质位面？"风系主神特雷西亚开口问道。

在场其他人也看向穆亚主神。

林雷不禁激动起来，他终于知道布罗迪去哪里了，也有希望得到红菱晶钻了。

"这一男一女去了奥卡伦位面！"穆亚主神朗声说道。

话音刚落，其他主神又议论起来。

"各位，我先回去了。"低沉的声音响起，毁灭主宰身影一闪，消失了。

毁灭主宰一走，其他主神也一一离去了。显然，主神们都准备去找红菱晶钻。

"林雷，你会去奥卡伦位面吗？"光明主宰看向林雷。

"当然。"林雷正色道。

光明主宰冷笑一声，身影一闪，消失不见。

仅仅片刻，众位主神都离开了。

"林雷，"贝鲁特笑着看向林雷，"你真的要去奥卡伦位面？"

"对，要去，而且要马上去！"林雷说道。

知道红菱晶钻在奥卡伦位面，林雷便有了信心。奥卡伦位面是一个物质位面，主神们无法进入。既然如此，他就没什么好怕的了，毕竟他已经融合了四大属性的神力，实力比达到了大圆满境界的上位神强十倍。

"红菱晶钻是我的。"林雷充满信心。

为了德林爷爷，林雷打算破釜沉舟。

第746章
奥卡伦位面

在光明系神位面，浩瀚无边的神狱海深处，有一座幽静的小岛，玉花岛，占地方圆十里。无数年来，没有海盗敢靠近这里，因为只要靠近这里就会丧命。

嗖嗖——玉花岛上瞬间飞出数十道人影，为首者是一名男性，其他皆为女性。为首的男子穿着一件白袍，金发披散着，眼神深邃。

这时，空中猛然出现一股强大的能量，令空间震荡起来。很快，一道人影出现，正是光明主宰。

"见过主宰。"白袍金发男子略微躬身。

"主宰。"那些女子竟然在空中跪伏下来。

光明主宰笑着走向白袍金发男子："克莱门廷，我今天来，是有一件重要的事情要请你去办。"

克莱门廷眉毛一扬，惊讶地说道："主宰，你都办不到的事情，我一个上位神又怎么做得到？"

闻言，光明主宰脸上依旧有笑容，但心底有些不满：这些达到了大圆满境界的上位神一个个骄傲得很，大多不肯担任主神使者，即使成了主神使者也不会轻易同意去替主神办事。虽然克莱门廷是我的使者，但是差遣他办事也不容易。

达到了大圆满境界的上位神是上位神中的巅峰存在，他们融合了某种元素法则或是规则中的所有奥义，这是很多主神都做不到的事情。因此，他们当中一些人看不起主神，不会对主神言听计从，即便他们是主神的使者。

光明主宰虽然心里不爽，但还是向克莱门廷详细地讲述了至高神信物的事情。

"这件事情你应该清楚了。"光明主宰微笑着说道，"现在，那红菱晶钻很可能在奥卡伦位面。这种物质位面，外来主神是进不去的。所以，要得到那件至高神信物，就要靠你们了。你明白我的意思吧？"

"明白。"克莱门廷点头说道，却没有答应。

光明主宰脸上满是笑容："你如果完成了这件事情，就是大功劳。我可以赐予你一万滴光明主神之力……"

说着说着，光明主宰停了下来，因为他发现克莱门廷的表情没有变化。显然，一万滴光明主神之力对克莱门廷而言没有吸引力。

"这一万滴光明主神之力，我现在就可以给你。即使你失败了，那也没关系。若你成功得到红菱晶钻并将红菱晶钻交给我，我再给你其他属性的一万滴主神之力，如何？"光明主宰说道。

"主宰请放心，我一定会全力争夺那枚红菱晶钻。"克莱门廷这才躬身说道。

"嗯。"光明主宰满意地笑了，"去奥卡伦位面，若是人手不够，你去传送阵调一千名上位神跟你去吧。"

"是！"克莱门廷恭敬地说道，"我现在就出发。"

跟光明主宰一样，对红菱晶钻感兴趣的主神邀请达到了大圆满境界的上位神带着大批人马前往奥卡伦位面。

在物质位面中争夺红菱晶钻，只能靠神级强者，而主神们只能等消息。

奥卡伦位面比玉兰大陆位面大得多。在玉兰大陆位面，九成面积是海洋，而奥卡伦位面不同，大部分是陆地。奥卡伦位面有两块广袤的陆地，分别是迷雾大陆、兽神大陆。迷雾大陆为人类统治，兽神大陆则为兽人统治。

迷雾大陆上有一片占地方圆千万里的可怕森林——迷雾森林，其悠久岁月已不可考证。进入其中的人类冒险者大多终其一生都不能从里面走出来。传说，里面除了大量的魔兽外，还有许多远古族群，比如精灵、地精、矮人、山地巨人等。

迷雾森林深处有一座威斯尔山，是这里的第一高山，有数十万米高。威斯尔山上有十一个巨型传送阵，还有一座由巨石建造成的普通院落，奥卡伦位面的监守者便居住在这里。

"再过九百年，监守奥卡伦位面的任务就结束了。"一名头上长有两个青角的高瘦男子站在山巅，俯瞰迷雾森林。

远处有两只巨大的魔兽正在咆哮、厮杀，使得周围的巨石碎裂，大树震颤、断裂。一只铁羽苍鹰停在一棵上万年的古树上，悄悄观看这一幕。它在等待机会，打算趁那两只魔兽两败俱伤的时候出击。

"这才过去三年，没想到这小子已经融合八级魔兽铁羽苍鹰的魔晶核，达到八级德鲁伊境界了，应该算是他们这个部落年轻一代中的顶尖高手了。"这名高瘦男子微笑着看着这一幕。

作为位面监守者，他很闲，因此有时间了解周围的八个精灵部落。

精灵一族中有些人可以达到德鲁伊境界。一旦达到了德鲁伊境界，精灵就能根据体内融合的魔晶核变为相应的魔兽的模样。这是一种很特殊的能力，即使是神级强者也辨识不出由达到了德鲁伊境界的精灵变成的魔兽。

这名位面监守者因为熟悉精灵一族的那个天才少年的灵魂气息，因此才知道那只铁羽苍鹰是他变化而来的。

"不知道这小子能不能在我监守这里的时候达到神域境界，前往至高位面……"这名高瘦男子暗道。

就在这时，他身后的传送阵亮了起来。

"嗯？"他不禁转头看去，"来自火系神位面。"

这里的十一个传送阵分别对应四大至高位面和七大神位面。

"从火系神位面来到物质位面，耗费的钱财可是一个夸张的数字。数十年前，有一对夫妇从地狱位面过来，现在有人从火系神位面过来……"这名高瘦男子当即走到传送阵前。传送阵那耀眼的光芒渐渐消散。

只见传送阵内站着密密麻麻的一大群人，为首的男子穿着一件青色长袍，弯曲的火红色长发披在肩膀上。

"这么多人，估计有上百人。这些人的实力，我竟然都看不透。"这名高瘦男子大吃一惊。他是中位神，看不透这些人的实力，那就说明这些人至少是上位神。

"一名上位神通过传送阵到物质位面，耗费的钱财是天价，这么多上位神……"这名高瘦男子倒吸了一口凉气。不管是缴纳巨额财富来的，还是因为有主神的令牌免费传送过来的，都不是他一个小小的位面监守者能做到的。

"大人。"他立即躬身说道。

这名火红鬈发男子目光冷厉，高瘦男子只看他一眼，就觉得自己的灵魂好像被重锤击中了一样。

这名火红鬈发男子懒得理会眼前这名中位神，一挥手，那些上位神便飞向四周，他则依旧站在原地。

仅仅片刻，传送阵又亮了起来。

"又有人从火系神位面过来了？"高瘦男子大惊。

又是上百号人！

传送阵一次传送的人数有限，一次传送两百人就是极限了，因此若要传送很多人过来，得分好几批。

紧接着，传送阵不断亮起，一批又一批上位神被传送了过来。

"到底多少人？"高瘦男子看得目瞪口呆，"这么多上位神来奥卡伦位面干什么？"

一段时间后，传送阵终于不再发出光芒，来自火系神位面的上位神足足有两千名。

在火系神位面，两千名上位神不算什么，可对一个普通的物质位面而言，这是一个可怕的数字。

"这个位面上的人还真多，不过除了这名位面监守者，竟然只有两名中位神——一名女性和一名兽人模样的男性。"火红鬈发男子开口说道。

闻言，高瘦男子一惊。他知道火红鬈发男子说的人是谁，一个是迷雾大陆第一强者光明女神，另一个是兽神大陆的兽神。在他看来，迷雾大陆和兽神大陆相距极远，要让神识同时覆盖这两个地方是很难的，可眼前这个火红鬈发男子却轻易做到了。

"看来这个布罗迪藏得够深。"火红鬈发男子瞥向高瘦男子，"你叫什么名字？"

"大人，我叫比恩，是奥卡伦位面的监守者。"高瘦男子恭敬地说道。

"比恩，那你肯定知道布罗迪的消息吧？"火红鬈发男子忽然眉头一皱，因为一个传送阵隐隐亮了起来。

"速度还真快。"火红鬈发男子当即传音给周围的上位神，"出发！"

同时，他的身上弥散出一道火红色的光芒，包裹住比恩，然后朝远处飞去，他身后两千名上位神紧随其后。

这群人刚飞走，传送阵彻底亮了起来，又来了一批人，还是从地狱来的。

这次也来了上百名上位神。为首者穿着一件墨绿色的大袍子，墨绿色的鬈发披散着，粗黑的眉毛如两柄剑，目光冷厉。

林雷如果在这里，肯定能认出这人，就是曾经帮助过林雷的丹宁顿。

"哼，没想到有人比我们还快。"丹宁顿扫了一眼远处，"果然，也是一名达到了大圆满境界的上位神带领着一群手下。"

传送阵一次又一次亮起，队伍一批又一批地到来。

丹宁顿带来的人不算多，只有八百名上位神，毕竟争夺红菱晶钻还是要靠达到了大圆满境界的上位神。

"我们走。"丹宁顿一声令下，一群人浩浩荡荡地飞离开去。

传送阵一次又一次亮起，每一次都有上百名上位神到来。不管来了多少名上位神，总有一名达到了大圆满境界的上位神带领着他们。

看着空中飞过一批又一批强者，迷雾森林中的魔兽、精灵、地精等都吓呆了。

"这么多圣域级强者，上千名啊！哪个势力有如此可怕的力量？"

对他们这些生活在奥卡伦这个物质位面的普通人而言，圣域级强者是他们的认知中最厉害的能够飞行的强者，因此，他们才会认为那些从空中飞过的强者是圣域级的。然而，奥卡伦位面本土的圣域级强者和神级强者明白，空中那些人的实力远超他们。

没错，真正的强者降临了。

威斯尔山巅，传送阵再度亮起。

"好多强者，气息好可怕！比部落内的长老要强得多，难道都是神级强者？"那只铁羽苍鹰依旧躲在浓密的树丛中，遥看远处的山巅。

这只由精灵族少年变成的铁羽苍鹰看到众多强者降临后，吓得不敢动了，连那两只原本在激战的魔兽也吓得不敢争斗了。

此刻，山巅又出现了一群强者，和之前一样，数量很多。

加上这批人，已经来了上万人……那只铁羽苍鹰思考着。

这群上位神中，为首之人披着一件白色长袍，有着白发、白眉，白眉倒竖，眼眸狭长，眼中似乎有寒光射出。此人正是林雷认识的，在风系元素法则方面达到了大圆满境界的上位神拜厄。

与风系神位面相连的传送阵还在发出光芒，另外一个传送阵也亮了起来。

"咦？"那只铁羽苍鹰十分惊讶，因为这次只传送了两个人——一名青年和一名少年。

"虽然只有两个人，但是那上千人似乎有些惧怕这两个人。"那只铁羽苍鹰看到那名青年正在和那名白袍男子说着什么。

那两人正是林雷、贝贝。

"拜厄，你别嚣张，还不知道谁能得到红菱晶钻呢！"贝贝愤愤地说道。

当初，拜厄受奥卡罗威尔所托去位面战场上对付贝贝，后来发现一时难以解决贝贝便放弃了。不过，他也因此和林雷他们结了仇。

"那就等着瞧吧！"拜厄冷冷地瞥了一眼林雷和贝贝。他现在不敢轻易对付林雷，毕竟林雷和马格努斯对战一事早就传得沸沸扬扬，他知道了马格努斯被林雷踢入空间乱流中的事。

"我们走！"拜厄一声令下，浩浩荡荡一大群人便飞离了这里。

很快，山巅上只有林雷和贝贝了。

"我原以为我们速度够快了，没想到已经来了这么多人。"林雷微微一笑，同时像展开神识一样展开主神之力，一瞬间，他的主神之力便覆盖了奥卡伦位面，"奥卡伦位面比玉兰大陆位面大得多，神识一次性覆盖这里还有点费劲，要用主神之力才能做到。"

若一名达到了大圆满境界的上位神展开主神之力，其主神之力的覆盖范围不见得有林雷的这么广。达到了大圆满境界的上位神虽然拥有天地法则赐予的威势，但是灵魂并不强大，因此单靠灵魂能量展开主神之力，覆盖面积有限。

一般来说，达到了大圆满境界的上位神的主神之力能覆盖方圆八千里左右。林雷和那些达到了大圆满境界的上位神不同，他虽然没有达到大圆满境界，却是无数位面中拥有四个神分身且灵魂变异成功的人。他的主神之力能覆盖方圆三万六千里范围，若是同时使用灵魂能量，其主神之力的覆盖范围是方圆五十二万里。

"老大，你发现红菱晶钻了吗？"贝贝问道。

林雷的眉头皱了起来："怪了……"

"怎么了？"贝贝有些担忧。

"现在，在奥卡伦位面的普通上位神数量过万，拜厄、丹宁顿等达到了大圆满境界的上位神也来了不少，但是只有两个中位神。显然，他们都不是布罗迪。"林雷疑惑不解，"最主要的是，我没有发现红菱晶钻，它或许被藏在空间戒指中了。"

若是红菱晶钻被藏在了空间戒指中，即使是主神也发现不了。

"老大，找不到布罗迪，也没有发现红菱晶钻，那布罗迪会不会已经离开奥卡伦位面了？"贝贝担忧地说道，"他会不会只是路过这里，故意欺骗追踪者？"

"有这个可能。要查布罗迪到来和离去的信息，问位面监守者比较快。"林雷扫了一眼旁边的院落，"位面监守者去哪里了？"

"位面监守者会不会被其他人掳走了？"贝贝问道。

林雷点点头，再次展开主神之力，随即又皱起眉头说道："位面监守者一般是中位神，很少有上位神。现在，除了之前感知到的两个中位神，其他的都是上位神。那两个中位神中，那个女性中位神的面容和一块陆地上信奉的光明女神的雕像一样；兽人模样的男性中位神和另外一块陆地上信奉的兽神雕像一样。"

林雷明白，在一些物质位面，并非所有人都信仰主神，他们可能会信仰他们那里最强大的人。就比如，在玉兰大陆位面，奥布莱恩帝国的人信仰武神奥布莱恩，巴鲁克帝国的人信仰林雷。

"老大，或许那个位面监守者是上位神呢？"贝贝说道。

"或许吧。"林雷皱着眉说道，"其实我有些担心。"

"担心什么？"贝贝问道。

"我担心最先来的人带走了那个位面监守者，从他那里得到一些重要情报后解决了他。"林雷的眉宇间有一丝忧愁。

林雷和贝贝以最快的速度赶来了，可还是有很多人赶在了他们前面。

"那些人怎么来得那么快？老大，你的速度应该超过了他们的……"贝贝嘀咕道。

"恐怕是主神带他们去传送阵的。我的速度是比他们快，却远远赶不上主神。至于那群上位神，估计就是驻扎在传送阵附近的军队。"林雷猜测。

事实的确如林雷所说。

就在这时，传送阵再次亮起了光芒。

林雷瞥了一眼，眉头一皱："人还真多！贝贝，我们赶紧离开吧。"

随即，林雷身上发出一道淡青色光芒，包裹住了贝贝，紧接着，一道青色幻影在天际一闪而过。

不管是林雷，还是其他神级强者，都没有注意到远处大树上的那只铁羽苍鹰。在他们看来，那只是一只魔兽而已。

"这两人速度好快啊！前面那一大群人速度快，我还能看清他们的身影，但这两人……"那只铁羽苍鹰惊呆了。

很快，大量神级强者降临奥卡伦位面的消息传开了。迷雾大陆第一强者光明女神最先得到这个消息，于是她下令要求光明神殿的下人们注意言行，最近一段时间不要轻易得罪那些神秘人物。

看到空中浩浩荡荡飞行着一群强者，光明女神有些心悸。她好歹是一名中位神，可这一大群人中的任何一个都比她强。

迷雾大陆东部，莫林帝国境内量崖山。

一夜之间，山巅出现了一座府邸。不少聪明人明白，圣域级强者都不一定能做到这一点。于是，他们前往量崖山，想拜见府邸内的神秘强者，目的是拜师。若是能得到强者的教导，他们的未来或许会发生改变。

不过，他们发现离那座府邸越近就越走不动，甚至到了寸步难行的地步。即使是量崖山附近的第一强者——一名九级强者，离那座府邸还有六百米时便无法再前进一步，由此可见那座府邸有多可怕。

　　那名九级强者当时就感叹道："能够施展如此可怕的重力术，绝对是神级强者！"

　　这座府邸是林雷建造的，里面住着林雷和贝贝两人。

　　林雷花了三天时间探察奥卡伦位面。

　　"我原以为布罗迪会将红菱晶钻藏在海底极深之处或是地底极深之处，现在看来，我猜错了。"林雷摇头说道。

　　"难不成布罗迪真的只是经过这里？"贝贝嘀咕道。

　　"有可能。现在最简单的办法就是找到位面监守者，他肯定知道不少事情。"林雷已经没有其他办法了。

　　"可我们都不认识那个位面监守者……"贝贝嘀咕道，随即眼睛一亮，"老大，我们干脆去问一下第一批来的是哪方势力，他们肯定见过那个位面监守者，我们去问他们的首领。老大，你已经融合了四种属性的神力，实力远超达到了大圆满境界的上位神。你只要露一手，应该就能让他们的首领说实话。"

　　"我确实能对付达到了大圆满境界的上位神。"林雷皱着眉说道，"不过，现在不是暴露实力的时候。若现在就展现我的实力，恐怕其他达到了大圆满境界的上位神会因为畏惧我而结盟。"

　　虽然林雷不是达到了大圆满境界的上位神，但是他的实力确实远超一般的上位神。因为他是无数位面中，唯一一个拥有四个神分身且灵魂变异成功的。不仅如此，他还得到了天地法则赐予的威势，其威势比达到了大圆满境界的上位神还强。

那些达到了大圆满境界的上位神如果知道了林雷的实力，明白自己不能对抗林雷，便会联手其他人对付林雷。到时候，林雷争夺红菱晶钻的难度会变大。木秀于林风必摧之，这个道理林雷还是明白的。

"我就当自己是一个达到了大圆满境界的上位神，无须展露全部实力。"林雷淡笑道，"等红菱晶钻出现我再展露全部实力也不迟。现在应该不单单是我在找那个位面监守者，其他人应该也在找。"

"老大，你的意思是？"贝贝问道。

"联手，我们和其他人联手，让抓走位面监守者的势力交出人来，说出他们知道的消息。"林雷坚定地说道，"丹宁顿是我联手的最佳人选！"

第748章
联手

迷雾大陆东部，荒牙山脉。

这里驻扎着一群人，是丹宁顿带来的那群来自地狱位面的人。山脉深处有一座座宫殿，也是一夜之间出现的。

在一座最大的宫殿里，大厅两旁的灯柱上燃烧着绿色火焰，让原本幽暗的大厅里有了亮光。大厅最前方静静地坐着一个人。

这时，一道身影走了进来。

"大人，我已经带着那五百名上位神将兽神大陆彻底搜索了一遍，连红菱晶钻的影子都没发现。"一名穿着铠甲，有着一头青发的高大男子无奈地说道。

"这迷雾大陆……我使用主神之力查看了地底深处，也没有发现红菱晶钻。"丹宁顿脸色阴沉，"这两块陆地上都没有……这样，你带领一群人去海洋仔细搜索一次。不单单搜索深海，还包括海洋底部的泥石，总之，要一直搜索到位面边缘。"

"是，大人。"那名高大男子点头。

片刻后，那名高大男子又担忧地说道："大人，我们人手少，我估计其他人已经将奥卡伦位面彻底搜了一遍。你当初答应毁灭主宰过来的时候，应该多要一些人的。"

"你尽管做你的事情，这些不需要你操心。"丹宁顿眉头一皱。

"是。"高大男子见丹宁顿不高兴了，不再多说，当即退去。

其实，丹宁顿很烦恼。自从到了奥卡伦位面，他就知道情况很糟糕，因为这次来的达到了大圆满境界的上位神太多了。平时，这些强者找都找不到，即使是主神也不一定能马上找到，现在却几乎都出现在了奥卡伦位面。

他能够百分之百确定，在这个位面，加上他，达到了大圆满境界的上位神有九名，至于疑似达到了大圆满境界的上位神，多达三十名。

"这么多强者争夺一枚红菱晶钻，场面真是……"丹宁顿摇了摇头。

"丹宁顿。"一个声音陡然在丹宁顿的脑海中响起。

"嗯？林雷？"丹宁顿反应过来后，当即神识传音，"林雷，你达到大圆满境界后，我们还没有见过面吧？"

"是啊。"林雷笑着说道，然后问道，"丹宁顿，你有没有查到红菱晶钻的信息？"

"没有，一点信息都没有。你呢？"丹宁顿反问。

"我？你麾下有那么多上位神都没有找到，我和贝贝只有两个人，怎么找？"林雷笑道。

"林雷，不是我说你，以你在四神兽家族的地位，从四神兽家族中带出数千人并非难事。如果有数千人，你在奥卡伦位面肯定要轻松得多，可现在，就你和贝贝就两个人……"丹宁顿叹道。

丹宁顿确定的九名达到了大圆满境界的上位神，包括林雷。在他看来，林雷身为达到了大圆满境界的上位神，也应该和其他达到了大圆满境界的上位神一样，带很多人过来。然而，事实并不是这样。

"若是从四神兽家族带人赶到传送阵，会耗费很多时间，因为那些普通上位神的飞行速度太慢了。等我赶到这里，有可能已经过去了几个月。几个月时间，估计你们都已经找到红菱晶钻了。我当然着急，所以只带着贝贝过来了。"林雷笑着说道。

丹宁顿恍然大悟。他们都是从传送阵调遣队伍的，耗费的时间极少。

"不提这个了。丹宁顿，你有没有怀疑过布罗迪？他真的带着红菱晶钻留在奥卡伦位面了吗？"林雷说道。

"我感知不到布罗迪，对此也有些怀疑。"丹宁顿说道，"我在找那个位面监守者，不过没找到。我估计那个位面监守者应该是被巴默掳走了，因为巴默是第一批抵达奥卡伦位面的。"丹宁顿说道。

"巴默？"林雷的脑海中立即浮现出许多有关巴默的资料。

"丹宁顿，那个位面监守者知道的信息非常重要。要不你我联手，让巴默交出那个位面监守者，怎么样？"林雷建议道。

"联手？"丹宁顿的脸上浮现出笑容，"好主意。单单由我自己去对付巴默，我没有把握。若是你我联手，我们把他弄去空间乱流中不是难事，估计巴默也不会选择自讨苦吃。"

"那好，我们在什么地方会合？"

…………

就这样，林雷和丹宁顿商量好了一切。

迷雾大陆俾尔斯山脉。

俾尔斯山脉绵延万里，犹如一排栅栏将莫林帝国和蓝枫帝国给隔开了。俾尔斯山脉中部有一条神罚大峡谷，贯穿了整个山脉。

传说两位神灵曾在俾尔斯山脉上方战斗，其中一位神灵一刀挥下，劈开了整个山脉，留下了神罚大峡谷。

这条神罚大峡谷刚好隔开了莫林帝国和蓝枫帝国，于是，两大帝国在这里布下了重兵。

此刻，轰隆隆的声音不断响起，大地震动，马蹄声不断。在各自军官的命令下，双方大军已经交战了一会儿。

这样的战争经常发生，持续时间短则数月，长则数年。每发生一次大战，就会有数万人殒命。

对莫林帝国和蓝枫帝国的统治者而言，这算不上什么。他们把发生在这里的战斗当成练兵，认为只有这样，他们的军队才会变得更强大。

"先锋师团，出战。"一名身穿金黄色铠甲的壮汉坐在一条大蟒蛇背上，淡漠地下令。

很快，他麾下的一支军队冲向对方，对方的一支军队也冲向他们。

嗖嗖——

箭矢漫天飞，双方的先锋军队仿佛两股洪水猛然相撞，一些初上战场的新兵甚至吓得腿都软了。经历过战场的磨炼，这些新兵必定会成长为真正的士兵。

在双方激烈交战的时候，两道幻影从高空一闪而过。

"嗯？"双方的军官都仰头看去，疑惑地皱着眉，"圣域级强者？"

那两道幻影正是林雷和丹宁顿。

"林雷，你感叹什么？"丹宁顿开口问道。

林雷低头瞥了一眼大峡谷中的战斗，说道："看到这样的战斗场面，我想到了我的家乡玉兰大陆上发生过的战斗。显然，这里的战斗规模比我家乡的战斗规模要大。"

"物质位面啊，"丹宁顿感慨道，"我生长在地狱，对物质位面了解不多。"

"物质位面还是很有意思的。"林雷淡笑道，"不过，这个奥卡伦位面的人口数量太多了。"

奥卡伦位面上的一块陆地方圆亿里大，自然有很多人生活在这里。

过了片刻，林雷淡笑道："前面就是巴默的住处了。"

"嗯，我先和巴默说说。"丹宁顿和林雷停滞在半空，下方不远处便有一座座火红色的宫殿。

丹宁顿当即神识传音，和那巴默商谈。

"巴默！"

"丹宁顿！"在宫殿中的巴默立即反应过来。

"你是第一批进入奥卡伦位面的，那个位面监守者在你那里吧？争夺红菱晶钻，大家公平竞争。你还是将那个位面监守者交出来，关于布罗迪的消息，你一人独享可不好。"丹宁顿说道。

回应丹宁顿的，仅仅是一声冷哼。

丹宁顿脸一沉。

"林雷在我旁边，我们大家都希望你将那个位面监守者交出来。"丹宁顿紧接着说道。

"林雷？"巴默哈哈笑道，"真是可笑，你们找不到那个位面监守者就找我。我告诉你，我来这个奥卡伦位面的时候就没发现那个位面监守者，恐怕他在奥卡伦位面其他地方吧。"

俾尔斯山脉高空大风呼啸，丹宁顿和林雷凌空而立，相视了一眼。

"他死不承认？"林雷淡笑道。

"对。"

"我以为巴默还算精明，可现在看来……"林雷笑了，丹宁顿也笑了。

两人早有计划。

一旦软的不行，便来硬的！

"看我的。"林雷手一伸，手中便出现了一柄黑色的神剑，他心念一动，神剑便变得透明。

"破！"

林雷冷漠地对着下方便是一剑。

一道可怕的青色巨型剑光呼啸而去，空间仿佛白纸一样瞬间裂开，下方的碎石尽皆化为虚无，吓得那一座座宫殿内的上位神连忙四散逃跑。

空间风暴！

在地狱位面中都很可怕的一剑，到了物质位面，竟然形成了一股可怕的空间风暴。

过了许久空间才恢复正常，可是林雷下方的山石全部没了，只剩下一个一眼看不到底的深谷。

密密麻麻的身影飞到高空，为首的男子穿着青袍，有着火红色鬈发，眼睛仿佛在喷火。

他怒视着远处的林雷和丹宁顿，说道："林雷，你无缘无故毁我的府邸干什么？"

丹宁顿却笑了起来："为什么？难道你自己还不明白？"

"别装糊涂了。"林雷淡笑道。

此刻，那一千余名上位神虽然悬浮在高空，可是根本不敢插手，都静静地看着。

毕竟说话的是三个"大圆满"，任何一个都能轻易解决他们。

"交出那个位面监守者。"林雷又开口道。

"否则，后果你知道。"丹宁顿接着道。

巴默的脸泛红，眼眸中红光闪烁。

"我说了，那个位面监守者不在我这里！"巴默怒道。

"还撒谎。"丹宁顿摇头叹息了一声，"林雷，看来没有其他办法了。"

"是没有其他办法了。"林雷一笑，而后道，"动手！"

第749章

九大强者

俾尔斯山脉高空，林雷和丹宁顿毫不犹豫，化为两道幻影夹击巴默。物质位面的束缚力比地狱位面弱很多，因此，林雷和丹宁顿的速度达到了骇人的地步，宛如瞬移一般。

"动手？哈哈……"巴默猖狂的大笑声在空中回荡，全身燃起了金色的火焰，空间都被焚烧出了空间裂缝。而后，他竟然不顾丹宁顿，冲向林雷。

"小心。"丹宁顿传音。

林雷却淡笑着看着巴默。

巴默化为一道火焰瞬间穿过林雷的身体，而后在林雷身体后方化为巴默本人的模样。

"和雷林那时候同一招。"林雷淡笑着转身。

"怎么一点反应都没有？"巴默大惊。

修炼火系元素法则且达到了大圆满境界的上位神，在攻击力方面绝对算是第一，不管是在灵魂攻击方面，还是物质攻击方面，都极为可怕。

"灵魂攻击？太弱了。"林雷笑着看着巴默。

论灵魂之强大程度，谁能和灵魂变异后的林雷比？更何况，林雷还有灵魂防御主神器。

"该我了。"林雷行动起来。

他手中的留影剑猛然朝巴默劈去，空间只是微微震动，留影剑如同瞬移一般来到了巴默面前。达到了大圆满境界的上位神的攻击速度极快，甚至远超其移动速度，根本容不得巴默闪躲。

"哼！"巴默不惧，毕竟他的物质攻击极强。他一翻手，手中便出现了一柄火红色的巨剑。

锵！火红色的巨剑和留影剑撞击在一起。

"好强的力量。"林雷手掌肌肉一颤，便卸去了那股冲击力。四神力融合后，林雷经过淬炼的身体实在太强了，即使不龙化，他的身体力量都可以在无数位面中排名前十。

拥有防御主神器和拥有如主神器般的身体，是两个概念。拥有主神器，只是防御强，不代表力量强；可拥有如主神器般的身体，单单蛮力便强到可怕。如贝鲁特，还有那黑默斯，正因为身体强，本身蛮力也强，即使没有达到大圆满境界，也堪比达到了大圆满境界的上位神。

而林雷的蛮力不弱于贝鲁特或黑默斯，而且还有威势，这就使得林雷只需要手掌肌肉一颤，就将巴默震得飞射开去了。

砰！巴默撞击在山石上，将一股反震力量传递到了山石上。能将达到了大圆满境界的上位神震那么远的力量，物质位面的山石如何抵挡？

轰！表层的山石瞬间化为齑粉，而且随着这股反震力量的传递，周围表层山石仿佛海浪一样涌动，然后化为粉末。这股反震力量足足传递了数百里，甚至还隔空传递，从一座山传递到了另一座山。方圆数百里范围内的所有山峰似乎被一柄数百里长的巨刀削过那般平整。

神罚大峡谷距离林雷他们战斗处仅仅十余里，自然也在被波及的范围内。

大峡谷中的数十万战士只感觉整个空间猛地一阵震荡，而后，大峡谷两边山峰上半段的整块山石全部化为碎石、粉末落下来。

"退，快退！"那些战士咆哮起来。

上方无尽的碎石、粉末落下来，如果被埋在下面埋得过深，即使是厉害的战士恐怕也会活活憋死。

片刻后，大峡谷中出现了一个足有数百米高的大土堆。

"老天，被小山一般的土堆埋着，肯定难以活命，幸亏我跑得快。"不少战士看着那高大的土堆一阵后怕。

这可怕的土堆已然将大峡谷阻塞了。

"怎么回事？哪来这么多碎石、粉末？"

"老天，上面山石都没了，变得平整了，好像是无敌的天神用一柄刀将上面削平了。"

"刚才那些山石还在，怎么一下子没了？"

士兵们仰头看着，傻眼了；双方军队的高层和厉害的强者则为之震撼。

"神迹！"

不少人瞪大了眼睛。

此刻，双方大军根本没想继续战斗，他们都被这一"神迹"给震撼了。其实，他们想战斗也没法子进行，因为那数百米高的土堆完全阻碍了双方前进的道路。

"到上面去看看。"

双方军团中不少人乘着飞行魔兽来到高空，还有一些魔法师和极个别圣域级强者单靠自己的能力飞到高空，想看看到底发生了什么。

"好多圣域级强者。"不少人看到远处密密麻麻悬浮在高空的上位神，目瞪口呆。

嗖！一道人影猛地飞过来，而后狠狠地砸在神罚大峡谷的山壁上。

嗡！山壁猛地一震，表层足有十余米厚的山石瞬间被震成碎石和粉末，朝下方滑落。

那撞击在山壁上的火红身影再次腾空而起。

"林雷，我说了，那个位面监守者不是我抓的！"咆哮声响起。

下方的大量士兵疯狂闪躲。

幸亏这次掉落的碎石和粉末形成的土堆也就数米高，战士们足以保住性命。不少战士从土堆中冒出来，仰头看着高空的火红人影："这……这到底是什么人？"

身体一撞山壁就出现了那么可怕的一幕？

"你还死不承认？"林雷的声音在天地间回荡。

"神灵……天神！"

那些士兵将说话的人当成了天神，根本不知道圣域之上是什么等级。在他们看来，神灵、天神是差不多的称谓。

这时候，大峡谷上方出现了两道人影，和那火红身影对峙。

"林雷，你的物质攻击还真可怕。"丹宁顿道。

"我青龙一族本来就有强化身体的方法，我的身体本身变强了，再辅以法则奥义、威势，我的物质攻击当然比达到了大圆满境界的普通上位神的物质攻击要强一些。"林雷微笑着道。

不远处的巴默心里一阵苦涩。这哪里是强一些，而是强了一大截，根本是在欺负人！

"这种程度的攻击力虽然卸不掉，但也杀不死我。"巴默心里也算有底。

巴默却不清楚此刻林雷展现的力量，仅仅是林雷真实实力的一小部分，林雷的撒手锏融合神力可还没有使用。如果使用融合神力，林雷的攻击力会比现在强十倍。十倍是什么概念？局势完全会一边倒！

巴默看着下方目瞪口呆的那些人，不由得有些恼怒，因为他丢脸的情景被那些人看到了。

"一群蚂蚁。"

巴默一挥手，顿时有一股火焰能量弥漫开去，在大峡谷上空形成了连绵数百里的火焰"幕布"，令下方的人再也无法看到上方的战斗。

后来，这条峡谷被奥卡伦位面的人称为"灭世之火峡谷"。巴默随手留下的那些火焰，连上位神都无法碰触。

"林雷，丹宁顿，你们要杀我，根本不可能。"巴默怒道，"我说了，那个位面监守者不在我手里。"

"哈哈，巴默，别不承认了。"一道人影突然出现。

"巴默，你的物质攻击可比林雷差远了啊。"又有一道人影出现了。

"是你们！"巴默眉头一皱，脸色难看得很。

此刻竟然又来了两名达到了大圆满境界的强者，巴默展开神识，随即眉头皱起，因为他发现其他达到了大圆满境界的强者也在疾速朝这里赶来。

"巴默，位面监守者的事情，你别否认了，把人交出来吧。"说话的是一个全身土黄色，肌肉突起，皮肤上的青筋如同树根一样，身高足有四米的可怕壮汉。

"唉，死撑着那是受罪。"嗤笑声响起，正是拜厄。

随着时间推移，其他强者也到了。

"哈哈，我竟然是最后一个。"一道光影一闪，最后抵达的是克莱门廷。

包括林雷在内，一共八个人，都盯着巴默。

"哼，都来齐了。"巴默脸色阴沉，愤怒地说道，"我说了，那个位面监守者不在我手里！"

大峡谷上方有着无尽火焰，而火焰之上，便是九名巅峰强者。八人对一人，巴默处于绝对劣势。

"这个巴默还不承认。丹宁顿，看你的了。"克莱门廷笑道。

丹宁顿瞥了一眼巴默："巴默，难道你要我施展迷魂，控制你手下的一个上位神？"

巴默脸色一变。

施展迷魂控制上位神，非常难，可丹宁顿做得到。无论是魂种、迷魂还是剥离灵魂碎片等手段，皆属于死亡规则的范畴。如果没有修炼死亡规则，即使达到了大圆满境界也无法施展迷魂，无法剥离灵魂，毕竟术业有专攻。

"那个位面监守者的确不在我这里。"巴默道。

包括林雷在内的八名强者脸一沉，都认为巴默太不识趣了。

"他死了，被我杀了。"巴默接着道，"关于布罗迪的消息，如今只有我一个人知道。不过呢，你们既然逼迫我到这个地步了，总不能让你们白忙活一场。我就告诉你们吧，反正你们即使知道了也没多大用处。"

"有没有用不是你说了算。"拜厄眉毛倒竖，冷漠地说道。

巴默继续说道："当初，布罗迪的确来了奥卡伦位面，可是仅仅一年之后，他就带着他妻子离开了奥卡伦位面，去的是生命至高位面。不过布罗迪在离开奥卡伦位面的时候，和那个位面监守者说了几句话……"

八名强者盯着巴默。

"布罗迪说，'比恩先生，如果有大量神降临此位面，寻找一件叫红菱晶钻的宝物，请转告那些神，就说红菱晶钻在奥卡伦位面。不过，能不能找到红菱晶钻，得看运气了。'"巴默说完，冷笑着看着其他人。

八名强者都思考了起来。因为大家都明白，布罗迪的话有戏弄人的意味。

"各位，你们说红菱晶钻是否在奥卡伦位面呢？"巴默冷笑道。

布罗迪留下消息说红菱晶钻在奥卡伦位面，可事实不确定，有两种可能：第一，红菱晶钻真的在奥卡伦位面，只是藏得太深了，让人很难找到；第二，红菱晶钻被布罗迪带去其他位面了。

　　"哈哈……是放弃还是继续寻找，你们自己慢慢想吧，我反正将消息告诉你们了。"巴默大笑着飞离开去，同时还瞥了一眼林雷。

　　刚才和林雷交手，他处于绝对的劣势。

　　"他能打败马格努斯，看来不是侥幸，而且刚才他还没有龙化……"巴默心里生出了一丝忌惮。

第750章

渗透

俾尔斯山脉。

在神罚大峡谷熊熊燃烧的火焰的上方，巴默离去后，其他七名达到了大圆满境界的强者和林雷依旧静静地悬浮着。听到巴默说的话后，他们八人都在心里思考着什么。

"布罗迪留下消息说红菱晶钻在奥卡伦位面。"林雷皱着眉思考着，"布罗迪曾经被地狱那么多强者围剿，应该明白红菱晶钻的重要性，或许，他真的决定放弃红菱晶钻，以换取宁静的生活。"

在被众多强者围剿之前，布罗迪或许不清楚红菱晶钻是何等"烫手"，可经历了那次事件，损失一个神分身后，他应该会考虑自己是否继续占有红菱晶钻。占有红菱晶钻虽然能让他实力大增，但也有可能让他被众多强者追杀。

"现在各位都知道那个消息了，大家说说，红菱晶钻是否在这奥卡伦位面呢？"克莱门廷微笑着说道。

"哼！那个布罗迪如果故意耍人，想独吞至高神信物，那是找死！"那个身高足有四米的壮汉冷冷地说道。

"如果认为红菱晶钻不在这里，干脆离开这个位面好了。"拜厄笑了一声，环顾众人，"反正我是留在这里。各位，我就不在这里陪着各位了。"

一阵风动，拜厄消失在了众人的视线内。

达到了大圆满境界的上位神在物质位面的速度，就好像主神们在地狱中的速度一样快。

"我也不多留了。"克莱门廷化作一道光消失了。

接着，诸人接连离去，只剩下林雷和丹宁顿。

"林雷，你是留在奥卡伦位面还是离开？"丹宁顿问道。

"不急，红菱晶钻或许还在奥卡伦位面。"林雷眉头微皱，随即又一笑，"丹宁顿，我们比比看谁先找到红菱晶钻。现在，你我就在这里分开吧。"

"你人手没我多，要找也是我先找到。"丹宁顿也笑了起来。

林雷和丹宁顿化作幻影，分别朝两个方向飞去。

原本，将整个奥卡伦位面查了个底朝天后，林雷心里已经有九分相信红菱晶钻不在奥卡伦位面了，奥卡伦位面只是布罗迪逃跑路线的中转站，至于剩下的一分可能，也只是因为不甘心。经此一事，林雷的想法改变了。

布罗迪既然那么说，恐怕红菱晶钻还真的在奥卡伦位面。

奥卡伦位面东部，莫林帝国量崖山山巅的府邸内。

"老大，你说布罗迪到底在耍什么手段？"贝贝听完林雷的叙述，皱着眉说道。

"红菱晶钻如此重要，他当然不可能随随便便就让我们找到。"林雷也皱着眉说道，"可如今奥卡伦位面已经被我翻了个底朝天，根本没找到红菱晶钻。那就只有一种情况了。"

这最后一种情况让林雷心里犯难。

"神识可以轻易覆盖天空、大地，可是很难大范围探查生物等存在的身体，所以，红菱晶钻或许被藏在了某个生物的体内。"林雷道。

神识极难侵入有灵性、有生命的存在的体内，比如神器，神器就蕴含灵性。即便是林雷，他的灵魂之力都不可能探查神器内部。如贝贝的神格兵器，贝贝若将空间戒指藏在神格兵器内部，就是主神的神识也无法探查到。

当然，普通强者几乎不可能将空间戒指藏在神器内部，因为空间戒指如果被藏在里面，在制造神器器坯时会被弄碎。只有贝贝那种完全依靠意识制造神格兵器的方法才能将空间戒指完好无损地藏进去。

除神器外，普通生物也是有灵性的。

每一个生物都会自然抵御外来灵魂之力的侵入。因为生物的实力有强有弱，所以这抵御能力也有强弱之分。如果这个生物本身实力很强，那他的身体就根本不容别人侵入。

实力强者，如林雷。达到了大圆满境界的上位神或许能和他神识传音，却根本不能以神识侵入他体内，探查他的秘密。

而实力弱者，如普通凡人。神要探查一个凡人，略微集中精神力便可，但精神力不能太强，若太强，会令弱小的凡人魂飞魄散。

当初，迪莉娅昏迷，林雷根本不敢用灵魂之力深入检查迪莉娅的身体，唯恐一不小心令迪莉娅魂飞魄散。

"奥卡伦位面很大，估计布罗迪之所以选择这个位面，也是因为听说这个位面人口极多。"林雷皱着眉道，"要探查这里的生物体内是否藏有东西，即使是我，也不可能一次性检查上千个。这不仅需要非常小心，还需要耐心。我一次性也就能查上千个。"

这看的不是灵魂之力强大与否，而是看一心多用的能力强大与否，检查每一个生物时都必须十分小心，渗透的精神力不能过强也不能过弱。

"奥卡伦位面的人类数量虽然远不及地狱，可也有近八亿亿。"林雷皱着眉说道。

这个数字太庞大了。

没办法，奥卡伦位面的两块大陆都很大，方圆过亿里，而玉兰大陆才方圆两三万里，两个位面陆地面积相差极大。玉兰大陆的人口都有数十亿，奥卡伦位面的人口有八亿亿也不算夸张，毕竟和地狱比，这只是一个很小的零头。

"不单单是人类，还有各种魔兽，陆地、空中乃至于海洋深处的魔兽体内都有可能藏有红菱晶钻。"林雷无奈地说道。

要全部探查一遍，的确是一个浩大的工程。

当然，要快也有快的办法。那就是完全不顾及那些人类、魔兽的承受力，将自己强大的神识侵入进去，后果就是那些人类、魔兽脆弱的灵魂会碎裂，然后死去。探查已经死亡的生物就不需要小心了，速度当然快。可如果那样，死的生物太多了。

为了快速找到红菱晶钻，杀死八亿亿人以及数量同样惊人的魔兽，令整个位面变成一个死位面，林雷想想都不寒而栗。那种手段，别说让他去做，就是其他人想这么做他也会不同意。

"老大，炼制神器要经过炼化、捶打等各种流程，空间戒指如果在里面，肯定会碎掉，所以，神器内不太可能藏有红菱晶钻。"贝贝说道。毕竟有贝贝那等手段的，无数位面加起来才两个。

林雷点头："现在，只有检查人类和魔兽体内了。"

"布罗迪这个浑蛋还真会选位面。如果是像玉兰大陆那等位面，人口那么少，要检查也轻松得多，可他却选了这个奥卡伦位面。"贝贝忍不住骂道。

"别急，其他八队人马已经在逐步搜查各种生物了。"林雷淡笑道。

林雷的主神之力覆盖了整个奥卡伦位面，谁发现了红菱晶钻，林雷第一时间就会知道。

"现在只差一件信物了。"林雷低头看了看手上的空间戒指。

他的神识进入空间戒指内，一下子就发现了戊铁皇冠。戊铁皇冠上镶嵌着九颗灵珠，如今只差中央的红菱晶钻了。

林雷和贝贝来到奥卡伦位面后，不必担心被主神刁难，所以贝贝将那枚存有两件信物的空间戒给了林雷。

"贝贝，跟我走一趟。"林雷突然站了起来。

"干什么？"贝贝一怔。

"我发现克莱门廷不单让他的手下去仔细搜查各种生物，他本人也带领部分人马前往光明神殿总部了。看来他是要借助世俗势力帮忙查找红菱晶钻。"林雷的脸上有着一丝笑意。

这的确是一个好办法。当初，布罗迪来到奥卡伦位面时，或许曾经拿出来过红菱晶钻，红菱晶钻被一些凡人见过。通过世俗势力，还真的有可能查找到蛛丝马迹。

"他找那个光明神殿，我就找……杀手情报组织。"

林雷的主神之力覆盖了整个奥卡伦位面，当然能够轻易知道奥卡伦位面的许多秘密。

迷雾大陆浩瀚无边，因为面积大，根本无法建立一个统治整个大陆的帝国。迷雾大陆上，单单帝国便超过了一百个，王国、公国更是多如牛毛。而一些特殊的黑暗组织，实力甚至超过了某个帝国。

如迷雾大陆第一杀手组织，血刀。传说中这个杀手组织背后的第一高手就是一个达到了神级的存在，组织内的圣域级强者更是有数百名之多。

血刀组织并没有总部，其驻地按照三级、二级、一级、特级划分。因为迷雾大陆、兽神大陆太过宽阔，血刀组织的特级驻地一共有八个，其中有两个在兽神大陆。

血刀组织蒙雅山特级驻地。

"红菱晶钻！对，将这个图像立即发送到各个驻地。凡是能提供有关红菱晶钻的真实消息的人，即可提升为组织核心成员，奖励一头驯化的圣域魔兽，并与其签订契约。"

血刀组织的第一高手——影长老发出了这么一条血色级别的命令。

血色级别的命令上百年没有出现过了。

这条命令立即被传送到了各个驻地。各个驻地开始疯狂地让他们的人马和外线情报人员搜索有关红菱晶钻的消息。

不过，血刀组织的成员也有些疑惑：影长老为什么如此疯狂地寻找红菱晶钻呢？还奖励一头驯化的圣域魔兽……

在一座幽静的院落内，一名有着红色头发和红色眉毛的老者恭敬至极地躬身说道："巴鲁克大人，关于那枚红菱晶钻，我们整个迷雾大陆的所有驻地都得到消息了。只要它在哪里出现过，我们组织就一定会为大人查到。不过，在兽神大陆上，我们组织的影响力还不够。"

"你做得很不错。"林雷微笑着点头。

"这是十一枚中位神神格，七系元素法则、四系规则的都有，算是给你的奖励。"林雷一翻手，手中的十一枚中位神神格便朝老者飞去。

这名老者的眼睛立即红了。对他而言，中位神神格是最珍贵的宝贝。

"我得提醒你，炼化神格后，再想靠自己突破就难了。"林雷道。

"这是属下自愿的。"这名老者道。

一旦成为中位神，他的实力便可以和奥卡伦位面的两大巅峰强者——光明女神和兽神媲美。

"若你能查到一点关于红菱晶钻的消息，我可以赐予你上位神神格。好了，你退下吧。"林雷道。

"是，巴鲁克大人。"

这名老者激动得眼睛发亮，不敢再打扰林雷，立即离开了。

见那名老者离去了，贝贝走过来，撇着嘴道："那个老家伙，待在物质位面眼界都变窄了，太傻了，竟然主动要求炼化神格。"

"不是傻，是聪明。"林雷笑道，"奥卡伦位面人口基数大，诞生的强者也多，估计对地狱、冥界、天界等地方都有所了解。除非实力能够达到六星使徒、七星使徒层次，否则在地狱根本是受罪。刚才那人在这个奥卡伦位面便算是站在巅峰的存在，可以惬意地享受生活，为什么要去至高位面？"

贝贝一怔，然后点了点头："也对。对了，老大，关于奥卡伦位面的事情，你告诉贝鲁特爷爷了吗？"

"当然说了。"林雷笑道，"你贝鲁特爷爷在玉兰大陆的分身现在就在我那个龙血城堡里，和我的神分身待在一起。这边发生的事情，我全部告诉他了。贝鲁特大人也正在探查生命至高位面等地方是否出现过红菱晶钻。"

贝贝点头："对，是得关注。"

红菱晶钻，林雷做梦都想得到！

虽然说红菱晶钻很有可能在奥卡伦位面，可不排除它随布罗迪去了其他位面的可能性，所以林雷只能请贝鲁特帮忙。贝鲁特朋友不少，搜集这方面的信息并非难事。不过这些天来，贝鲁特也没有红菱晶钻的消息。

迷雾大陆、兽神大陆的居民的生活和往常一样，并没有因为众神的到来而发生变化。

那些达到了大圆满境界的上位神以及那过万名上位神虽然都在检查人类、精灵、矮人、魔兽等生命体内是否藏有红菱晶钻，可也只是小心地检查，并没有伤害那些生命。

至于林雷，他无时无刻不在关注着整个位面。但凡那些强者有特殊举动，都会引起他的警觉，而且以他超越主神之力的灵魂之力，他的这种监视，那些强者根本不会发现。

时间飞快流逝，转眼便过去了两个月。

血刀组织蒙雅山特级驻地。

"巴鲁克大人。"那名有着红色头发和红色眉毛的老者再次来了。

林雷和贝贝都看了过去。

"属下得到有关红菱晶钻的新消息了。"那名老者道。

"哦？"贝贝却嗤笑道，"你在这两个月里可是得到过几十次新消息了，甚至还找到了十几枚红菱晶钻呢。"

在这两个月里，血刀组织的确找到了十几枚红菱晶钻，可那些晶钻还没被送来就让林雷的神识发现是假货。

"这……属下也无法判定真假。"那名老者尴尬一笑，旋即又说道，"不过这次的消息还真有点可信。"

"说说。"林雷道。

"是。"那名老者道，"大概在三十余年前，一名在迷雾森林边缘试炼的魔法师曾经看到两名强者从空中飞过，看似是一对夫妇。那名女子佩戴着一条项链，项链上便镶嵌着一枚红菱晶钻。"

林雷和贝贝眼睛一亮。

"那夫妇两人现在在哪里？"林雷连忙问道。

"那名试炼的魔法师看到那对夫妇在半空停下并说了些什么，而后就看到他们朝迷雾森林深处飞去了，其他的他就不知道了。"那名老者摇头说道。

"你退下吧。"林雷道。

"是。"那名老者恭敬地退下了。

林雷和贝贝眉头皱起。

"老大，情况不妙啊。"贝贝道。

"是不妙，布罗迪夫妇两人显然是朝传送阵飞去了，估计是打算乘坐传送阵离开奥卡伦位面。"林雷心里担忧起来，"如果他们真的带着红菱晶钻离开了这里，那可就麻烦了。我们要找到他们，还真是大海捞针。"

虽说那个位面监守者留下的消息是说布罗迪夫妇两人去了生命至高位面，可生命至高位面何等广阔，而且那两人还有可能通过生命至高位面的传送阵再次中转去其他位面，怎么找？

"不过，还有一种情况。"贝贝嘀咕道，"他们朝迷雾森林深处飞去，除了有可能是带着红菱晶钻离开外，还有可能是将红菱晶钻藏在迷雾森林中某个生物体内。"

林雷眼睛一亮。

"有这个可能。"林雷心底一喜，可旋即又暗自叹息。

迷雾森林方圆千万里，里面生存的魔兽和各种远古生物极多，要全部搜查一遍，不是一件轻松的事情。

"嗯，光明神殿？那个光明女神竟然主动去见克莱门廷，难道有什么特殊的事情？"

林雷的主神之力持续覆盖着整个位面，自然注意到了这一点。

迷雾大陆中部有一个方圆足有百里的光明湖，湖中央有一座小岛，小岛的面积也有方圆近十里大，被称为圣岛。迷雾大陆第一宗教组织的总部，光明女神的神殿便建在这座岛上。

圣岛中央便是光明神殿，光明神殿有地上九层和地下九层。

自从克莱门廷带着人马来到这里，让光明女神吃了点苦头，光明女神就惶恐地让克莱门廷居住在光明神殿的顶层了。至于光明女神本人，则搬到光明神殿地底的第六层居住着。

光明神殿地下第六层，一个穿着素色长袍，有着银发、银眸，光着脚的女人正微微蹙眉。此人正是光明女神。

"克莱门廷大人一直在找一枚菱形的红色晶钻，那我是否……"

迟疑了片刻后，光明女神的目光变得坚定，她离开住处朝顶层走去。

"让她进来。"

光明神殿顶层空旷的大厅内，克莱门廷坐在宝座上，闭着眼眸，但他的神识是时刻散开的。不过，他无法和林雷相比，在正常情况下，他的神识只能勉强覆盖迷雾大陆。

即使是达到了大圆满境界的上位神，也不会奢侈到不停地使用主神之力。如果那样，恐怕一个月消耗的主神之力就是一个天文数字。

"大人。"光明女神走了进来。

"有什么事吗？"克莱门廷睁开眼眸。

被克莱门廷盯着，光明女神感觉自己好像海浪中的一条小船，时刻都有可能翻沉。

光明女神身体微微一颤，恭敬地说道："大人，您在查找红菱晶钻，属下想起属下的一个朋友曾说过，如果有大量厉害的神级强者来这里搜查一件宝贝，就要我将这个东西献给其中的最强者。他还说，这算是给我的礼物。我的那个朋友叫布罗迪。"

说着，她手中出现了一个红色的小箱子。

一刹那，克莱门廷的眼眸中神光暴闪，神识瞬间散开，将这里包裹了起来。他这样做，是为了不让其他达到了大圆满境界的上位神知道这件事。

可是，迟了！此刻足有四道神识扫过那个箱子，包括克莱门廷的。

"哈哈，克莱门廷，我们可得感谢你啊，哈哈……"一道声音在克莱门廷的脑海中响起。

克莱门廷的脸色变得很难看，他看向那个箱子，轰的一声，那个箱子变为碎末。

光明女神见自己手中的箱子瞬间变成碎末，脸色一变。

"你做得很好，滚吧！"克莱门廷冷哼道。

"是。"光明女神不敢吭声，连忙退下了。

"来了九个达到了大圆满境界的上位神，五个在迷雾大陆，四个在兽神大陆，刚才发现这个秘密的，包括我，应该只有四个。"克莱门廷皱着眉道，"怎么那个林雷没有时刻散开自己的神识？"

实际上，刚才有五道神识扫过了那个箱子，可克莱门廷只知道其中四道，至于林雷的神识，他根本没有察觉到。

"这林雷人手少，又不时刻散开自己的神识，还想得到至高神信物……"克莱门廷冷笑道。

知道箱子里的秘密的，是九个强者中的五个，林雷当然是其中之一。

"那个箱子中竟然只有一张纸，纸上仅有三个字——狮心城。"林雷疑惑不解。

他没有怀疑消息的真假，因为那张纸是地狱中常见的纸，可以保存亿万年不坏，而物质位面是不可能制造出这种纸的，而且那个光明女神应该没有胆子故意欺骗克莱门廷。

"仅仅三个字，难道布罗迪的意思是红菱晶钻在狮心城？"林雷暗道。

"告诉我，狮心城在什么地方？"林雷神识传音给血刀组织的影长老。

影长老连忙回应道："巴鲁克大人，狮心城是兽神大陆上极为出名的一座城，是雪狮帝国的帝都。"

"兽神大陆雪狮帝国的帝都？"

林雷立即注意到了，在兽神大陆中部某座奢华的大城市的城门上有两个大字——狮心。

"老大，怎么了？"贝贝还不清楚刚刚发生了什么事情。

"贝贝，走，我们去一趟兽神大陆。"林雷微微一笑，当即散开风系神力包裹住贝贝，两人化作一道青色幻影消失在了天际。

此刻赶往兽神大陆的可不只是林雷和贝贝，迷雾大陆上其他四名达到了大圆满境界的上位神同样在赶往兽神大陆。

达到了大圆满境界的上位神飞行速度极快，众人很快就飞出了迷雾大陆，再横跨两块大陆之间的海洋，飞入了兽神大陆境内。

论速度，即使林雷隐藏实力，没有使用融合神力，也是和克莱门廷同时进入了兽神大陆境内。

四名达到了大圆满境界的上位神和林雷、贝贝进入兽神大陆后，立即就被兽神大陆上的四名达到了大圆满境界的上位神发现了。

"嗯，他们五个竟然都飞来了，而且还是朝同一个方向飞，难道他们发现红菱晶钻了？"

只要脑子不笨，看到这一幕，都能猜到肯定有重要的事情发生了。没有犹豫，那四名强者也立即朝那个方向赶去。

"克莱门廷，你们要去哪里啊？"一名在水系元素法则方面达到了大圆满境界，青色长发披散在身后的中年人笑着跟随克莱门廷，问道。

虽然顺着林雷、克莱门廷等人的飞行方向，他能够猜出他们的目的地，可毕竟是猜的。

兽神大陆上四名达到了大圆满境界的上位神中，也有人选择跟随其他达到了大圆满境界的上位神。

"哼！"克莱门廷懒得理会那个中年人，猛地加快速度，硬是比对方快了一截。

"各位，你们应该是赶往狮心城吧？"在风系元素法则方面达到了大圆满境界的上位神拜厄第一个抵达了狮心城。

他本来就在兽神大陆上，而且住在距离狮心城不远的地方。看林雷等人赶来，他很容易就判断出了这一点。

嗖！一道光线射向狮心城，而后化为一个人，正是克莱门廷。

嗖！一道青色幻影从天际飞来，而后凝聚成两道人影，正是林雷和贝贝。

"林雷他怎么知道要来这里？难道是丹宁顿告诉他的？"克莱门廷疑惑地看向林雷，因为他当初并没有察觉到林雷的神识。

"狮心城。"

林雷的神识覆盖了整个狮心城，却没有发现什么特殊之处。

"贝贝，我们进去。"林雷传音。

随即，他也不管其他达到了大圆满境界的上位神，和贝贝径直冲入了狮心城内。

第752章

浮雕

狮心城皇宫的花园内。

一片平整的绿草地上，林雷盘膝静坐着，贝贝则待在一旁。林雷和贝贝都拥有神之领域，可以轻易改变他们所在区域的光线，让远处的那些宫女和侍卫看不到他们。

他们来到狮心城整整一天了，这一天中，林雷一直这么散开自己的神识，全力搜寻红菱晶钻。

林雷睁开了眼睛。

"老大，查到了吗？"贝贝问道。

林雷微微摇头："没有，整个狮心城中人口近千万，除了青少年和幼兽没探查外，其他生物全部查了，没有发现藏着空间戒指。"

布罗迪是三十余年前来这里的，即使藏了空间戒指，也不可能藏在现如今的那些青少年和幼兽体内。

"还真是难查。"贝贝皱着眉道，"另外那八个人早就命令他们手下的上位神彻底搜查这座狮心城了，可是这么长时间过去，一点消息都没有。他们那么多人手，估计将整个狮心城查了个遍。"

林雷微微点头。

"老大，奥卡伦位面的土壤、深海全部查过了，而这个位面仅仅是个物质位面，拥有空间戒指的人很少。凡是戴着空间戒指的，那八个人早就全部查过了。"贝贝不满地说道，"看来那个布罗迪还真是那么做的。"

只有一种可能——红菱晶钻被存放在空间戒指中，并且被放入某种生物体内了。

奈何奥卡伦位面人口太多，八亿亿人口，还仅仅是人类，而精灵、地精，以及其他在陆地、空中乃至深海中的魔兽，数量更是骇人。论数量，魔兽的数量是远超人类的。

以林雷的实力，在小心翼翼不伤害被检查者灵魂的情况下，探查一千万人都要一天工夫。

他一人探查的速度，绝对赶得上上千名普通上位神探查的速度。

探查一千万人口就耗费一天，那八亿亿人口需要多久？别提还有那么多魔兽了。

那是一个天文数字！

这也是上万名上位神，加上八名达到了大圆满境界的上位神和林雷、贝贝，耗费数月都没有查找到红菱晶钻的缘故。如果是在玉兰大陆那种位面，恐怕十天半个月时间，这一大群人就能查个遍了。

"布罗迪那个浑蛋选这个奥卡伦位面，绝对是故意的！"贝贝气愤地道。

"有点耐心，我们找不到，别人也找不到。"林雷的主神之力时刻覆盖整个位面，"一旦他们找到了，我也会第一时间知道。"

"嗯。"贝贝又疑惑地说道，"老大，那你说布罗迪留下那个消息，让光明女神传给我们'狮心城'三个字，到底是什么意思？老大，我感觉红菱晶钻所藏的地方，应该和那三个字有关。"

林雷皱着眉头："布罗迪应该不会无聊到随便留下个消息迷惑我们。这'狮心城'三个字肯定隐藏着什么秘密，而这个秘密有可能指引着红菱晶钻所藏之处。可这'狮心城'到底是什么意思呢？"

包括林雷在内的众多强者看到"狮心城"三个字，都认为红菱晶钻就藏在狮心城中，可搜查了狮心城后发现情况不对。

"贝贝，走，我们去那所魔武学院的图书馆看看，找一找关于狮心城的资料，或许能有所发现。"林雷起身说道。

"对，'狮心城'三个字牵扯的那个秘密，或许在那些资料中有记载。"贝贝说道。

林雷和贝贝当即身影一动，消失在皇宫中。

在林雷和贝贝前往魔武学院的时候，克莱门廷带着手下入住了狮心城内一座豪奢的府邸。

"大人，整个狮心城已经被我们查了个遍，没有一个人或者魔兽体内有空间戒指，更别提红菱晶钻了。"一个银色短发青年躬身道。

"你退下吧。"克莱门廷淡漠地说道。

"是。"那个银发青年恭敬地退下了，只留下克莱门廷独自一人坐在庭院内。

克莱门廷在思考：那纸张上仅有"狮心城"三个字，没有其他文字，到底是什么意思呢？

克莱门廷目光一闪，使用了光明主神之力。强大的主神之力瞬间散开，越过兽神大陆，穿越海洋，直至覆盖了迷雾大陆。

"你可知道那纸上的'狮心城'三个字到底是什么意思？"克莱门廷传音问道。

远在迷雾大陆光明神殿内的光明女神心一颤，连忙回应道："大人，那纸上'狮心城'三个字的真实意思，我也不太清楚。"

"这个位面上有几个狮心城？"克莱门廷又问道。

"仅兽神大陆雪狮帝国那一个。"光明女神万分肯定。

"就一个？"克莱门廷疑惑不解。

若有其他狮心城，或许他还能再查一查，可是仅有一个狮心城，那现在他该如何理解那张纸上的"狮心城"三个字呢？

"布罗迪将那张纸交给你时，可曾说过其他什么？凡是他说的话，你都详细地告诉我。"克莱门廷道。

"布罗迪三十余年前降临奥卡伦位面，是带着他妻子的。他们曾到我的光明圣岛来过。虽然我与他同为中位神，可他轻易就击败了我。他在我那里住了一段时间，走的时候说赠送我一件礼物，说如果有大量神级强者降临奥卡伦位面查找某件宝物，就让我将这张纸交给最强者。他说，等那最强者得到宝物，我会得到奖励。"

光明女神也无奈得很。她原以为自己交出那张纸会得到夸赞，乃至奖励，可谁想克莱门廷非但没有奖励她，甚至都没有给她好脸色。

其实，就是布罗迪本人也没有想到红菱晶钻会吸引如此多强者降临奥卡伦位面，包括八位达到了大圆满境界的上位神和比达到了大圆满境界的上位神更强一筹的林雷。来的高手多了，光明女神即使献出那张纸也定会被其他人察觉。如果别人没察觉，或许克莱门廷会很高兴，并因此赐予光明女神奖励。

"等最强者得到宝物，你会得到奖励？"克莱门廷眉头一皱。

从这句话，克莱门廷推测红菱晶钻应该就在奥卡伦位面。

克莱门廷从迷雾大陆收回自己的主神之力，随后神识传音下令道："温特侯爵，过来。"

温特侯爵是克莱门廷及其手下眼下居住的这座府邸的主人。克莱门廷等一群人到来后，只是出示了一下光明神殿的最高等级信物，温特侯爵就立即变得恭恭敬敬的。

"大人。"一名将银白头发梳理得发亮的蓝眸老者连忙走了进来，恭敬地行礼。

"随我去狮心城逛一逛。"克莱门廷下令，"你就带我去狮心城中一些有特殊意义的地方吧。"

"是，大人。狮心城中一些特殊的遗迹、建筑等，我没有不知道的。"温特侯爵并不知道克莱门廷的真正身份，还以为克莱门廷是光明神殿的某个高层。可即使是光明神殿的某个高层，也值得他恭敬对待了。

诸位强者都有各自的想法，林雷选择去图书馆查找有关狮心城的资料，而克莱门廷是让人带着他去狮心城中一些特殊的地方看看。虽然他的神识覆盖了整个狮心城，可如果没人讲解，他即使发现一块被保存了悠久岁月的石头，也不可能知道这块石头蕴含的特殊意义。

在温特侯爵的带领下，克莱门廷知晓了有关狮心城的许多典故与历史。

此刻，克莱门廷被温特侯爵带到了历史馆。展厅的墙壁上刻着一个个巨型浮雕，几乎有一面墙那么高，而空旷的展厅内只有稀稀拉拉几个人。

"大人，你看。"温特侯爵笑着指着前方一个浮雕，"这上面雕刻的十九人，是我雪狮帝国的开国皇帝文纳陛下和他麾下最忠诚的十八位骑士。十八位骑士中，最弱的一个都达到了九级，而文纳陛下更是圣域级强者。"

克莱门廷只是微微点头。九级、圣域这些，对站在神之巅峰的克莱门廷而言没有吸引力。

"大人，你再来看这个浮雕。"温特侯爵边引路边介绍。

这个巨型浮雕雕刻的是一头庞大的狮兽。这头庞大的狮兽的下腹位置有一道大伤口，一个人从其伤口中朝外跑，手中似乎还握着什么。

"哦，有意思。"克莱门廷看见这个浮雕，不由得笑了。

"大人，这个浮雕讲述的是文纳陛下生平遭遇的最凶险的一次战斗，也是令他成名的一次战斗。"温特侯爵说道，"这次战斗就发生在狮心城旧址上。正是为了纪念这一战，文纳陛下才在这里建立了帝都，并且起名为狮心城，这就是狮心城名字的由来。"

"狮心城名字的由来？"克莱门廷眼睛一亮，"详细说说！"

温特侯爵见眼前这位高层如此激动，连忙说道："当年，文纳陛下初入圣域级，偶遇了圣域级魔兽银角雪狮兽。当时，狮心城这个地方还只是一片荒地，文纳陛下就在这里和银角雪狮兽发生了激烈的一战。当时文纳陛下只是初入圣域级，而达到圣域级的魔兽和圣域级后期的人类强者实力相当。"

克莱门廷微微点头。

"文纳陛下处于劣势，面临死亡的威胁。可在生死一线间，文纳陛下置之死地而后生，竟然冲进银角雪狮兽口中，进入了银角雪狮兽的肚子里。文纳陛下在那个里面到底发生了什么，我们不太清楚，只知道文纳陛下破开银角雪狮兽的肚子从里面冲了出来，并且手中还抓着银角雪狮兽的部分心脏。显然，那银角雪狮兽的心脏碎了，所以也就死了。"温特侯爵详细地解释道，"那一战，文纳陛下实力大增，成为兽神大陆圣域级顶尖强者。"

听着这些，克莱门廷的眼睛里闪烁着莫名的神采。

"狮心城，怪不得取名狮心城！"克莱门廷的脸上浮现出笑容，"破开银角雪狮兽的肚子，握着它的心出来……"

"我们回去吧。"克莱门廷表面依旧很冷静。

"回去？"温特侯爵一怔。

克莱门廷也不理会温特侯爵，装作什么事情都没有发生，径直回到了温特侯爵的府邸。

但是，回到温特侯爵府邸仅仅一个小时后，克莱门廷本人便悄然离开了狮心城。

第753章

红菱晶钻，出现！

克莱门廷如闪电般划过长空，眼中满是狂喜："哈哈，没想到九个人中，我竟然是第一个发现的！原来'狮心城'这三个字里蕴含着一个故事，暗示红菱晶钻藏在银角雪狮兽体内。"

克莱门廷此刻万分确定，因为就在刚才，他散开主神之力搜查了整个位面的银角雪狮兽。

奥卡伦位面上的银角雪狮兽一共有十二头，除了两头居住在一起外，其他十头是分散居住的。探查十二头魔兽，自然轻松得很。克莱门廷只用了片刻便将那十二头银角雪狮兽的身体搜查了个遍。

果然，在兽神大陆北部区域的冰峰雪域中，生存着三头银角雪狮兽，其中最强大，体积也是最大的一头的体内便有一枚空间戒指！

若是他刚回府邸就离开，其他达到了大圆满境界的上位神会怀疑他，所以他在府邸待了一个小时。虽然他这样做，其他人还是有可能察觉到，可他等不及了，而且他也有十足的把握先拿到红菱晶钻。

"哼，等他们反应过来，我估计都到冰峰雪域了。单论速度，九人中，我排名前列。我最先出发，他们即便想追也来不及。等红菱晶钻一到我手里，他们就别想再得到了。"克莱门廷信心十足。

在光明系元素法则方面达到了大圆满境界的上位神速度极快。克莱门廷就如同一道光线一般，飞向兽神大陆冰峰雪域。

狮心城魔武学院图书馆内。

林雷旁边摆放着厚厚的数十本书，都是讲述有关狮心城的各种事情的，有讲述狮心城无数年来各个英雄人物的，有讲述皇宫中一些秘史的，有专门介绍魔武学院的，还有讲述开国大帝的……狮心城作为帝都，故事太多了。

林雷和贝贝也不知道单纯的"狮心城"三个字到底有什么特殊含义，所以只能通过阅读这些书籍，希望在看到某个故事的时候受到启发，猜想到秘密所在。

"嗯？"林雷眉头一皱。

贝贝瞥向林雷。

"这克莱门廷怎么离开狮心城了？"

"克莱门廷离开狮心城了？"贝贝瞪着眼问道，"老大，这狮心城可是关系到红菱晶钻的，克莱门廷怎么会离开？"

"按道理是不会离开，除非……"

"除非他知道了'狮心城'三个字真正的秘密，知道红菱晶钻并不在狮心城内！"贝贝道。

"对，只有这么一种解释。"林雷点头道。

"老大，我们还不去追！如果他先得到了红菱晶钻，那我们怎么办？"贝贝急切地道。

林雷摇头笑道："冷静，现在还不是急的时候。"

"现在还不急？"

"你说我们现在追过去，即使赶上了克莱门廷又怎么样？他现在可还没有得到红菱晶钻，我们怎么知道去哪里取红菱晶钻？"林雷道。

贝贝一怔。

的确如此，他们不知道红菱晶钻在哪里，单纯追上克莱门廷又能怎么样？

"而且，克莱门廷去的是北方，他即使得到了红菱晶钻，但要赶往迷雾大陆的传送阵，一样要绕一大圈路。我们完全可以中途截住他。"林雷道，"克莱门廷现在还不知道我的真实实力。达到了大圆满境界的上位神为神中无敌，这是大家认为的铁律。他肯定也是这样认为的。他得到红菱晶钻后，估计会独自一人带着它去传送阵。"

若林雷只是普通的达到了大圆满境界的上位神，恐怕克莱门廷真的无所畏惧。

"那我们现在呢？"贝贝问道。

"坐在这里，阅读这些书籍。"林雷平静地道。

"哦。"贝贝努力让自己冷静下来。

"克莱门廷……"林雷目光幽冷。

林雷看起来很平静，可内心并不平静。德林·柯沃特教育、指导他，可以说是他的老师，也可以说是他的爷爷。对他而言，父亲虽然重要，可毕竟他和父亲接触的时间不长，而德林爷爷一直陪着他、教导他，在他心里，德林爷爷的地位绝对赶得上父亲。

德林爷爷的死是他心灵深处的伤。别说舍弃一两个分身，即使是要拼命，他也想让德林爷爷活过来。由此可见他对红菱晶钻的渴望程度。

"不惜一切，红菱晶钻……"林雷的神识已经锁定了克莱门廷。

克莱门廷本人却没发觉林雷的神识锁定了他，他只发觉了其他七名达到了大圆满境界的上位神的神识。

林雷为了防止克莱门廷怀疑他，偶尔也会使用主神之力去探查克莱门廷，让那些达到了大圆满境界的上位神以为他只是会偶尔查探一下。

"老大！老大！"贝贝陡然惊喜地道。

"怎么了？"林雷一怔。

"老大，你看这篇故事，快看！"贝贝惊喜地将手中的书递给林雷。那翻开的两面上，右边一面上有插图，插图上画的正是一个人破开银角雪狮兽的肚子冲出来的场景。

林雷的目光扫过，瞬间便读完了这个故事。

"银角雪狮兽……抓着其碎裂心脏破开肚子而出……这是狮心城名字的由来……"林雷觉得自己仿佛被一道雷电劈中了。

林雷他们一群人一直在想红菱晶钻到底被藏在哪个生物体内了，如果一个个地探查，要查到什么时候？可如果看了这个故事，估计他们都会醒悟过来。

林雷和贝贝也惊醒了。

"银角雪狮兽！"林雷的神识瞬间将兽神大陆北部区域查了个遍。

银角雪狮兽喜欢寒冷的环境，在兽神大陆的冰峰雪域就有三头银角雪狮兽。只是刹那，林雷就检查了这三头银角雪狮兽的身体。

其中一头银角雪狮兽体内有一枚空间戒指！

"就是它！"林雷猛地站起来，双眼宛若冒火，"贝贝，我们走！"

"走。"贝贝看到那个故事，也猜到了秘密所在。

林雷和贝贝当即身影一闪，消失在了魔武学院的图书馆，化为一道青光迅猛地朝北方赶去。

"这林雷也出去了，难道他们都发现了秘密所在？"拜厄也立即飞离了狮心城。

不单单是拜厄，另外六名达到了大圆满境界的上位神也不再迟疑，都飞出了狮心城，朝林雷和克莱门廷赶去。

"狮心城"三个字关系到红菱晶钻到底被藏在了哪里，按道理大家应该不会离开狮心城去寻找红菱晶钻才对。可克莱门廷仅仅待了一天就离开了狮心城，过了一段时间，林雷也离开了狮心城，这令其他七人感到有些疑惑。所以，他们都连忙行动了。

林雷和贝贝在兽神大陆高空疾速飞行着。

"老大，你还不以最快的速度赶过去吗？"贝贝急切地问道。

到了这个时候，林雷竟然还只使用风系主神之力，并没有使用融合神力。

使用风系主神之力后，林雷的速度和其他达到了大圆满境界的上位神相差无几。

这是林雷隐藏实力的表现。可到这个时候了，他还要隐藏实力吗？

"如果我的速度猛地增加数倍，他们肯定会猜疑，到时候会出问题的。"林雷传音道，"最重要的是，克莱门廷比我们早出发很多，此刻已经进入冰峰雪域范围了。即使我的速度增加几倍，也不可能在他之前赶到那头银角雪狮兽那里。"

以最快的速度都追不上，那还不如暂时隐藏实力。

林雷不暴露实力，克莱门廷只会继续认为"达到了大圆满境界的上位神是神中无敌的存在"，到后面林雷才有可能等到机会。如果克莱门廷现在就知道了林雷的真实实力，一定会有其他的准备，到时候，林雷夺取红菱晶钻的机会很小。

"现在克莱门廷已经抵达那头银角雪狮兽所在之地了。"林雷心里还是有些焦急的，可为了得到红菱晶钻，他必须让自己冷静下来。

冰峰雪域。

这里是兽神大陆上最为寒冷的区域，占地面积极广，有方圆千万里。传说中，冰峰雪域上生活着远古种族冰山巨人，也有深海狮兽、银角雪狮兽等一些冰寒属性的圣域级魔兽。

这里人迹罕至，即便是强者也不会选择来这里试炼，毕竟这里太冷了。

呼呼——雪花纷飞，寒风呼啸着。一头宛如一座小山一般的银角雪狮兽正趴在一个巨大的山穴中。作为这里魔兽中顶端的存在，银角雪狮兽所在的方圆百里范围内，没有其他任何魔兽。

嗖！

一道光线从高空飞入那个山穴中。

粗长的白色鼻息从银角雪狮兽的鼻孔中喷出，仿佛两道雾柱，那双巨大的银色眼眸盯着它眼前的人——穿着宽松白袍的金发男子克莱门廷。

"你是谁？"银角雪狮兽察觉来人不一般。

克莱门廷微笑着散开神识，将这里与外界隔绝开了。其他达到了大圆满境界的上位神的神识是无法穿透这层防御，探查内部情况的。

"曾经是不是有一个神级强者将一枚空间戒指给了你？"克莱门廷问道，说话的同时，克莱门廷释放出了自己的气息。

一股威压猛地散开！银角雪狮兽身体一颤，四肢跪了下来，惊恐地看着眼前的克莱门廷。

克莱门廷刚才收敛气息就罢了，此刻释放气息，让银角雪狮兽感觉它自己就是巨龙面前的一只蚂蚁。

"是，我的主人曾给了我一枚空间戒指。"银角雪狮兽说道，接着，它嘴巴一张，一枚黑色的闪烁着光泽的空间戒指就飞了出来。

一些魔兽会将物品储存在体内，如巨龙，体内有类似于胃袋的东西，专门用来存放物品。它们很少使用空间戒指，除非化形成了人类的模样。

"其实这枚空间戒指对我没有太大的用处，大人如果要，我愿意献给大人。"银角雪狮兽连忙解除认主，它从来没有如此害怕过。

眼前这个人释放的气息比它原先主人的强千万倍，它甚至认为眼前这个人就是无限广大的天地，动一个念头就能杀了它。

"那我就收下了。"克莱门廷接过那枚空间戒指，当即通过滴血的方式令其认主，而后神识一扫。

"这……"克莱门廷的眼眸中有狂喜。

果然，这枚空间戒指内只有一样物品——红菱晶钻！

以克莱门廷的神识强度，能清晰地感受到红菱晶钻蕴含的生命气息。

"哈哈，终于找到了！哼，八个人跟我争，可它还是我的。"克莱门廷微微一笑，而后身影闪动，迅速朝迷雾大陆方向赶去。

刚才克莱门廷用神识隔绝了山穴，其他七名达到了大圆满境界的上位神不知道里面发生了什么事情，只知道克莱门廷进去又出来了，可林雷从头到尾清晰地看到了经过。特别是克莱门廷那狂喜的样子，让林雷确信那就是红菱晶钻。

顿时，七名达到了大圆满境界的上位神和林雷、贝贝的飞行方向立即改变了，他们打算中途截住克莱门廷。

"克莱门廷肯定得到红菱晶钻了，一定不能让他逃掉。"一道浑厚的声音传入林雷等人的脑海中。

"在克莱门廷设置神识阻碍前，我已经检查了那头银角雪狮兽的身体，它体内的确有一枚空间戒指，可是现在没了，肯定是被克莱门廷拿去了。"林雷传音给其他七名达到了大圆满境界的上位神，"大家分散开，从几个方向一起围堵他，一定不能让他跑掉了。"

其他达到了大圆满境界的上位神立即响应，大家打算齐心协力去围堵克莱门廷。

八道光芒分散开，划过天空，去阻截"那道光"。

第754章

两手准备

修炼光明系元素法则的克莱门廷，速度在达到了大圆满境界的上位神中是排名靠前的。

嗖！空间震颤，一道光一闪而过。

"哼，他们八个人果然来阻截我了！"克莱门廷的神识清晰地发现林雷等八人正在他的前路上阻截他。除非他不通过传送阵回去，否则肯定无法避免被林雷等八人阻截住。

之所以说是八人，是因为克莱门廷根本没有将贝贝放在眼里。

"可惜啊可惜，他们这么做只是浪费时间。"克莱门廷胡子一翘，脸上浮现出得意的笑容，同时令自己的神识迅速渗透入他手下一个上位神的脑海中，"德勒，你赶紧向主宰禀报，就说我已经得到了红菱晶钻。"

"是，大人！"

克莱门廷带过来的一群上位神中，有的人的神分身待在光明系神位面，而且就在光明主宰身旁，可以随时向光明主宰汇报奥卡伦位面发生的事情。

"你和主宰说，我现在遭遇到八名达到了大圆满境界的上位神的阻截，情况比较麻烦。如果我侥幸突围，就还能从传送阵回去；如果我逃不掉……"

能不能逃掉，克莱门廷没把握。

"如果我逃不掉，我会选择带着红菱晶钻进入空间乱流中。你通知主宰，让主宰早些进入空间乱流中，朝奥卡伦位面方向赶来，接应我。"克莱门廷传音说道。

"是，大人，我立即向主宰禀报！"那个情报人员连忙道。

克莱门廷的两手准备堪称完美，逃得掉就逃，逃不掉就进入空间乱流中。反正有主宰救，怕什么？

一旦进入空间乱流中，达到了大圆满境界的上位神无法控制自己的移动方向，会被无限的空间乱流席卷着乱闯。当然，这个是建立在"达到了大圆满境界的上位神是神中无敌的存在"这一先决条件上。

若是有人一上来就解决了克莱门廷，那克莱门廷也就没机会逃跑了。

克莱门廷的策略也算完美，毕竟无数年来，以大家知道的情况来看，达到了大圆满境界的上位神的确是神中无敌的存在，恐怕就是主神们也是这样认为的。

"大人，主宰他很高兴，还大大夸赞了大人一番，并且主宰他现在已经进入了空间裂缝，正朝奥卡伦位面方向赶去。不过，从光明系神位面外围到奥卡伦位面外围，距离遥远，即使以主宰的速度，也需要一些时间。"

"很好。"克莱门廷心里踏实了。

"一切准备就绪，现在我就陪你们八个玩玩，看你们是否拦得住我！"克莱门廷开心得嘴角微微上翘，并不认为别人能夺走他手里的红菱晶钻。

林雷他们八方人马正疾速飞行着。

哗啦啦——海水翻涌，林雷他们此刻已经飞到了海洋的上方。克莱门廷是直接朝迷雾大陆赶去的，要越过海洋。其他达到了大圆满境界的上位神即使拼命加速，也最多在海洋上方阻拦住克莱门廷。

"根据我知道的消息，克莱门廷拥有物质防御主神器。"一道冷漠的声音传入林雷等人的脑海中，"所以，我们对付他，最好使用灵魂攻击。只是，达到了大圆满境界的上位神灵魂本来就强，要解决他，除非我们八个人的灵魂攻击同时击中他。"

说话的是八人中唯一的女性，一名在雷系元素法则方面达到了大圆满境界的上位神。

"要解决他，难度很大。"丹宁顿的声音传入其他人的脑海中，"我看，到时候速度快的几位，巴默、拜厄、林雷、尼尼沙，你们负责牵制他，别让他跑掉了。一旦他跑不掉，面临我们的一次次围攻，就有可能被击杀。"

曾经发生过达到了大圆满境界的上位神被主神杀死的事情，可是从没有发生过一群达到了大圆满境界的上位神解决一个达到了大圆满境界的上位神的事情。不是做不到，而是让一群达到了大圆满境界的上位神集合在一起联手对敌，可能性太小。

"我们的目的不是解决他，"一个冷漠的声音响起，"只要逼迫克莱门廷交出红菱晶钻即可。"

"那交出来又该归谁？"拜厄的声音响起。

顿时，一群达到了大圆满境界的上位神沉默了。

对啊，如果克莱门廷交出了红菱晶钻，那红菱晶钻又该归谁呢？

"现在谈这些还太早。"林雷传音给其他人，"大家以为从克莱门廷手里得到红菱晶钻会容易吗？哼，还是想想怎么让他交出来吧。至于红菱晶钻归谁，我看，大家都不愿主动放弃，到时候再各凭实力吧。"

"好，各凭实力。"

这些人谁也不服谁，唯有靠实力夺得红菱晶钻并且逃过他人的阻截，其他人才会信服。

"老大，你有把握吗？"贝贝担忧地传音，"刚才他们说了，克莱门廷拥有一件物质防御主神器。"

"九成把握吧。"林雷目光锐利，遥看远方，"好了，他快到了。"

不管是林雷他们，还是克莱门廷，速度都极快。

面对八大强者的阻拦，克莱门廷想要绕路逃走，根本不可能。

"克莱门廷到了。"那个冷漠的声音响起，"按照刚才丹宁顿说的，我、巴默、拜厄、林雷四人负责牵制他，不让他逃掉，而后大家一起使用灵魂攻击。哼，他一个人恐怕也承受不了八人的灵魂攻击。"

"贝贝，你先在这里看着。"林雷传音。

"嗯。"贝贝明白，这种层次的战斗，他若掺和进去，只会成为累赘。

没有丝毫犹豫，林雷等八人仿佛八道闪电一般散开，围向远处那道光。

"克莱门廷……"林雷的目光死死锁定远处那道光，陡然，那道光扭曲了，想绕开林雷他们。

"做梦！"

林雷、巴默、拜厄、尼尼沙四人速度陡增。他们四人在速度上不弱于克莱门廷，一番围堵包夹，轻易就令克莱门廷无路可逃了。

"克莱门廷，你逃不掉的。"巴默的声音传入克莱门廷的脑海中。

"哈哈，想拦住我，做梦！"克莱门廷明知自己无法绕开他们，竟然猛地朝拜厄冲来。

拜厄身为在风系元素法则方面达到了大圆满境界的上位神，最强的是物质攻击，但在灵魂攻击方面有些欠缺，而克莱门廷有物质防御主神器，根本不怕拜厄发出的攻击。

"想从我这边逃？"拜厄脸一沉。

呼呼——陡然，狂风呼啸，拜厄化为了密密麻麻成千上万个拜厄。

这正是风系元素法则中的分身术。诡异的是，大量分身竟然生成了旋风，但没有令空间震颤。

林雷见状，心底暗惊。

"万千分身竟然联手施展风之空间，真是不可思议！"林雷赞叹道。

按道理，只有本尊能施展奥义的招式，可是拜厄明显是研究出了什么办法，令所有分身能同时施展同一招，并且有魔法阵的辅助，这一招风之空间的效果得到叠加，令这片空间完全被定住了。

可怕的束缚力瞬间包裹住了克莱门廷！

"拜厄还有这一招……"克莱门廷急了。

法则奥义的领悟过程可能一样，但施展的攻击不一定相同。领悟了奥义后，还要靠自己创出最佳的奥义运用方式。拜厄这一招，就是比较新颖的奥义运用方式。

"灵魂攻击！"丹宁顿的声音传入林雷等人的脑海中。

顿时，包括林雷在内的八人没有丝毫犹豫，立即施展了灵魂攻击。

"不好！"克莱门廷脸色大变。

轰！克莱门廷的身体猛地化为万千金色光芒散开，周围竟然出现了密密麻麻大量的克莱门廷分身。

关于分身幻影这一招，风系元素法则中有，黑暗系元素法则中有，光明系元素法则中也有，当然，其中的原理略有区别。

林雷八人一时间无法判定克莱门廷的本尊在哪里。

虽然大家知道克莱门廷的本尊逃不远，就在刚才他所在位置的方圆数米内，可那个范围内有五个克莱门廷！

"哼！"

此刻，一群人中唯一的女性，尼尼沙，双手虚伸，周围方圆万米范围内顿时凭空诞生了千万道雷电。狂暴的雷电肆虐，克莱门廷幻化出的大量分身尽皆消散，只剩下一个克莱门廷。

"住手！"克莱门廷大喝一声，同时飞退，要和林雷他们拉开距离。

"攻击！"随着丹宁顿一声令下，大家没有丝毫犹豫，同时施展了灵魂攻击。

八道透明的灵魂攻击划过长空，袭向克莱门廷，速度快得可怕。若是普通上位神面对这样的攻击，根本无法闪避，可达到了大圆满境界的上位神的速度比普通上位神快很多，还是略微能闪避一下的。

只见克莱门廷身形猛地一扭，躲过了六道灵魂攻击，但还是有两道灵魂攻击进入了他体内。

"哼！"克莱门廷的脸色微微一变。

"继续。"丹宁顿毫不迟疑。

"住手！你们再攻击，我就将这枚空间戒指捏碎。"克莱门廷的声音在林雷八人的脑海中响起，同时，他手中拿着一枚空间戒指。

林雷八人眼睛一亮，都停了下来。

"克莱门廷，这红菱晶钻可不是你该得的，还是交出来吧。"巴默笑道。

"哼！"尼尼沙那双紫色的眼眸冷漠地盯着克莱门廷。

"交出来吧，克莱门廷。"林雷也盯着他。

克莱门廷的目光扫过前方八人，嗤笑一声："也是我之前没想到会遇到今天这样的情况，早知道我就去位面战场赚取一件灵魂防御主神器了。"

一个达到了大圆满境界的上位神被一群达到了大圆满境界的上位神围攻，这种事情过去没发生过，所以克莱门廷根本没预料到会这样。除了少数达到了大圆满境界的上位神硬是弄到了三件主神器外，其他大多只有一件，有的甚至连一件都没有。毕竟，有没有主神器对他们影响不大。除非被一群达到了大圆满境界的上位神围攻，否则主神器的作用凸显不出来。

"你们八个还真是够狠的，不就一件至高神信物吗？何必弄得你死我活的！"克莱门廷摸了摸自己的胡子，嗤笑道，"我们九个来这里找这件至高神信物，一是给各自的主神面子，二是略微弄些主神之力而已，大家又何必拼命呢？"

的确，对达到了大圆满境界的上位神而言，至高神信物的用处不大，不值得为了它拼命。

"既然这么说，那红菱晶钻，你交出来吧。"丹宁顿道。

第755章
林雷的可怕实力

林雷冷静地盯着克莱门廷。

面临八大强者的围攻，克莱门廷却一脸笑容。

"如果你们要这枚红菱晶钻，也好说。"克莱门廷笑道，"不过，我得告诉你们，这件事情我已经告诉光明主宰了。你们这么做，是会得罪光明主宰的，你们可得考虑清楚了。"

"得罪光明主宰？真是笑话！"丹宁顿冷笑道，"想得到这枚红菱晶钻，大家公平竞争。如果我们争夺它就得罪了光明主宰，那你独占就是得罪了毁灭主宰、生命主宰等诸多主宰！"

在场的强者，谁没有靠山？在其他强者眼里，林雷的靠山就是地狱的毁灭主宰。

"别浪费时间了。"拜厄冷笑道。

克莱门廷的脸沉了下来，目光扫过林雷他们八人，冷笑道："好，你们不是要这枚红菱晶钻吗？那你们八个人打算怎么分这一枚红菱晶钻呢？我很想知道。"

"你别管这些。"丹宁顿的脸色也冷了下来。

"各位，准备攻击。"林雷开口道。

克莱门廷顿时神色阴冷，猛地一扔手中的空间戒指。他扔的力道很大，那枚空间戒指化作一道幻影朝远处飞去。

"他真的肯交出来？"林雷一惊，因为这有些出乎意料，"难道说，他扔的这枚空间戒指是假的？"

林雷心存疑惑，可是即便有疑惑，他也还是会去查探一番。

"红菱晶钻！"

包括林雷在内的八个人一拥而上，可林雷的神识是时刻散发着的，他清晰地发现克莱门廷扔了空间戒指后，立马疾速朝迷雾大陆方向飞去。

一道浑厚的声音响起："这枚空间戒指不一定是真的，大家可别让克莱门廷逃了，还是得先拦住他。"

话虽然这么说，可是谁去拦呢？如果某人去拦克莱门廷了，那另外的人肯定会去夺那枚空间戒指，毕竟他们八人并非一个整体，大家都想得到红菱晶钻。这就导致虽然大家知道克莱门廷在逃跑，却没人去拦他，大家都去夺那枚空间戒指了。

靠得最近、速度又快的林雷和拜厄冲在最前面，眼看就要夺到那枚空间戒指了。

即使到了此刻，林雷还是没有暴露自己的真实实力。

嗖！一股可怕的气流席卷向林雷，使得林雷的速度锐减。林雷心中一动，身后陡然冒出了一根如钢铁长鞭般的龙尾。

经过蜕变，林雷的龙尾上的鳞甲尽皆为墨绿色，在他的控制下，这龙尾陡然变长至近四米，然后猛地一抽——

啪！空间宛如被利刀劈开了，空间裂缝非常整齐。

拜厄躲避不及，被龙尾抽飞了。不单单是他，甚至连后面的尼尼沙也被林雷的龙尾抽开了。

林雷伸手抓住了那枚空间戒指，然后将自己的一滴鲜血滴入其中。

"空间戒指，红菱晶钻……"林雷的心忍不住有些颤动。

"大家合力攻击林雷。"拜厄传音给其他人。

林雷的神识扫过这枚空间戒指，却发现这枚空间戒指内部空荡荡的，别说红菱晶钻了，连一枚石头都没有。

林雷心里一沉，随即产生了一股怒火："克莱门廷果然舍不得交出红菱晶钻！"

这时，其他人准备向林雷出手。

"这枚空间戒指是假的！"林雷愤怒地传音给其他人，"我们被克莱门廷耍了！"

"什么？"

其他七名强者脸色大变。尽管大家之前都想到了这个可能，可是当事情真的发生时，他们还是恼怒了。

刚才还有人开口说要阻拦克莱门廷，可是，大家都想让别人去阻拦，自己则去拿那枚空间戒指。他们的不团结，导致此刻克莱门廷和他们拉开了距离。

"抓住他！"那名在地系元素法则方面达到了大圆满境界，身高足有四米的壮汉咆哮道。

包括林雷在内的八人全部冲向克莱门廷。

"哈哈，你们现在才来抓我，来不及了。"克莱门廷的声音在丹宁顿、巴默、林雷等八人的脑海中响起，"果然和我想的一样，不团结就是这样，我只是随便弄个小手段就把你们甩开了。"

丹宁顿、拜厄等人脸色难看。

其实大家都猜测那枚空间戒指有可能是假的，可还是忍不住去夺。

"现在要抓住他，难了。"那个冷漠的声音传入林雷等人的脑海中，是尼尼沙，"刚才我们去夺空间戒指，虽然就一会儿工夫，可是克莱门廷已经趁机飞到十万里之外了。我们之中也就四个人和克莱门廷速度接近，最多略微快上一丝，可是距离太远，要追上他，不可能了。"

尼尼沙很泄气。其他强者也很无奈，虽然不愿承认，可这是实话。

"哈哈，我还以为我要用第二种手段的，看来根本不需要。各位，感谢大家手下留情，让我得到这枚红菱晶钻了。"克莱门廷故意传音道。

不少强者速度下降，显然，他们放弃了。

"不追了，追不上了。"丹宁顿也放弃了。

林雷盯着前方，目光锐利。

"差不多了。"林雷心念一动，他体内奔腾的风系主神之力收敛入灵魂海洋中，换成了融合神力。

由四种上位神神力融合成的黑色融合神力令林雷实力大增，他只是略微加速，就令位面空间都震颤了，速度激增了三成。

其实，凭借比主神之力强十倍的融合神力，林雷的速度完全能比之前快数倍，可是他心里明白：如果我的速度一下子快几倍，将那个克莱门廷吓得不敢迎战，让他逃入空间乱流中就糟糕了。现在我只是增加三成速度，还不会令他害怕，而且我以这个速度足够追上他了。

林雷原先的速度就够可怕了，虽然现在仅增加三成，但追平十万里距离实在太轻松了。

"怎么可能？他的速度怎么可能这么快？难道他过去隐藏了实力？"

正得意的克莱门廷脸色微变，因为他的神识发现林雷瞬间甩掉其他七人，正疾速朝他追来。

其他七人也惊呆了。

"林雷的速度怎么突然这么快？"丹宁顿目瞪口呆。

"他的速度竟然比我还快上近三成。"尼尼沙紫色的眼眸中满是震惊。

"快这么多！从这里到迷雾大陆传送阵，距离超过了一亿里，现在他们之间只相差十万里，片刻就追上了。"拜厄眉头皱起，因为林雷的速度也令他感到震撼。

这群达到了大圆满境界的上位神根本不知道，林雷略微展露的这一点才能，只是他真实实力中很小的一部分。因为林雷怕自己展露太多实力，吓得克莱门廷逃入空间乱流中。

"速度快这么一点，又有什么大不了的！就他一个人而已，还拦不住我。"克莱门廷随即冷静了下来。

他有物质防御主神器，在他看来，林雷的物质攻击伤不了他，至于灵魂攻击，只要他们两人的实力差距不是太大，对方不可能解决他。

"他的灵魂攻击绝对没我的强，就算比我强一点也伤不了我，就速度快一点而已。也对，毕竟是神兽一族的子弟，有点特殊技能也正常。"克莱门廷很自信，他认为自己刚才被两个达到了大圆满境界的上位神的灵魂攻击击中都能挺过来，根本不用怕林雷。

在不必要的情况下，他不会选择进入空间乱流中。毕竟如果那么做，他也是要遭一番罪的。

"克莱门廷，你逃不掉的。"林雷此刻已经能看到克莱门廷了。

"林雷，我承认你速度够快，可你就一个人，还想拦我吗？"克莱门廷嗤笑道。

林雷不作声，死死地盯着克莱门廷，他和克莱门廷的距离越来越近，一千米、五百米、一百米……

陡然——

轰！

林雷的速度陡增三倍，而且是在之前增加了三成的基础上再增加三倍！

"不可能！"在远处利用神识观看这一战的七名强者全部震惊了，甚至有五个人情不自禁地惊呼起来，其他两人眼睛瞪得滚圆，眼中满是惊骇。

无数年来，已经没有什么能令达到了大圆满境界的上位神震惊了。

可林雷的速度再次增加了三倍，那样的速度，和达到了大圆满境界的上位神的速度根本是两个层次的！

他的速度如此快，肯定在能量和身体强度上都要远超达到了大圆满境界的上位神！

古往今来，大家都认为达到了大圆满境界的上位神是神中的最强者，可是，现在，林雷比达到了大圆满境界的上位神要强一个层次。

"不可能！"克莱门廷的眼中也满是惊骇。

就在这时——

砰！他还没有反应过来，就有一个拳头猛地轰在了他的脸上！

克莱门廷的物质防御主神器猛地一震，没有损坏，可是克莱门廷的头骨被震得裂开了。

克莱门廷只觉得脑子一阵眩晕，这一刻，他完全蒙了！

不但他蒙了，在远处观战的那七人也蒙了！

隔着防御主神器震伤了克莱门廷，这是什么强度的攻击力？

当年，在地狱幽蓝府，八大家族围攻四神兽家族，贝鲁特出面，手持一根主神器长棍横扫八大家族的强者。八大家族的族长等人也是有防御主神器的，可是依旧被贝鲁特一棍打成重伤。

防御主神器并非绝对无敌。就好像一个弱者抓着钢铁盾牌与一个拿着铁棍的强者对战，强者拿着铁棍猛砸盾牌，即使盾牌没有损坏，还承受了一大半的攻击力，可剩余的力量依旧会令盾牌后的弱者受伤。

这是同一个道理！

力量相差一两倍乃至三四倍，弱者靠着防御主神器抵挡强者的攻击，是绝对没有任何问题的。

当然，有一个前提，那就是强者也有厉害的攻击武器。

比如贝鲁特，当年能够重创八大家族的族长，也是因为有主神器。用主神器攻击主神器，加上他本身的实力远超对手十倍，才能重创对方。贝鲁特如果使出全力，可以解决对方。

如果没有主神器也麻烦，攻击力够强，但武器一般，恐怕在那种恐怖撞击下，武器会碎掉。

可林雷的身体经过了融合神力的改变，他的拳脚堪比主神器！

"这……这不可能？"克莱门廷眼中满是惊骇，他死死地盯着林雷，"你……你怎么会……"

"哼！克莱门廷，刚才我并没有使出全力。"林雷说道，同时他的身上猛地冒出了墨绿色的鳞甲和墨绿色的尖刺，他完全龙化了，"刚才，通过主神器，我足以重创你，而现在，我足以杀死你，你应该明白我的意思。"

如今，林雷未龙化的身体便比四神力未融合之时龙化的身体要强大，而融合神力的威力又超过了主神之力十倍，这就令未龙化的林雷比达到了大圆满境界的一般上位神强十倍不止。

而此刻，林雷龙化了，力量再度提升。他的拳脚融合了威势后，堪比主神器！

"不，怎么会这样？"克莱门廷傻眼了。

那些观战的强者也完全傻眼了。

这世间怎么会出现一个实力远远超过达到了大圆满境界的上位神的强者？

达到了大圆满境界的上位神是神中无敌的存在，这是铁律啊！

可惜他们不知道，这所谓的铁律是过去的情况，林雷那前所未有的四分身灵魂变异成功后，情况就变了。

这就表明，林雷肯定比达到了大圆满境界的上位神强！

威势强也就罢了，最可怕的是，四神力融合后，竟然改造了林雷的身体，使得林雷的身体强度达到了主神器的层次。这可怕的身体加上可怕的威势，再加上远超主神之力的融合神力，就决定了林雷的实力远超达到了大圆满境界的上位神！

"我体内还藏有神分身，对，我承认你龙化后能够解决我，可你只能解决我的本尊，我完全能用神分身捏碎那枚空间戒指。"克莱门廷道，"你解决了我也得不到那枚空间戒指，得不到那枚红菱晶钻！"

"正因为这样，刚才我才没有下杀手。"林雷道。

凭借超过克莱门廷的实力，以及堪比主神器的身体，林雷仅能解决克莱门廷的本尊，而藏在克莱门廷本尊体内的神分身可以趁机捏碎那枚空间戒指。

"克莱门廷，一枚红菱晶钻而已，我想，你不会为了一枚红菱晶钻舍弃自己的性命吧？即使你得到了红菱晶钻，将它献给主神，也只是得到一些主神之力而已，没有太大的用处。"

克莱门廷点头。

"你的生命，你的一切，和仅仅能换取一些主神之力的红菱晶钻比，哪个珍贵？我想，你会做出正确的选择。"林雷淡笑道，"还有，别想着进入空间乱流中。即使你冲了进去，我也会跟着进去，而且我会在你进去的瞬间解决你。"

林雷当初说自己有九成把握，就是因为他相信克莱门廷除非疯了，否则不会为了仅仅能换取一些主神之力的红菱晶钻，放弃达到了大圆满境界的上位神神分身。

　　"好，你赢了。"克莱门廷苦涩地道，"我不会为了这玩意儿放弃自己的生命，只是，我想问一问，你是达到了大圆满境界的上位神吗？"

第756章
气急败坏

这不单单是克莱门廷心中难解的疑惑，也是远处正朝这边飞来的其他七名强者心里的疑惑。林雷竟然没有龙化变身就能透过主神器重创克莱门廷，这是什么实力？

十倍！林雷的实力绝对超过了"无敌的"达到了大圆满境界的上位神十倍。主神之下有这样的人吗？而且这还是没有龙化变身的情况，一旦龙化变身，他的实力又是达到了大圆满境界的上位神的多少倍？这根本是一件不可思议的事情。

"达到了大圆满境界的上位神？"林雷眉头一蹙。

"难道你还有其他突破？难道说，我们达到大圆满境界后，还可以突破？"克莱门廷连忙问道。

对达到了大圆满境界的上位神而言，至高神信物的吸引力并不大。达到大圆满境界后，他们就失去了修炼的动力，认为自己已经到巅峰了，因此一个个逍遥自在地生活，或隐世，或掌控一方。

此时看到林雷的实力如此令人震惊，这些人发现自己似乎还有提升实力的可能，心里顿时变得火热起来。

"不，难道同为达到了大圆满境界的上位神，我就不能比你强数十倍、百倍？"林雷淡笑着道。

"呃……"克莱门廷一愣，"你……你是身体的缘故？"

"对，我是达到了大圆满境界的上位神，但我的身体比你们强。我的身体堪比主神器。"林雷微笑着道。

林雷并不准备公开自己的秘密。

"这……主神器般的身体？这简直……怎么会这样？"

克莱门廷完全明白了，同样是达到了大圆满境界的上位神，同样使用主神之力，按道理应该实力相当，可林雷的身体堪比主神器，这就令林雷的物质攻击比达到了大圆满境界的上位神的物质攻击强数十倍，甚至百倍。

"这有什么不可能？那个黑默斯虽然没有达到大圆满境界，可天赋极高，他单纯凭物质攻击就接近大圆满境界了。你说，如果他达到大圆满境界，再拥有威势，他的物质攻击是不是远超过你们？"林雷解释道。

没有达到大圆满境界都那么强了，如果达到了，黑默斯的实力绝对会超过普通的达到了大圆满境界的上位神。

"我明白了。"克莱门廷长叹一声。

"林雷，你是无数年来，主神下的第一人。"克莱门廷眼神复杂地看着林雷说道。

克莱门廷明白林雷的话，然而，其他达到了大圆满境界的上位神中，没有一个人拥有堪比主神器的身体。须知，无数年来，无数位面加起来，身体强悍到堪比主神器的，黑默斯勉强算一个，贝鲁特也算一个，全部加起来不足十个。这几个天赋可怕的人中要出一个达到了大圆满境界的上位神，容易吗？

各种生命种族的人口累加起来，根本无法计算，甚至根本无法想象，可也仅仅出现二十余个达到了大圆满境界的上位神，概率之低可想而知。

而黑默斯、贝鲁特这种强大的人加起来不足十个，他们中要出一个达到了大圆满境界的上位神，不现实。

其实，按照天地规则的运转情况来说，如果天赋太强，会极难修炼。别说贝鲁特、黑默斯等人了，就是四神兽家族的老祖宗们，也没有达到大圆满境界，毕竟上天是公平的。

林雷如果正常发展，不可能变得这么强，不可能拥有堪比主神器的强大身体，可是，他在拥有四大分身的情况下灵魂变异成功了。林雷强悍的身体并非天生就有，而是融合神力造就的。

他的四大分身灵魂变异成功，就注定了这个世界上要诞生一个奇迹！

超越大圆满境界的威势和融合神力弥补了林雷在法则奥义方面的不足，令他足以媲美达到了大圆满境界的上位神，而强悍如主神器的身体则令他远远超过了那些达到了大圆满境界的上位神。

"克莱门廷，问也问了，红菱晶钻，给我吧。"林雷看着克莱门廷。

"本想献给主宰的，算了。"克莱门廷一翻手，手中就出现了一枚红菱晶钻，他笑着看着林雷，"这红菱晶钻的确有滋养灵魂的奇特效果，不过，对我们而言没用。"

克莱门廷将红菱晶钻扔给了林雷。

同一种宝物对不同层次的人而言效果不同。红菱晶钻若被凡人握着，可以让凡人提升到圣域级；若被中位神握着，会让中位神灵魂变强，足以解决普通的上位神；不过，若被上位神握着，并不会让上位神变得多么强。

威力增幅也是这样，实力越强者，增幅越小。红菱晶钻只是信物，并非至高神器，虽然特殊，却不是无敌的宝贝。

布罗迪握着红菱晶钻能解决六星使徒；莫尔德拥有那九颗灵珠，面对林雷的攻击，差点完蛋了。

对达到了大圆满境界的上位神而言，无论是灵魂还是身体，融合威势后，都达到了普通神的极致。即使握着红菱晶钻或那九颗灵珠，实力最多提升一两成，恢复能力提升一两成，如果是面对比自己强大数十倍的对手，根本没用。

"它的治疗效果对达到了大圆满境界的上位神而言，可以忽略。"林雷伸手接过红菱晶钻。

一股温和的能量渗透入林雷体内，包裹着林雷的灵魂，就好像当初握着那九颗灵珠时一样。这点能力，对林雷强大的灵魂而言，一点作用都没有。

林雷表面上平静，可心紧张得发颤。

"红菱晶钻，这绝对是红菱晶钻！"林雷在心底狂呼，"三件信物，我全部得到了！"

林雷还清晰地记得孩童时代那一幕——那天，一道光芒从盘龙戒指中飞出来，变成一位穿着月白色长袍，须发皆白的和蔼老者："小家伙，你好，我叫德林·柯沃特，是普昂帝国的圣域魔导师！"

从那天起，林雷的命运开始改变。

林雷永远忘不了德林爷爷燃烧灵魂，施展禁忌魔法救他那一幕。那也是他最痛苦的时候。

"德林爷爷，快了，我又能再次见到你了。"林雷在心底说道。

林雷激动得就想立即将三件信物合在一起，形成生命皇冠，召唤生命至高神。不过，还好他没被狂喜冲昏头脑。

现在还不是将三件信物合在一起的时候，若现在就召唤生命至高神，主神们会立即知道我拥有三件信物。主神们若知道我拥有一件至高神信物，还不会发狂，可若知道三件信物都在我手里，绝对会愤怒得发狂。等我回到玉兰大陆位面再召唤生命至高神不迟，大不了今后我就待在玉兰大陆位面不再出来了……

就在这时，海洋上空，其他人疾速飞来。

林雷瞥了一眼克莱门廷，而后转头看去，来人是其他七名达到了大圆满境界的上位神和贝贝。贝贝是被丹宁顿带着一同飞来的。

"林雷，恭喜了。"笑声响起，说话的是丹宁顿。

"达到大圆满境界也就罢了，身体的强悍程度竟然比得上主神器！"那名身高足有四米的青发壮汉语气中有一丝羡慕。

刚才林雷和克莱门廷的对话，他们都听到了。

"林雷，我记得在位面战场的时候，你的身体还没有这么强，怎么现在……"拜厄盯着林雷，"身体也能修炼到这个程度吗？"

众人看向林雷。

谁不想身体强大？拥有防御主神器，只是等于拥有一个盾牌，若身体如主神器般强大，是身体本身拥有翻江倒海、撕裂天地的可怕力量。

"我也是经历了许多才走到这一步的。"林雷一句话带过。

除贝贝外，众人彼此相视，不好再问。

"各位，你们不会再夺我的红菱晶钻吧？"林雷揶揄道。

"跟你争，找死吗？"尼尼沙的声音依旧冰冷，可眼中蕴含一丝笑意，"我可没有克莱门廷那样的防御主神器，你要龙化才能解决他，对付我，你连龙化都不需要。"

"算了，看到林雷你的速度，还有你的攻击力，我就明白了，那红菱晶钻，我们没希望了。"丹宁顿也笑了。

此时，一群强者脸上都堆着笑容。

他们只是受主神所托才来夺红菱晶钻的，此时看到没希望了，自然也就放弃了，心中并没有失望或泄气。毕竟至高神信物对他们这些达到大圆满境界的上位神而言并没有什么用处。

"老大，"贝贝走到林雷身侧，对林雷眨了眨眼睛，"一切都成了吧？我们可以离开这里了吧？"

林雷顿时笑了："当然可以走了。"

林雷目光一扫眼前的八名强者，微笑着道："各位，红菱晶钻之争到此结束了。这奥卡伦位面我也不想多待，我和贝贝就先走一步了。"

就在这时——

"嗯？"林雷转头看去。

只见一股可怕的能量在海洋上空出现，一时间，天地色变，雷声轰鸣。紧接着，太阳失去了颜色，那股可怕的能量散发出耀眼的白光，渐渐凝聚成一道庞大的身影，足有十余米高。

那熟悉的气息……

"光明主宰！"林雷的眼睛微微眯起。

"林雷！"宛如雷声的声音响起。

"主宰。"林雷微笑着看着光明主宰。

"抱歉，林雷，之前我已经和光明主宰说自己得到红菱晶钻了，而且，出了刚刚那样的事情，我当然要通知主宰一声。"克莱门廷传音道。

"我明白。"林雷明白克莱门廷的苦衷。

光明主宰居高临下，冷冷地看着林雷。

光明主宰很恼怒，因为克莱门廷的两手准备，光明主宰从光明系神位面跨入空间裂缝中，在浩浩荡荡的空间乱流中朝奥卡伦位面赶来。

四大至高位面、七大神位面是连在一起的，而无数的普通物质位面也是连在一起的，只是相对而言比较偏远。一路赶来，以光明主宰的速度，也才赶了约十分之一路程，由此可以想象距离之遥远。

本来光明主宰很是高兴，不辞辛苦地赶过来，可谁想，还在半途就得知红菱晶钻被林雷夺去了。

如果克莱门廷一开始没有得到红菱晶钻也就罢了，可克莱门廷不仅先得到了，还通知了光明主宰。光明主宰开心得很，已经将那红菱晶钻视为囊中之物了。现在红菱晶钻被人夺去了，他当然恼怒，加上还在空间乱流中赶了这么远的路，他就更加恼怒了。

"林雷，你……"

"主宰，"林雷打断了光明主宰的话，"在这个物质位面，你难道就打算凭借弱小的位面投影分身阻拦我吗？"

其他八名达到了大圆满境界的上位神彼此相视，同时后退了一段距离，在远处惬意地看戏。

"光明主宰怎么回事，弄个位面投影分身过来干什么？"丹宁顿传音给其他人。

"估计是不甘心吧。"尼尼沙道。

"我得到红菱晶钻后，他就进入空间乱流中朝这边赶了，可能有些气急败坏吧。"克莱门廷也揶揄道。

这些达到了大圆满境界的上位神表面尊敬主神，可心底还是有些瞧不起某些主神的。达到大圆满境界是要靠实力的，而主神得到主神神格，不就是因为出生得早，运气又好吗？

"大家说，林雷会不会蹂躏他的位面投影分身呢？"在水系元素法则方面达到了大圆满境界的上位神传音道。

"不会吧，虽然只是位面投影分身，可也是主宰的投影分身。林雷主动动手，那是不给主宰面子啊，和主宰撕破脸皮可不妙。"巴默传音道。

光明主宰的本尊根本无法进入奥卡伦位面，此刻出现的，仅仅是他的位面投影分身。位面投影分身仅蕴含他本尊的一丝意识，是借用主神之力形成的。位面投影分身也懂得法则奥义，只是没有威势。

虽然这是光明主宰的位面投影分身，可是没有威势，论实力，最多和一般的府主相当。因此，林雷根本没有把光明主宰的这个位面投影分身放在眼里。

光明主宰冷冷地看着林雷。

"克莱门廷，红菱晶钻怎么被林雷夺去了？"光明主宰看向克莱门廷，问道。

克莱门廷立即苦笑道："主宰，你根本不知道林雷的实力达到了何等境界。他不单单达到了大圆满境界，他的身体还是黑默斯、贝鲁特那个级别的，堪比主神器，他的物质攻击也比我们强数十倍乃至百倍，我根本没办法……"

"怎么可能？"光明主宰震惊地看向林雷。

毕竟，历史上，凡是身体强到巅峰，堪比主神器的，没有一个能达到大圆满境界。

"这是真的，"巴默笑道，"我们亲眼看到了那一幕，而且林雷在速度上也远超我们。克莱门廷他是想逃也逃不掉，没办法，只能交出红菱晶钻。"

光明主宰看着林雷。

"敢问主宰，我能走了吗？"林雷开口问道。

"想走？"光明主宰冷哼一声，可他这位面投影分身能力有限。

贝贝不耐烦地撇嘴，说道："主宰，在物质位面争夺红菱晶钻是我们神的事情。我们在物质位面你争我夺，谁实力强就该归谁。现在我老大实力最强，红菱晶钻当然归我老大。主宰，你在这里弄个位面投影分身干什么？是要逼迫我老大吗？"

光明主宰脸色难看。

在场其他八名达到了大圆满境界的上位神背后都有主神。在奥卡伦位面争夺宝物，应该是这些达到了大圆满境界的上位神的事情，他不该插手。

"林雷，"光明主宰压住心底的怒火，盯着林雷，"我知道丹宁顿是毁灭主宰派来的，那你应该就不是毁灭主宰派来的，你背后的主神是紫荆主神吧？这样，你将红菱晶钻交给我，紫荆主神那里，我为你出面说话。你给我红菱晶钻，就算我欠你一个人情，怎么样？"

硬的不行来软的。

"人情？"林雷刚要开口，突然——

"哈哈，奥古斯塔，你这手段可不好。"一道浑厚低沉的声音响起，一股庞大的能量在高空出现。和光明能量相反，这股能量漆黑如墨，充满煞气，正是毁灭主神之力，而后它渐渐形成一道模糊的人影。

光明主宰见状，不由得眉头一皱。

"是毁灭主宰。"林雷暗道。

"林雷，是我通知毁灭主宰的。"丹宁顿传音给林雷。

林雷知道，这些达到了大圆满境界的上位神都有方法和他们背后的主神联系。

"我和林雷谈这些，是你情我愿的事情，你凭什么阻拦？"光明主宰道。

"哈哈……"毁灭主宰发出爽朗的笑声，"你这哪是请求，根本是以势压人。你光明主宰开口让林雷这么做，如果我也让林雷这么做，生命主宰、死亡主宰、黑暗主宰等其他主宰都这样，你说让林雷怎么抉择？"

光明主宰不吭声了。他突兀地显现出位面投影分身已经落下"话柄"，算是理屈了。

光明主宰这么做，其实也是因为他以为东西到手了，但还在半路又突然知道东西没了，一怒之下才显现自己的位面投影分身。

"主宰比一般人强不了多少啊。"贝贝传音给林雷。

"当然，主宰或主神也是普通生物修炼成上位神后，机缘巧合下得到主神神格并炼化成功，才成为主宰或主神的。成为主宰或主神不代表性格会改变。平常，对待我们这些神，他们高高在上，显得很超然，可是，一旦牵扯到他们的利益，比如争夺这至高神信物，他们或是贪婪或是霸道的本性就会显露出来了。"林雷传音道。

"光明主宰的确霸道。"根据这些日子对光明主宰的了解，贝贝判断道。

"光明主宰一直这样，族长盖斯雷森和我谈过这个事情。"林雷还记得当初盖斯雷森和他说的话。盖斯雷森怀疑四神兽家族的四位老祖宗就是光明主宰杀的，并且还描述了光明主宰性格霸道的各种表现。

林雷在和贝贝进行灵魂交流，光明主宰和毁灭主宰也在谈话。

"好，我们都不勉强林雷，林雷愿意将红菱晶钻献给谁就给谁，让他自己选择吧。"光明主宰看向林雷。

"林雷，你愿意给哪位主神，你自己选，不需要看其他主神的脸色，毕竟红菱晶钻只有一枚，而主神有数十个。"毁灭主宰也看向林雷。

光明主宰盯着林雷，其眼神蕴含的含义不言而喻。

"抱歉，光明主宰。"林雷微笑着说道。

光明主宰的脸色顿时变了。

"哼，不识好歹！"光明主宰冷冷地瞪了一眼林雷，而后他的位面投影分身轰然消散。

林雷脸色不变，静静地站在半空，脸上甚至还有一丝笑意。

"哈哈，林雷，做得不错。"毁灭主宰却快意地大笑起来，"这红菱晶钻你愿意给谁就给谁，当然给我是最好，不过，我不会强迫你。"

说着，毁灭主宰的位面投影分身也轰然消散。

天地间再次恢复平静。

海水一如既往地荡漾着，其他八名达到了大圆满境界的上位神都笑着飞了过来。

"哈哈，老大，那光明主宰刚才的脸色好有趣啊！"贝贝笑道。

"早就得罪光明主宰了，现在又得罪了一次。"林雷无奈地叹息道。

"光明主宰就这脾气。"克莱门廷笑着说道，同时，他的神识散开，将周围覆盖了起来。显然，他不想让他们这些达到了大圆满境界的上位神的对话被其他人知道。

"哼，那群主神，别看平常一个个那么超然，如果是牵扯到他们的利益或脸面的一些小事没做好，他们就会大怒。"巴默道，"其实也容易理解，主神高高在上，谁惹了他们，他们就会降下自己的怒火。"

"不过，脾气坏的主神是少数，"丹宁顿微笑着道，"大多数主神还是不错的。"

"他们不就是因为早早出生，是最早一批上位神吗？而后又因为运气好得到了主神神格，成了主神而已。"那名在生命规则方面达到了大圆满境界的上位神淡漠地道，"绝大多数主神虽然享用了大量的信仰之力，可论起法则奥义，还是不及我们！"

"我见过那么多主神，还是光明主宰最霸道。"林雷道。

"哈哈，光明主宰的霸道那是出了名的。不过，光明主宰实力也强，有霸道的本事。"那名在地系元素法则方面达到了大圆满境界的青发男子笑道。

"万亿年前，死亡系的骷石主神在上一轮位面战争中，曾对两个统领级别的神出手呢。"

…………

这群达到了大圆满境界的上位神肆意谈论着主神，反正他们现在在物质位面，也不怕被主神的神识发现。

林雷从交谈中知道了不少关于主神的事情，也清晰地明白主神一样有喜怒哀乐，没什么特殊之处。或许，只有那由规则幻化成的四大至高神才没有喜怒哀乐吧。

"好了，各位，奥卡伦位面的事情结束了，我先走一步。"拜厄笑道。

一番热情的交谈后，众人的关系亲近了不少。

"一起走吧，我们也回去。"丹宁顿等其他人附和道。

"老大，走咯。"贝贝也道。

"大家先走一步，我还有一点小事。"林雷却突然道。

其他人虽然疑惑，但也没有多问，和林雷告别，而后向迷雾大陆飞去。

"老大，我们还有什么事情？"贝贝问道。

林雷皱着眉忧虑地传音："贝贝，刚得到红菱晶钻的时候太过激动，我没细想，现在平静下来，我才发现我们根本不能使用传送阵。"

"不能使用传送阵？"贝贝不理解。

"对，乘传送阵那是前往神位面或者至高位面。你应该知道，主神们都很想得到红菱晶钻。我在奥卡伦位面，他们没办法夺红菱晶钻，可是，我一旦传送到神位面或者至高位面，他们就有可能会在传送阵旁边等着我。"

如果刚被传送过去，一睁开眼就发现眼前是主神，那可就完蛋了，想逃都来不及。

"各个位面的传送阵数量不一，多者如地狱里的，而冥界只有两个传送阵。但至高位面和神位面的主神却有不少，他们在那里守着的可能性很高。下位主神自己不需要红菱晶钻，但可以夺走后将其送给主宰，好博得主宰的好感。"

"老大，那我们现在该往哪里走呢？"眼下贝贝也知道情况复杂了。

"对啊，该往哪里走呢？"

或许七大神位面、四大至高位面的诸多传送阵中，某些传送阵的旁边没有主神，可林雷不能冒险。一旦冒险失败，那他后悔都来不及。

"得到了红菱晶钻却不知道该怎么回玉兰大陆……"林雷苦笑道。

"难道要……冒险一搏吗？"贝贝嘀咕道。

第758章
贝鲁特的真正实力！

五颜六色的光芒闪烁着，汇聚成浩浩荡荡的空间乱流。

有空间乱流的地方堪称最危险的地方，一般神器进来，会被绞成碎末。拥有防御主神器的强者，或至少是达到了大圆满境界的上位神，才能勉强在这空间乱流中抵御那一次次冲击，保住性命。可即便如此，达到了大圆满境界的上位神在空间乱流中也会身不由己，会被狂暴的空间乱流冲击，随波逐流。

此刻，蒙眬的白色光晕笼罩在一个高大的人影四周。这高大人影身上套着绣有金色花纹的白色长袍，金色长发披散开来，是那般耀眼。他站在浩瀚空间乱流的中央，却没有被撼动丝毫。此人正是光明系七大主神中的最强者——光明主宰。

光明主宰看着远方。

"红菱晶钻本已到手，没想到……"光明主宰的眼中有着怒火，"不过，即使他背后的主神是紫荆那个女人，可从奥卡伦位面传送到地狱，是随机传送的，或许，红菱晶钻会落到其他主神手里。"

他当即通过自己还在光明系神位面的分身下令："德勒，你给我盯着林雷，看他去哪个位面了。"

"是，主宰。"

虽然名义上是克莱门廷率领这一大群上位神，可实质上这群上位神是听德勒的命令的，因为德勒是和光明主宰保持联系的两人之一。

那些上位神当即散开神识，锁定了海洋上空的林雷和贝贝。而林雷自然会用神识隔离其他人对他的探查，防止自己的言行被那些人发现。

"冒险一搏？不行！关注至高神信物的主神很多，估计绝大多数传送阵周围都有主神。我实力再强，面对主神却一点反抗能力都没有。"林雷摇头道，"这红菱晶钻，我决不能丢。"

"那……那该怎么办呢？"贝贝苦思着。

林雷思前想后也没想到万无一失的稳妥办法。虽然说地狱中的主神看起来和林雷关系不错，可那也只是出于对一个后辈子弟的关注而已。如果牵扯到红菱晶钻，情况可能就不一样了。毁灭主宰的位面投影分身在这里很客气，是因为在奥卡伦位面这个物质位面，主神的位面投影分身奈何不了林雷，到了地狱就不一定了。

"老大，去问问贝鲁特爷爷吧，说不定他有办法。"贝贝突然提议道。

"只能这样了。"林雷微微点头。

玉兰大陆位面，巴鲁克帝国的龙血城堡内。

贝鲁特这段日子一直居住在林雷的龙血城堡里，林雷的神分身也经常和贝鲁特谈起在奥卡伦位面发生的事情。这也令林雷和贝鲁特变得更加亲近了。

嗖！一道身影一闪便来到了空旷的花园中，正是林雷。

贝鲁特正在逗弄巴鲁克家族的两个小孩，很是开心。

"你们两个先到旁边去玩。"林雷淡笑着开口道。

"是。"那两个孩子见到林雷，大气都不敢喘，乖巧地离开了。

龙血城堡早将林雷的事迹宣传到了极致，在巴鲁克家族后辈子弟心中，林雷就是崇高到极致的存在。

"什么事情这么急？"贝鲁特淡笑着问道。

林雷无奈地道："贝鲁特大人，现在事情还真的很糟糕。"

"哦？"贝鲁特眉头一皱，正色看着林雷。

"是这样的，我现在已经夺得了红菱晶钻，不过，我却烦恼到底该怎么回玉兰大陆位面，毕竟奥卡伦位面的传送阵只有十一个，是面向七大神位面、四大至高位面传送的。主神那么多，我想，七大神位面、四大至高位面的大多数传送阵旁都有可能被主神盯着。估计我一出现，他们就会来夺红菱晶钻。"

贝鲁特微微点头。

"林雷，你想独占红菱晶钻？"贝鲁特突然问道。

"对。"林雷点头。

若林雷要将红菱晶钻献给某位主宰，比如说毁灭主宰，传送到地狱即可，相信地狱其他主神不敢抢主宰的东西。如果林雷撒谎，说是要给毁灭主宰，然后再乘传送阵回来呢？

这个方法不现实。一是如果拿毁灭主宰的名头骗人，会得罪毁灭主宰；二是，若旁边有其他主神，他们不可能看着林雷到来后又乘传送阵回玉兰大陆。恐怕林雷一开口，谎言便会被揭穿。

"你将争夺红菱晶钻的详细过程告诉我。"贝鲁特郑重地道。

"好，当时我和其他八名达到了大圆满境界的上位神来到了狮心城，我们都在猜测'狮心城'三个字到底有什么特殊含义……"林雷详细地描述起来，包括光明主宰的位面投影分身的事情也说了。

贝鲁特听着听着，皱起了眉头。

"光明主宰竟然从空间乱流中赶往奥卡伦位面！"贝鲁特惊诧地道。

"是的，这是克莱门廷告诉我的。正因为这样，光明主宰才会那么恼怒。"林雷说道。

贝鲁特沉默了。

"你要独占，这……"贝鲁特细细思量着。

"林雷，"贝鲁特忽然又道，"这样，你的本尊和贝贝先待在奥卡伦位面，故意装出有所领悟的样子开始闭关修炼，先修炼十天半个月再说。"

"贝鲁特大人，你这是？"林雷略微一想便有些明白了，"你的意思是让我拖延时间，时间长了，那些主神就不会待在传送阵旁了？这可不一定，万一主神们决定在传送阵周围静修，等个千年万年呢？"

毕竟，拥有无限生命的主神们等个千年万年又算什么？

"不是这个原因。"贝鲁特淡笑道，"过段时间你自然会知晓。"

"好。"林雷对贝鲁特很是信任。

混乱的空间乱流中，光明主宰已经踏上了回程之路。

"主宰，那林雷和贝贝没有急着离开奥卡伦位面，而是在那海洋上空很突兀地开始修炼了。那林雷似乎是突然有所领悟，贝贝则在他旁边守着。"监视林雷的传讯人员发现了林雷和贝贝的动静，立即向光明主宰禀告。

"有所领悟？这林雷有好几个神分身，一个达到了大圆满境界，其他的神分身竟也有所突破，他的天赋的确厉害。"光明主宰即使对林雷没有一丝好感，可心里还是惊叹于林雷的天赋。

光明主宰当天便回到了光明系神位面。

林雷得到红菱晶钻的第十一天，龙血城堡内。

林雷的一个神分身正陪着父亲霍格喝酒，就在这时，贝鲁特走了进来。

"林雷。"贝鲁特神情严肃。

"父亲，我先去陪贝鲁特先生。"林雷说道。

霍格知道林雷和贝鲁特肯定是有重要的事情要谈，于是笑着回避。

"随我来。"贝鲁特道，而后朝远处飞去。

林雷连忙跟上。

"好快！"林雷发现自己竟然有些跟不上贝鲁特。

林雷的这个神分身同样灵魂变异成功，身体强悍，拥有威势，也能使用融合神力，速度与本尊相差无几，可竟然有些跟不上贝鲁特。

一眨眼工夫，林雷和贝鲁特便飞出了玉兰大陆范围，来到了南海海域。

贝鲁特突然停下来，于是林雷也跟着停下了。

"贝鲁特大人，你这是？"林雷疑惑地问道。

"你不是说想知道该怎么回到玉兰大陆位面吗？"贝鲁特的眼眸中有特殊的色彩，似笑非笑。

林雷一肚子疑惑。

"方法很简单，从空间乱流中回到玉兰大陆位面。"贝鲁特淡笑道。

"从空间乱流中？"林雷一惊，传说中，就是达到了大圆满境界的上位神在空间乱流中都身不由己，"贝鲁特大人，这……那空间乱流是很可怕的。达到了大圆满境界的上位神在其中都只能'随波逐流'。我虽然比达到了大圆满境界的上位神强，可不一定能抵抗住空间乱流的冲击。"

林雷心里没有把握。

"我不是让你单独行动。"贝鲁特微笑着道，随即伸手对着前面的空气一划，脆弱的玉兰大陆位面就出现了一道门形状的巨大裂缝。

物质位面很脆弱，实力达到林雷这等境界的强者，甚至可以通过对元素的掌控，在物质位面开辟出一个小型位面密室。当然，仅在物质位面才能做到，若是在地狱、冥界，无法做到。

而主神通过控制元素，甚至可以建造出一个独立的神位面。独立神位面和基于物质位面才能建立的位面密室，从这两个的区别也能看出主神和神之间的可怕差距。

"随我来。"贝鲁特一把抓住林雷，迈入了空间裂缝中。

"这……贝鲁特大人！"林雷大惊。

林雷被贝鲁特抓着离开玉兰大陆位面，来到了空间乱流中。

五光十色的空间乱流是那般璀璨漂亮，可是林雷完全顾不上欣赏，因为那些空间乱流在冲击他的身体。他丝毫没有隐藏实力，融合神力在他体内流淌，抵挡空间乱流的冲击。

一道空间裂缝在旁边出现，而空间乱流冲击着林雷，欲要将林雷冲入那道空间裂缝中，可林雷硬抗着。

"这空间乱流果然可怕，难怪达到了大圆满境界的上位神在其中会身不由己。不过，我还是勉强能做到逆流而上的。"林雷发现自己尽全力就能逆着空间乱流行进。

此刻，林雷感觉自己就好像是在湍急的河流中逆行一般。

"林雷，感觉怎么样？"贝鲁特的声音响起。

林雷转头看去。在空间乱流的冲击下，贝鲁特淡笑着站在那里，丝毫没有受到影响。

"贝鲁特大人，你……"林雷很惊讶。

达到了大圆满境界的上位神在空间乱流中会"随波逐流"，可贝鲁特能做到岿然不动。

"哈哈，就靠你这点速度，要从玉兰大陆位面赶到奥卡伦位面，恐怕千万年都不够。"贝鲁特见林雷速度很慢，不由得笑道。

说着，贝鲁特身上散开一个青色光罩，将林雷包裹了起来。

"在空间乱流中容易迷失方向，但你的本尊在奥卡伦位面，你应该知道准确的方向。你来指引方向，我带着你赶路。"

在青色光罩的保护下，贝鲁特带着林雷化为一道青色闪电，瞬间消失不见了。

第759章

贝鲁特，主神？

　　空间乱流疾速朝后方退去，林雷则在青色光罩的裹挟下疾速前进。

　　此刻，林雷的脑子完全蒙了：怎么会这样？在空间乱流中速度都能达到这么可怕的地步，甚至可以说是无视空间乱流，贝鲁特他的实力……

　　林雷转头看向贝鲁特。

　　没有其他可能了，贝鲁特绝对超越了神的层次。超越神的层次，就只有主神了……

　　"贝鲁特大人，你……是主神吗？"林雷问道。

　　"哈哈……"贝鲁特爽朗地笑了起来，摸了摸胡子，"林雷，能够在这空间乱流中肆意疾速前行，而且速度比你在物质位面都要快十倍、百倍，你说，我不是主神还会是什么？"

　　林雷愕然，显然，贝鲁特这是承认了自己就是主神。

　　"主神！不，这……这怎么可能？"林雷的脑子完全乱了，"贝鲁特大人，主神不是无法进入物质位面吗？因为物质位面无法承受主神的能量。"

　　在奥卡伦位面，毁灭主宰、光明主宰也只能投射自己的位面投影分身。

　　"哈哈，在神当中，的确流传着主神无法进入物质位面的说法。"贝鲁特抚须微笑着道，"不过，准确的说法应该是，外来主神无法进入物质位面。"

"外来主神？"林雷眉头一皱。

"林雷，你知道主神无法进入物质位面的原理吗？"贝鲁特转到另外一个话题上。

"原理？不是主神能量太强，物质位面无法承载吗？"林雷道。

"林雷，你说'主神能量太强，物质位面无法承载'，你仔细想想，主神要是收敛能量，应该一丝能量都不会散开吧，怎么会令物质位面崩溃？"贝鲁特笑道。

"对啊。"林雷也不明白了。

主神收敛能量和气息，就是站在林雷面前，林雷都察觉不到。主神的收敛能力如此强，怎么会令物质位面崩溃？

"所以，你们那个说法不是完全准确的。"贝鲁特淡笑着说道。

贝鲁特又感慨道："我想，你想破脑袋也不会明白，还是我告诉你吧！这就牵扯到灵魂诞生问题了。物质位面中每天都会诞生新的生命，新的生命自然拥有新的灵魂。就比如玉兰大陆位面，凡是在玉兰大陆位面出生的生命，他的灵魂和玉兰大陆位面是契合的，因为玉兰大陆位面是他的家。"

林雷点头。他回到玉兰大陆位面后，即使玉兰大陆位面的元素比地狱的要稀薄很多，可他就是感觉很舒坦。他一直认为这是心理因素在作怪，可现在看来，竟然是因为他的灵魂诞生于玉兰大陆位面。

也对，凡人死后，灵魂进入冥界成为亡灵，之后魂飞魄散。有灵魂消散，自然就有灵魂诞生。

在物质位面，每一个婴儿和每一个魔兽出生，都是新的生命，也是新的灵魂。这新的灵魂自然和其所在的位面有特殊的联系。

"外来主神无法进入物质位面，是因为他的灵魂并非在这个物质位面诞生的，他要进入这个位面，自然会受到这个物质位面的排斥。物质位面和主神能量相排斥，主神能量太强，就会令物质位面崩溃。"贝鲁特详细地解释道。

林雷恍然大悟。因为彼此排斥，物质位面才会崩溃。

"如果主神的灵魂是在这个物质位面诞生的，这个物质位面是他的家，即使他成了主神，这个物质位面也不会排斥他，他也就能进入这个物质位面。"贝鲁特笑道。

"贝鲁特大人，你的意思是，假设主神的家乡是某个物质位面，他是可以回到这个物质位面的。至于其他物质位面，他无法进入。"林雷说道。

"对。"贝鲁特淡笑道，"无数物质位面中，我的主神身体只能进入玉兰大陆位面，至于其他物质位面，我也无法进去。"

一切都明白了！

"玉兰大陆位面，我们的家！"林雷感叹道，"我在玉兰大陆位面出生，灵魂也在那里诞生，玉兰大陆位面是我的家，无论我的实力达到了何等程度，家永远不会排斥我。"

"贝鲁特大人，你既然是主神，那……那你的主神分身怎么没有去至高位面，而是待在玉兰大陆位面？"林雷不由得问道，"还有，你的神分身怎么成为血峰主神的使者了？"

"神分身成为主神使者，那是为了帮助四神兽家族。"贝鲁特淡笑道，"至于我的神分身为什么没有去地狱，也没有去其他至高位面，而是一直躲在家乡，是因为如果我的神分身一旦离开家乡，就会遭到光明主宰的追杀。"

"遭到光明主宰的追杀？"林雷大惊。

原来，贝鲁特是为了躲避敌人才不出去的。

贝鲁特的这个办法也有效，玉兰大陆位面是他的家，却不是光明主宰的家，他可以躲在其中，而其他主神进不来。

"光明主宰为什么要追杀你？"林雷满心疑惑。

"哈哈，他当然要追杀我，他恨我入骨。我的神分身能安然待在地狱，也是花费了大代价，请毁灭主宰帮了忙的。"贝鲁特大笑道，"算了，别提这件事情了，现在最重要的是早点接你的本尊回到玉兰大陆位面。"

林雷点头。

贝鲁特带着他在空间乱流中前行，也是冒了大风险的。毕竟这里面他们可以来，光明主宰也能来。

"难怪贝鲁特大人让我停留十天半个月，估计是故意拖延时间，好等到那光明主宰回到光明系神位面。"林雷完全明白了贝鲁特让他等个十天半个月的目的。

林雷的本尊在奥卡伦位面，神分身则跟着贝鲁特。通过本尊与分身之间的联系，他当然能够轻易指引准确的方向，不会迷路。

"贝鲁特大人，光明主宰不会追杀过来吧？"林雷有些担忧，为贝鲁特担忧。

"放心，他又怎么会知道我们两人进入了空间乱流中？"贝鲁特自信地说道，"而且，我进入空间乱流的同时散开了神识。主神的神识的覆盖范围可是远超你的想象。一旦他进入了我的神识覆盖范围，我就会知道，我有充足的时间应对。"

林雷微微点头。

主神的神识是能够轻易覆盖整个地狱、整个冥界的，而且这还不是主神的神识能够覆盖的最大范围，由此可以想象其覆盖范围有多大，也能判断主神的实力有多可怕。

奥卡伦位面。

哗哗——海水翻滚，林雷盘膝坐在海面上空静修，贝贝则在旁边守着他。

突然，林雷睁开眼睛，脸上浮现一抹笑容，同时传音给贝贝："贝贝，我们准备一下，马上进入空间乱流中。"

"空间乱流？"贝贝大惊，"老大，你准备从空间乱流中回到玉兰大陆位面吗？"

"对，不过不是靠我自己。"林雷微笑着道。

"这……不靠你靠谁？主神吗？哪个主神愿意帮我们？"贝贝疑惑得很。

"马上你就知道了。"林雷故作神秘。

凭借本尊与分身之间的联系，林雷清晰地感觉到自己的神分身和贝鲁特已经来到了奥卡伦位面的外围。

"我们走！"林雷一手抓着贝贝，另一只手在空中一划，一道巨大的空间裂缝出现了。空间裂缝有着惊人的吞吸力量，竟然连下方的海水都吞吸了不少。

"进去。"林雷带着贝贝进入空间裂缝中，紧接着，空间裂缝便缓缓消失了。

海洋上空再次恢复了平静。

"林雷他们进入空间乱流中了？"

一群正通过神识监视林雷两人的上位神大惊。

监视林雷两人的不单单有光明系神位面一方，其他势力，如地狱一方，也留下了不少上位神监视林雷两人的动静。

此刻，林雷两人进入空间乱流中的举动将他们惊呆了。

"进入空间乱流中自我放逐吗？"

那些上位神有些发蒙。

"估计是有其他主神在外面接应吧。"也有上位神猜到了真相，"赶快禀报主神。"

各方人马立即将消息禀告给了自己的主神。

光明系神位面，神狱海深处。

"什么？进入空间乱流中了？"光明主宰的眼中满是震惊，可仅仅一瞬间他便反应过来了，冷笑道，"这林雷背后的主神肯定去了空间乱流中接应他！会是谁呢？紫荆还是……"

"贝鲁特！"光明主宰的眼中隐现杀机，"很可能是贝鲁特！"

光明主宰不再迟疑，身上能量一震，前方便出现了一道空间裂缝，他一步迈进其中，然后空间裂缝消失了。

空间乱流中，光明主宰化作一道白光，以惊人的速度前进着。

"贝鲁特，希望你跑得快一点，若是被我截住，哼！"光明主宰虽不是百分之百确定，可根据林雷和贝鲁特的关系，他还是有此推测。

贝鲁特常年躲在玉兰大陆位面，早就令光明主宰满腔怒火了。只要有一丝机会，他绝不会放过贝鲁特。

在色彩缤纷的空间乱流中，一个青色光罩包裹住林雷和贝贝，飞速朝玉兰大陆赶去。

"贝鲁特爷爷，我是在做梦吗？"贝贝难以置信地盯着贝鲁特，"爷爷你竟然成了主神，这……这太不可思议了！"

之前，贝贝随着林雷进入空间乱流中，见到贝鲁特爷爷的时候，惊呆了。

"贝鲁特爷爷，你是主神，怎么一直隐藏实力呢？怎么还当了那个血峰主神的使者？"贝贝不停地问。

"好了，现在别谈这个了，你贝鲁特爷爷正忙着赶路呢，等回去了再慢慢说。"林雷连忙道。毕竟，他们在空间乱流中还是有可能会遇到危险的。

这一路上，贝贝不停地说着话，显然，他太激动了。

"我忍不住啊。"贝贝紧握拳头，显得有些亢奋。

"快了，按照来的时间，这回去的路我们已经走了一半，你再忍一会儿。"林雷安抚道。

"哈哈……"贝鲁特突然笑了。

"怎么了？"林雷和贝贝疑惑地看向贝鲁特。

"光明主宰果然来了，我已经发现了他。"贝鲁特道。

"那你现在还笑得出来？"一道浑厚的声音在贝鲁特的脑海中响起，正是光明主宰。

"我为什么笑不出来？"贝鲁特笑着反驳道，"我就知道，但凡有一点机会能抓我，你奥古斯塔一定不会放弃。不过可惜得很，虽然你的速度比我快，可你的路程比我远得多，你赶不上了！"

截杀

"光明主宰?"林雷和贝贝相视一眼,心中一紧,看向贝鲁特。

贝鲁特此刻正携带着林雷和贝贝以最快的速度朝玉兰大陆赶去,同时还在和光明主宰通过神识交谈着。

"哈哈,奥古斯塔,依我看,你还是回你的光明系神位面吧,现在来追我们,根本就是浪费时间,最后你还是会无功而返。"

贝鲁特的嘲笑之意尽皆蕴含其中。

"哼!现在说这些还早得很。你现在距离玉兰大陆位面还有很长一段路,你就祈祷自己能先逃入玉兰大陆位面吧。一旦被我追上,不单单是你,你旁边两人也死定了!"

光明主宰脸色阴沉。他此刻距离贝鲁特极为遥远,正以惊人的速度穿行在空间乱流中。单以速度论,他的确比贝鲁特快得多。奈何至高位面、神位面本来就和物质位面相隔极远,而大量的物质位面处于同一块区域。奥卡伦位面和玉兰大陆位面之间的距离相比奥卡伦位面和光明系神位面之间的距离,要近很多。

"哈哈,那你就追吧!"贝鲁特不再多说。

在浩瀚的空间乱流中，一方在赶路，另一方则在追。

地狱中。

"那个林雷竟然进入空间乱流中了，"笼罩在黑色光晕中的人影低沉地道，随即又低声一笑，"他竟然舍不得将至高神信物交给其他主神，他背后的贝鲁特还真是有胆识。"

地狱紫荆大陆，紫晶山脉。

"除了贝鲁特，没别人了。"紫荆主神很容易就推断出了真相，"以贝鲁特的谨慎性格，应该不会出问题。"

林雷劈开空间，带着贝贝进入空间乱流中的消息被那些上位神传给了诸位主神。

风系神位面。

"哼！从奥卡伦位面到玉兰大陆位面，很好，我的家乡迪伦位面刚好在中途位置。"一个有着银发和鹰钩鼻的男子刚收到消息，便朝风系神位面传送阵飞去，而且很快就抵达了传送阵。

"迪伦位面。"风系主神特雷西亚淡漠地说道，同时出示了主神令牌。

"是。"士兵们不敢怠慢，启动了传送阵。传送阵光芒闪烁，一眨眼，特雷西亚就抵达了迪伦位面。

"当初我那般说，贝鲁特都不给我面子，现在机会正好。"特雷西亚抵达了他的家乡迪伦位面后，当即划开空间进入了空间乱流中，将神识散开。

特雷西亚嘴角带着一丝笑意，传音道："贝鲁特，真是难得啊，你竟然离开玉兰大陆位面了！"

贝鲁特脑海中出现了特雷西亚的声音，脸一沉。

"贝鲁特爷爷，怎么了？"贝贝发现贝鲁特表情不对，询问道。

林雷也担忧地看向贝鲁特。

贝鲁特脸色难看："林雷，贝贝，现在情况很不妙。特雷西亚现在距离我们不远，而且还在我们的归途中。按照他的速度，估计片刻后便会和我们相遇。"

"特雷西亚？"林雷和贝贝相视一眼。

林雷认识特雷西亚。当初天山府主莫尔德放出消息后，特雷西亚就逼迫林雷交出那九颗灵珠，若非血峰主神出面，恐怕林雷已经被特雷西亚给解决了。

"爷爷，不要紧吧？"贝贝担忧地问道。

"特雷西亚是风系下位主神，我也是风系下位主神，不过，他在法则奥义方面达到了大圆满境界，所以很麻烦。"贝鲁特虽然忧虑，可还是带着林雷两人不断前进。

林雷眉头皱着：同是下位主神，可特雷西亚在法则奥义方面达到了大圆满境界，看样子，贝鲁特不是他的对手。

"和特雷西亚斗不要紧，最重要的是，一旦被他牵制住，而光明主宰又赶上来了，那就完了。"贝鲁特有些忧虑地说道。

"对，爷爷如果和特雷西亚斗起来了，肯定无法再前进。"贝贝急得脸都涨红了，"一旦被光明主宰追上，那可……"

林雷看着贝鲁特。眼下他和贝贝帮不上忙，只能靠贝鲁特。

"特雷西亚，你要这至高神信物干什么？一枚红菱晶钻，只是三件信物之一，你即便得到了也没多大好处。难道你一个下位主神也想完成这个任务，获得至高神器？"贝鲁特传音。

"要我不阻拦你们也成，贝鲁特，答应我上次的要求即可。"特雷西亚传音回道。

"你做梦！"贝鲁特恼怒了。

"哈哈，你不答应，那我就阻拦你们。快了，估计过会儿我就能和你们碰上了。"特雷西亚得意地传音道。

贝鲁特强压下心中的怒火："说吧，除了那个，你要怎样才同意不阻拦我们？"

特雷西亚是达到了大圆满境界的上位神、风系下位主神，单论速度，比贝鲁特要快一些。贝鲁特要回玉兰大陆位面，如果选择绕过特雷西亚，一来绕路太远，二来特雷西亚完全可以先赶到玉兰大陆位面旁边等着。不管怎么样，他们都无法避开特雷西亚。

"我的要求早就说过了。好，如果那个要求你无法答应，那这样也成，你将红菱晶钻交给我，我放你们走。"特雷西亚传音。

交出红菱晶钻？那不是白跑一趟？

"特雷西亚，你可别逼急了我。"贝鲁特怒声传音。

"逼急了你？逼急了你又怎样？你只会躲在玉兰大陆位面，根本不敢出来。"特雷西亚张狂地说道。

"哼，那你我就正面比试比试再说。"

"哈哈，胆小如鼠的贝鲁特竟然也有胆子说这话，难得啊难得！"特雷西亚哈哈笑道。

贝鲁特冷哼了一声便不再多说。

林雷并不知道贝鲁特和特雷西亚通过神识谈话的内容，可他从贝鲁特的表情猜得出来贝鲁特和特雷西亚没有谈妥。

他和贝贝只能眼睁睁地等着。

五颜六色的空间乱流涌动，空间裂缝时而出现又消失。

贝鲁特带着林雷、贝贝继续飞行了片刻。

"爷爷，特雷西亚！"贝贝惊呼道。

林雷死死地盯着远处。一团青色光晕中，有一道高大的人影，他的银色长发飘散着，狭长的双眸中有着刀子般的寒光，嘴角微微上翘，正冷笑着看着贝鲁特三人。

"贝鲁特。"特雷西亚开口了。

"特雷西亚，你最好现在就走，否则等会儿你想走都难了。"贝鲁特目光幽冷。

"哼！"特雷西亚的脸色陡然一变，"你竟然通知了帮手。"

"当然，在发现你的瞬间我就通知了。"贝鲁特冷漠地说道。

"一个火系下位主神而已，你以为我会怕吗？"特雷西亚不屑地一笑，"主神当中，达到大圆满境界的不足十个，而下位主神中，能敌得过我的没几个，至少你不在其中。你的这个帮手恐怕还不是我的对手吧。"

林雷有些焦急，传音给贝鲁特："贝鲁特大人，特雷西亚明显是想拖延时间。时间拖得越久，对我们越不利。"

"我知道。"贝鲁特向林雷递了个眼色，"放心吧，林雷，一切都在我的计算当中。"

见贝鲁特如此镇定，林雷也受到鼓舞，有了信心。

"林雷，上次血峰主神在，让你逃掉了，这次你可难逃了。"特雷西亚一翻手，手中出现了一把泛着光芒的很薄的巨大弯刀，弯刀散发的气息令周围的空间乱流震颤。

他身形一动，便犹如蛟龙出动，跨越了数里距离，而那弯刀携带着开天辟地的气势朝贝鲁特劈去。

"林雷，你带着贝贝朝玉兰大陆去，我马上赶来。"贝鲁特传音道。

"是。"林雷不再迟疑。

贝鲁特手中突然出现了一根黑色长棍，而且猛地变得足有百米长、数米粗。贝鲁特将长棍一横。锵！劈开空间乱流的可怕弯刀劈在黑色长棍上，但只令长棍微微一颤。

"贝贝，我们走！"林雷一把抓住贝贝，努力抵抗空间乱流，朝玉兰大陆位面赶去。

"老大，爷爷他没事吧？"贝贝担忧地问道。

"我们在这里会影响贝鲁特。"林雷明白眼前的局势，"如果特雷西亚以攻击我们来威胁贝鲁特，那就麻烦了。我们先走，等战斗结束了，贝鲁特会赶上我们的。"

林雷虽这样说，心里依旧很担忧。如果贝鲁特和特雷西亚的战斗拖得太久，被光明主宰追上了，贝鲁特该怎么办？

轰！一道可怕的能量风暴散开，冲击已经飞到了千里之外的林雷。

嗖！林雷反而借势逃得更远了。

"不愧是主神之间的战斗，能量余波蔓延千里后还这么强。"林雷心底暗惊，抓着贝贝拼命地赶路。

片刻后。

"老大，前面有人！"贝贝震惊地说道。

"又是主神！"林雷的脸色一下子变得苍白。

贝鲁特在后面阻拦特雷西亚，若再来一个主神，他和贝贝如何阻拦？

一道火红光芒从远处飞射过来，片刻后就到了林雷和贝贝的身前。林雷和贝贝谨慎地看着来人，待对方速度锐减后才看清对方。

"这是……"林雷和贝贝惊呆了。

黑色长发，白色长袍，赤红色眉毛！

"雷林！"林雷惊呼道。

他怎么都没想到，来人竟然是雷林！从雷林的气息判断，这是火系主神之力，显然，雷林是火系主神！

"雷林先生，你……"林雷完全蒙了。

"雷林先生，你怎么成主神了？"贝贝惊呼道。

唯有主神才能在空间乱流中行进速度惊人。

"雷林，你来了。"一道青色身影飞速从后面赶来。

"贝鲁特。"雷林微笑着看着来人，"你先带着林雷和贝贝赶回玉兰大陆位面，我帮你牵制住特雷西亚。我一人足以应付他。"

"你和他一边战斗，也一边朝玉兰大陆赶，千万别被光明主宰追上了。"贝鲁特嘱托道。

"放心吧，单论速度，我可是比你都要快一些。"雷林微笑着道。

"林雷、贝贝，我们走。"贝鲁特也不废话，当即带着林雷和贝贝再次朝玉兰大陆赶去。

全身散发着青色光晕的雷林自信地屹立在空间乱流中，微笑着看着那道从远处追来的有些狼狈的人影："特雷西亚，你想要夺走红菱晶钻献给光明主宰吗？放弃吧，你没希望的。"

第761章
功成

混乱的空间乱流中，一青一红两道人影对峙着。

"你是……"特雷西亚仔细审视着雷林，"那个幸运的小子？"

"幸运？"雷林微笑着点头，"对。"

雷林仔细打量着特雷西亚："看你的样子，和贝鲁特一战，你似乎没占到便宜。达到了大圆满境界的下位主神遇到贝鲁特的绝招，也不怎么样。"

"他……他就是个疯子。"特雷西亚一想到刚才和贝鲁特的战斗，不由得怒火上涌。

贝鲁特一棍接一棍地肆意狂砸他，他只能勉强保持不败。

"这贝鲁特的主神器也占优势。"特雷西亚心里这样想着。

主神器本是普通的武器，被主神以威势、主神之力持续滋养，经过漫长的岁月后才得以成为威力巨大的主神器。

主神器一般是没有高下之分的，除非本身材质差距很大。比如，一般的主神器，材质是很普通的矿石，而贝鲁特的主神器的材质是神格精华。这样的两件主神器相比，当然有差距。

贝鲁特身为神兽噬神鼠，强悍至极的身体配合主神的威能，使得其物质攻击非常可怕。他的天赋神通噬神也令他的灵魂防御能力极为可怕。同是下位主神，即使对方在法则奥义方面达到了大圆满境界，也难以击败贝鲁特。

"贝鲁特天赋了得，堪比四神兽，可你呢？你以为你拦得住我吗？"特雷西亚一翻手，手中再次出现了那冰冷的弯刀。

"哦？"雷林微微一笑，手中出现了一柄火红色的长枪，长枪枪尖蕴含的凌厉劲气甚至令周围的空间乱流都溃散了。

"来吧！"雷林陡然一笑，右臂夹着长枪一震，周围方圆百里的空间像旋涡一样旋转起来。

且不谈雷林和特雷西亚的激战，贝鲁特三人此刻正以最快的速度赶往玉兰大陆位面。

"幸亏雷林速度够快。看样子，光明主宰是追不上我们了。"贝鲁特的神识知道光明主宰和他们之间的距离，根据双方的速度，很容易就能判断出对方是否能追得上他们。

"贝鲁特大人，雷林先生他怎么也成主神了？"林雷满心疑惑，"当初在位面战场，雷林先生不就是达到了大圆满境界的上位神吗？"

"雷林先生是主神，那么，在位面战场上，马格努斯杀我老大的时候，他怎么没早点赶来呢？"贝贝疑惑地问道。

"雷林和我一样，他的主神分身根本不敢进入其他神位面、至高位面。"贝鲁特叹道。

"当时在位面战场上出现的雷林，只是他的本尊和地系神分身，他的火系主神分身待在玉兰大陆位面。"贝鲁特笑着解释道。

"本尊？"林雷瞬间明白了。

雷林应该有三个身体，一个是圣域级本尊，一个是火系分身，一个是地系分身，而雷林的火系分身成了主神，圣域级本尊融合地系神分身后，自然拥有上位神的神之领域。至于主神之力，完全可以借用主神分身的；至于法则奥义，圣域级本尊当然领悟了火系元素法则；至于威势，一旦成为主神，主神分身的威势最强，其他神分身的威势则要弱得多，可也接近大圆满境界。

"难怪。"林雷暗叹了一声。

"贝鲁特爷爷，你还没说雷林先生怎么成为主神的呢？"贝贝问道。

"这……"贝鲁特略作迟疑，摇头道，"这件事情很复杂，一时半会说不清楚，等到了玉兰大陆位面我再和你们详细说。我和雷林之前一直在训练林雷，以林雷你现在的实力，也差不多了。"

林雷心底一阵疑惑，不过此刻要逃命，不是提问的时候。

林雷三人已经赶了许久的路，快到玉兰大陆位面了，就在这时，他们身后有一道能量疾速靠近过来。

"林雷，贝贝。"一道温和声音响起，那人很快便赶上来了。

"雷林先生。"林雷和贝贝连忙看去，来人正是雷林。

雷林是主神，加上达到了大圆满境界，而且是火系强者，速度当然比贝鲁特要快上一些。而贝鲁特又带着两个人，速度自然慢一些。雷林能赶上他们也是必然。

"雷林，那特雷西亚怎么样？够难缠吧？"贝鲁特笑道。

"达到了大圆满境界的风系主神当然麻烦。"雷林淡笑道，"可我也是达到了大圆满境界的主神，我奈何不得他，他也奈何不得我，而且你也在这里，他当然不会自己找罪受，继续跟过来。"

"你们都是大圆满，我……"贝鲁特叹道，"大圆满的确难修炼。"

"是很难。"林雷也点头道。

虽然林雷对外默认自己是达到了大圆满境界的上位神，可他知道自己强大不是因为达到了大圆满境界，而是因为四分身灵魂变异成功。

"哈哈……"贝鲁特忽然笑了起来，"前面就是玉兰大陆位面了，那光明主宰一直在后面追，根本是白白浪费时间。"

贝鲁特得意得很，在他说话时，他们四人已经到了玉兰大陆位面的边缘。

林雷的眼睛不由得发亮。

"玉兰大陆位面，终于要到了！"林雷极度激动。

到了玉兰大陆位面，他就能安然召唤生命至高神了，而且玉兰大陆位面上有他的亲人。

"哈哈，奥古斯塔，我们已经到了，你这么拼命地追，最终还是没追上啊。"贝鲁特背靠玉兰大陆位面遥看远处，神识传音，"这难得的机会你都没有把握住，还真是够没用的。"

在距离此处还有好一段路的空间乱流中，光明主宰奥古斯塔屹立在空间乱流中，脸色难看。

"特雷西亚还真是没用。"奥古斯塔在心底暗道。可他明白，另外一个主神雷林的出现，注定了特雷西亚哥根本无法牵制住贝鲁特。

"贝鲁特，你别得意。你再得意，也只能龟缩在玉兰大陆位面，有本事你让你的主神分身来地狱，来光明系神位面。"奥古斯塔传音讥讽贝鲁特，"一个胆小如鼠的家伙也敢嚣张。"

贝鲁特却丝毫不生气。

"我胆小如鼠？哈哈，我本来就是噬神鼠！"贝鲁特传音笑道，"我这个噬神鼠就喜欢神格，连主神神格也喜欢，当年真是抱歉啊，哈哈……"贝鲁特得意至极。

奥古斯塔听到这话，脸色越发难看了。

"林雷、贝贝，我们走，回家咯。"贝鲁特大笑道，"让那个奥古斯塔慢慢生气去吧，最好气死算了。"

奥古斯塔的神识覆盖了很大的范围，自然听到了这番话，他彻底恼怒了。

贝鲁特和奥古斯塔早就水火难容，即使他说好话，奥古斯塔也不会放过他，所以他还不如多气气奥古斯塔。

"哦，回家咯。"贝贝也欢呼着。当即，贝鲁特、雷林、林雷和贝贝四人进入了玉兰大陆位面。

他们一行四人畅快地飞行在玉兰大陆位面最为浩瀚的南海海域上空。

"哈哈，一想到奥古斯塔刚才被我们气成那样，我就觉得痛快。"贝鲁特大笑着。

"终于回来了，都结束了。"林雷感觉自己仿佛进入了梦中，一切都是那么美妙。

"雷林先生，前面就是你建造的大陆吧？"贝贝遥指远处一块大陆问道。

这块大陆是雷林的地系神分身建成的，经过多年的发展，现在比玉兰大陆都要大很多，而且当初贝鲁特和雷林从玉兰大陆迁移了数千万人和大量魔兽到这块大陆上。现在这块大陆上的生命也繁衍到了数十亿之多。

"贝鲁特大人，我得和你说一件事情。"林雷突然道。

"嗯？"贝鲁特看向林雷。

"至高神信物，我有三件。"林雷没有隐瞒，毕竟他心底还是很感激贝鲁特的，更何况，他马上要召唤生命至高神了。

"三件？"贝鲁特和雷林大惊。

贝贝点头，嬉笑道："是三件，当初那个莫尔德捏造的消息并非全部是假的，那九颗灵珠的确落到了我老大手里。至于戊铁皇冠，那可是我和老大在位面战场上的时候运气好，捡到的。"

"哈哈，老天都在帮助我们啊！"贝鲁特陡然大笑起来。

"哈哈，太好了！贝鲁特，实在是太好了啊！"雷林也忍不住大笑起来。

林雷和贝贝相视一眼：怎么回事？知道我们得到了三件至高神信物后，贝鲁特和雷林怎么如此失态？

"林雷。"贝鲁特眼睛放光，仿佛一个贫民得到了亿万财富，激动万分，"你有这三件至高神信物，召唤至高神的时候，记住，一定要索要至高神器。至于何种至高神器，当然是物质防御至高神器或攻击型至高神器这两种为好。具体想要什么，你自己选！"

"对。"雷林连忙对林雷道，"选至高神器啊，这可是难得的机会。"

"林雷，你还真是够狠啊，一直瞒着我们。不过，你做得非常对。为了得到一件至高神器，这么做非常对，哈哈……当初我以为你最多有一件至高神信物，谁承想你竟然有两件！"贝鲁特很是兴奋。

"至高神器，太好了！"雷林忍不住欢呼。

林雷有些惊愕，旋即又苦笑道："贝鲁特大人，雷林先生，真的抱歉，我没打算索要至高神器。"

贝鲁特和雷林的笑声戛然而止，表情也凝固了，他们惊愕地看着林雷。

"林雷，你说什么？"贝鲁特很惊讶。

贝贝连忙说道："贝鲁特爷爷，我老大拼命找第三件至高神信物，是因为他想让德林爷爷复活，德林爷爷对他来说非常重要。"

"德林·柯沃特？"贝鲁特无法相信，急切地劝说道，"林雷，你和德林·柯沃特的事情我知道，但他已经死了，魂飞魄散了，或许至高神能让他复活，可是，为了他浪费如此珍贵的机会，不是很可惜吗？这可是至高神任务啊，是可以得到至高神器的。"

"林雷，机会不容浪费，至高神任务不知道多少亿年才有一次。即使有下一次，你也不一定能完成。"雷林也急切地劝说道。

林雷看着贝鲁特和雷林，苦笑着摇头。

"抱歉，"林雷叹息了一声，"贝鲁特大人，的确，我也追求修炼的巅峰，可是，一件至高神器在我心中的地位远远无法和德林爷爷相比。别说至高神器，就算舍弃我的灵魂变异能力我也不会犹豫。在我心中，德林爷爷就好像父母一样重要，同时，他也是我心中真正的老师！"

亲人、老师、引导者，这就是德林·柯沃特在林雷心中的地位。

"林雷，你不能感情用事，这可是难得的机会啊！这是至高神器啊，连主宰都渴望得到的宝物。"贝鲁特道。

"林雷，机会可不能错过。"雷林焦急地道。

林雷却坚决地摇头，带着歉意说道："贝鲁特大人，若没有德林爷爷，我恐怕只是一个普通人，或许连家族的大仇都无法报。至高神器是珍贵，可我别无他求，只求德林爷爷能活过来。希望贝鲁特大人你们理解。"

林雷郑重地躬身行礼。

"这……"雷林不知道自己该说什么了。

雷林和贝鲁特相视一眼，贝鲁特无力地叹息了一声："好了，林雷，我明白你的想法了。这至高神任务是你完成的，我不勉强你了，你自己决定吧。"

"抱歉。"林雷再次躬身。

此话一出，贝鲁特和雷林不由得苦笑，显然，林雷主意已定，他选择复活德林·柯沃特。

"至高神……"林雷深吸一口气，便开始取那三件至高神信物。

至高神乃规则幻化而成的，无数位面都在规则的限制下运转，因此，规则自然是无处不在的，也可以说至高神是无处不在的。物质位面有至高神，空间乱流中有至高神，至高位面也有至高神，任何一处都有。至高神并非人类，并非生命，而是规则，可以出现在任何一个地方。召唤至高神，也可以在任何一个地方召唤。

"希望能成功。"林雷在心底说道,同时脑海中浮现出了德林爷爷的模样。

林雷手中出现了那顶镶嵌着九颗灵珠的戊铁皇冠,以及红菱晶钻。接着,戊铁皇冠悬浮起来,红菱晶钻也悬浮了起来。

嗖!红菱晶钻飞入戊铁皇冠正中的凹陷处,三件至高神信物终于完美合为一体了。

生命皇冠出现了!它悬浮在半空,光芒万丈,连太阳都为之失色。

轰隆隆!天地开始震动。一道模糊的人影渐渐浮现,可怕的气息散发开来。接着,那生命皇冠就飞到了那道模糊人影的头上。

对方强大的气息令贝鲁特和雷林折服,林雷则眼睛发亮,因为他知道眼前人的身份。

生命至高神!

第762章

生命至高神

南海海域上空，贝鲁特、雷林和贝贝站在一侧，而高空中模糊的人影渐渐变得凝实。

绿色的长袍、碧绿的长发、碧绿的眼眸，她微笑时，天地为之变化。

"这就是生命至高神？"林雷盯着这个头戴生命皇冠的女人，心中悸动。

论容貌，林雷从未见过比生命至高神更完美的人，论气质，生命至高神绝对是超凡脱俗的。

生命至高神的目光落在林雷的身上。

"天地诞生以来，这是第七次至高神任务，也是我第二次发布的至高神任务，恭喜你，林雷·巴鲁克，你完成了这个任务。"生命至高神的声音很温和，不但耳朵能听到，连脑海中都回荡着，"按照规定，你现在可以向我提一个要求，但凡是我能做到的，我会为你完成。"

声音回响时，林雷整个人失神了。

"你有什么要求？"生命至高神问道。

"要求？"林雷一下子惊醒了。

贝鲁特他们也清醒过来了，为之震惊。

"雷林，生命至高神谈笑间竟然能令我们失神，太可怕了。"贝鲁特传音，"至高神乃至高的存在，那至高神器的威力肯定也远超主神器。"

"对，只可惜林雷他不选至高神器。"雷林也暗自叹息。

"伟大的生命至高神，我的要求是让我的德林·柯沃特爷爷复活！"林雷仰头看着生命至高神说道。

"复活……"生命至高神有些犹豫。

林雷心底很坚定：一定要成功！德林爷爷一定要复活！

据林雷所知，魂飞魄散的生命，主神是无法复活的，只有至高神才有可能做到，特别是生命至高神，她本来就是生命规则的化身，控制着无数生命的生与死。

"抱歉，你的要求我无法满足。"生命至高神的语气依旧平静。

"无法满足？"贝贝瞪大了眼睛。

"无法满足？"贝鲁特和雷林也一惊。

林雷一下子蒙了。

"无法满足？"林雷的目光陡然变得锐利，他盯着生命至高神，急切地道，"生命至高神，所有生命的诞生、消逝都是在你的控制下，你为什么无法复活德林爷爷？"

林雷拼命争夺至高神信物，只为让德林爷爷复活，可生命至高神竟然无法做到！

"抱歉，我无法做到。"生命至高神摇头道。

"可你是至高神啊！"林雷急切地喊道，心中满是不甘。

生命至高神淡漠地说道："林雷·巴鲁克，按照规定，我会满足你的一个要求，可这个要求必须是我能做到的。魂飞魄散便是真正的死亡，这是规则中的铁律，我为生命规则，当然不能做违背规则的事情。我存在的意义，便是让无数位面在生命规则的限制下运转，而复活魂飞魄散的人就是破坏规则。破坏规则，会让无数位面脱离规则的限制，也就失去了规则的保护，无数位面将会崩塌。"

林雷的脸立刻就白了，眼眸中满是绝望。

"老大……"贝贝看向林雷，眼眸中满是焦急。

"竟然是这样……"贝鲁特和雷林相视一眼，摇头暗叹。

至高神听起来厉害，可毕竟是规则幻化的。魂飞魄散便是真正的死亡，这是规则的一部分。规则本身又怎么会做出违反规则的事情呢？毕竟，四大至高神的职责就是让位面在规则的限制下正常运转。

"我耗费无数心力争夺至高神信物，就为了这一丝希望，可谁想，终究是一场空！"林雷仰头叹道，两行泪水流了下来，"德林爷爷……"

生命至高神的回答，说明德林·柯沃特将永远不可能复活，只能存在于林雷的记忆当中。

"老大，别伤心了。"贝贝安慰道。

"上天给了我一丝希望，让我为之努力争取，我都做到了，可最后上天却将这一丝希望给粉碎了。"林雷心里苦涩。

贝鲁特和雷林也走了过来。

"林雷，别太难过了。这生老病死的情况太多了，并不是你想追求圆满便真能圆满的。"贝鲁特安慰道。

"有生便有死，生死乃天地规则。"雷林也安慰道，"你我超脱生死可永恒存在，可一旦死去，也将魂飞魄散，不可能复活。这天地间，失去亲人的人很多，看开些吧。"

"我明白……"林雷深吸一口气，努力让自己平静下来。

若是早知道没希望也就罢了，林雷会将那份伤痛深深地埋在心里，可有了希望，努力后，希望又破碎了，这等于是在他的伤口上撒盐，真的让人很痛苦。

"在天地间生存，必须遵守规则，"生命至高神淡漠地说道，"即使是完成了至高神任务。你刚才提出的要求我无法满足，现在，请你换一个要求。"

"换一个要求？"林雷一怔。

"你完成了至高神任务，我便会满足你的一个要求。"生命至高神道。

刚才林雷提出的要求没得到满足，当然可以另外再提一个。

"老大，赶紧提啊！"贝贝连忙说道。

"林雷，你的德林·柯沃特爷爷无法复活了，现在，我看你还是选择要一件至高神器吧。"贝鲁特眼睛发亮，劝说道，"或许，你还想实现其他梦想。在这天地间，有实力才能解决问题，才能实现自己的梦想。"

雷林也连忙劝说道："最好选一件适合你的至高神器，能最大程度发挥出你实力的那种。"

"我明白。"林雷点了点头。

经历了那么多挫折，林雷也知晓强大的实力能帮助他完成许多事情。

"要什么至高神器呢？"林雷的脑海中瞬间浮现了许多想法，"物质防御至高神器？不，不太好，我本身的防御还算不错，而且用手脚攻击对手，无法发挥出我最强的攻击力。"

林雷最强的攻击力在剑上，他有黑钰重剑、紫血神剑、留影剑，绝招也都在剑上。

要一件剑形至高神器吧！林雷心里做了决定。

林雷仰头看着生命至高神，说道："伟大的生命至高神，我需要一件攻击型剑形至高神器。"

"我满足你的要求。"生命至高神说道，同时伸出了她纤细的右手。

只见一道绿色的剑影缓缓浮现，渐渐凝为实体，释放出一股惊人的凌厉气劲，将这片空间都震颤得扭曲了。

"至高神器！"贝鲁特、雷林和贝贝瞪大了眼睛。

传说中，唯有至高神才能制造至高神器，而且在过去，只有四大规则主宰以及光明主宰才有至高神器。

"这剑形至高神器……"林雷仔细观察着。

那是一柄长一米五的绿色长剑，护手是花朵形状的，剑柄上有藤蔓模样的纹路，方便手抓上去。至于剑面上，则有各种植物图案，双面剑锋凌厉至极，长剑不动，周围的空间就已经扭曲了。

"这是一柄生命至高神剑，唯有达到主神境界，才能真正承受它内部蕴含的可怕能量，才能让它真正认主。"生命至高神的左手缓缓抚过长剑，长剑表面的光晕立即收敛，变得朴实无华，乍一看就好像是一柄普通的剑，周围空间也恢复了正常。

"林雷·巴鲁克，我已经满足了你的要求。"说着，那柄生命至高神剑从她手中飞向林雷。

而后，她缓缓消散，一眨眼工夫，天地间便恢复了宁静，好像生命至高神从未出现过。

"生命至高神剑。"林雷握住剑柄，上面的藤蔓刻纹让他的手掌可以更有力地抓着剑柄。

"我怎么一点感觉都没有？"林雷握着这柄生命至高神剑，根本察觉不到丝毫奇特的能量，他不由得转头看向旁边的贝鲁特和雷林，"贝鲁特大人，你说，我要它有什么用？"

"哈哈，生命至高神剑，那可是有大用处的啊！"贝鲁特大笑道。

"至高神器，最强的武器。"雷林也眼睛发亮。

这时候，贝贝偷偷传音给林雷："老大，我爷爷让你索要这件至高神器，可是你无法让它认主，毕竟那是需要成为主神才能做到的。你说，我爷爷这么做，会不会是他自己想要这个？"

贝贝有些担忧。

林雷仔细看着贝鲁特和雷林，暗自摇头："不像，以贝鲁特的实力，如果想要，早就会抢了。之前我提要求要复活德林爷爷，贝鲁特大人和雷林先生也没有真的阻止我。"

"也对。"贝贝微微点头。

"生命至高神剑到手了，可是……"林雷心中并无太多喜悦，因为他一直以来的愿望没有实现。

若是德林爷爷现在能出现在林雷面前，喊一声林雷，恐怕林雷会兴奋得发狂。可惜，经过这次，林雷明白，德林爷爷再无希望复活。

"贝鲁特大人，雷林先生，你们让我抓住这个机会向生命至高神索要至高神器，"林雷疑惑地看向贝鲁特和雷林，"现在，我得到它了。可是，以我的实力，根本无法让它认主。你们让我拿着它干什么？"

现在至高神剑在林雷手里发挥的作用，恐怕还不如留影剑。

"林雷，关于这一点，你不需要着急。"雷林笑着说道。

"林雷，你放心，既然我让你索要至高神器，那么，我自然是有把握让你能够使用它。"贝鲁特微笑着说道。

林雷并非蠢人，一听贝鲁特的话，他的脑子里便有一道灵光闪过，他惊呼道："贝鲁特大人，你的意思是？"

"这还用多问吗？林雷，你说我成为主神，是如何做到的？"雷林笑眯眯地说道。

"爷爷，难道你们的意思是……让我老大成为主神？"贝贝惊呼道。

贝鲁特笑了笑，没有否认。

见到贝鲁特这副表情，贝贝完全肯定了自己的猜测。他难以置信地问道："爷爷，这成为主神可是需要主神神格的，你和雷林先生已经是主神了，难道爷爷你还有另外的主神神格？"

林雷疑惑地看着贝鲁特，心想：即便贝鲁特真的还有主神神格，那他为什么让我用呢？

"不用多问了，你们跟我来。"贝鲁特微笑着说完，就朝前方飞去。

（本册完）

更多精彩尽在《盘龙 典藏版 18》大结局！